# 大熊要娶妻

2

文創
風
873

清棠 著

風文創
873

# 目錄

# 第十一章

林卉毫無所覺，正好林川端著碗筷出來，她忙放下帖子上前幫忙。

三人坐下開始用餐，剛吃幾口，林卉想到明日要去韓家做客，忙咽下食物，問：「明天我們去做客，總不能兩手空空上門吧？」

事關林川將來的學習生活，她肯定要問清楚。那韓管事回去也不知道會如何稟報，萬一對林川印象不好，她明天或許還能藉機找補找補。

熊浩初沈吟片刻，道：「明兒早些出門，去點心鋪買幾盒糕點便得了。」對上林卉不贊同的眼神，他解釋道：「韓老沒旁的愛好，除了喜歡練練字，平日就好幾口吃的。」

好吧，書法要用到的筆墨紙硯，她這種外行人可沒法選，也沒那個錢。不過，喜歡吃？

「那他喜歡甜的還是鹹的？」

熊浩初啞然。「這我哪知道？」

林卉白了他一眼。「那你還說去點心鋪子？」

「……送吃的不都是送點心嗎？」

「那可不一定。」林卉輕哼，然後問他。「咱家的野豬肉味兒正，現在還剩下幾塊豬腿肉，要不一起帶過去？」

「行。」

「等會兒我再去問問誰家有鹹鴨蛋買些回來，至於甜的……」林卉咬著筷子苦思片刻，乾脆道：「我自己做吧，待會兒你留下來幫忙。」

「……去點心鋪子買不是更省事嗎？」

「這是心意，能一樣嗎？」

熊浩初被堵得無話可說。行吧，媳婦兒說啥便是啥，反正他負責幹活就行。

快速吃完晚飯，林卉將碗扔在一邊，趁著天還沒黑，打了幾個雞蛋，小心取出蛋黃放到一邊，把蛋清交給熊浩初。

「來，打蛋，這點心好不好吃就看你的了。」

熊浩初一臉無奈。打個蛋而已，至於說得這麼嚴重嗎？

見他滿臉無奈，林卉解釋道：「我做的這款點心，全看這個蛋清打發得好不好，這蛋清必須要打得跟奶油——反正就是要打得全是細沫沫才行，要順著一個方向打，速度要快、力道要大，反正我自己是做不來的。」

見他半信半疑，她乾脆直接拉過他的大掌，將碗擱到他掌上。「趕緊打，我出去問問誰家有鹹鴨蛋啥的。」說完也不管他，急匆匆出了廚房，回房取了銅錢就出門了。

熊浩初沒法子，看了眼偷笑的林川，默默拿起筷子開始打蛋。

不到半炷香，林卉抱著一甕鹹鴨蛋回來。

原本正在看火燒水的林川已經熄了灶，正繞著打蛋的熊浩初團團轉。

林卉放下鴨蛋就奔過來，扶著熊浩初的胳膊探頭一看，透明的蛋清已經成了綿軟細密的奶油狀細沫。

她登時驚喜。「對對對，就是打成這樣。」再看熊浩初，不光兩手袖子捋了起來，露出肌肉結實的胳膊，額上還出了一層薄汗，她立即又心疼了。「可以了可以了，放下吧。」

熊浩初鬆了口氣，放下碗筷抹了把汗，感慨道：「這打蛋果然不是尋常人能做的。」

林卉忙抽出自己的帕子，踮起腳給他擦了擦額頭，熊浩初配合著微微低下頭。

林卉掃了眼正在查看奶油蛋清的林川，飛快地在他下巴上「啾」了口，在他反應過來之前迅速退到灶台邊，笑著道：「好了，我得開始幹活了，川川去沐浴，大熊過來燒火。」

熊浩初看了眼林川，抬到半空的手默默放了下去。

林卉沒再管他們，給取出來的蛋黃加了幾勺白糖，想到是給老人家吃的，口味約莫會重一點，又添了兩勺。再倒出一小碗麵粉慢慢加進蛋黃裡。

沒有小篩子，她是用勺子把麵粉舀出來，一點一點輕輕抖下去的，邊加麵粉，還用筷子順著一個方向輕輕攪動，確保沒有小顆粒。

幫林川放好洗澡水的熊浩初已經回來坐在爐前了，那雙大長腿放鬆地伸出來，直接橫跨半個廚房。

土階不到林卉的膝蓋高，只在灶前圍了塊長方形地兒，專門用來放柴薪，約莫也算農家人做的簡易隔離火帶，燒火的時候也能坐一坐——當然，林川這種短手的，還是得搬個小馬紮坐在灶前燒火。

熊浩初盯著她攪蛋黃，隨口問了句。「蛋黃不用打發嗎？」

林卉頭也不抬。「不用，蛋白打發就夠了，剩下的很簡單。」

簡單？熊浩初掃了眼灶台上的盆盆碗碗，不敢苟同。

林卉可不管他怎麼想，確認蛋黃、麵粉已經攪拌均勻，就把打發的蛋白一點點拌進去。

還需要蛋糕模子，她眼睛移向懶懶散散的熊浩初。

熊浩初挑眉。「怎麼？」

最後，DIY達人熊浩初現場給做了個方形的木模具，參考做肥皂的盒框，六面皆是活動式的，模具邊緣不平滑，蛋糕蒸好了應該會黏上，用活動式的木片方便得很，等蛋糕蒸好，取下木片，便能將蛋糕取出。

木模剛做好，林卉嫌上面可能會有的木屑塵土，從燒開的鍋裡舀了幾勺水，將木模燙了兩遍，才把調好的蛋液小心翼翼倒進去，輕磕幾下讓蛋液均勻鋪開。

木模大小剛好，蛋液倒進去差不多一半高度，留了足夠的高度發起。林卉滿意地點點頭，看看左右，沒有保鮮膜，她乾脆回屋裡剪了塊布料，將整個模子蒙住，用繩子繫緊，再蓋上蓋子，架到鍋裡蒸。

待蛋糕蒸好，天已經黑透了，接下來各種瑣碎自不必提。

一夜安睡，第二天，將家裡的事安排好，三人換了身乾淨衣服便出發了。

熊浩初揹著鹹鴨蛋和燻肉，蛋糕輕，也怕竄味兒，林卉就放到自己那個小背簍裡。

緊走慢趕，巳時末三人便進了城。

有前車之鑑，這回又是去做客，林卉特意多帶了兩塊帕子，進城後找了個角落，把三人身上塵土儘量拍乾淨，尤其是褲腳，然後再用牛皮囊裡的水沾濕了帕子，分別把三人臉手擦淨。

熊浩初很是無奈，卻也由她折騰。搞定儀容，他們才按照帖子的地址尋過去。

韓大人只是回來小住一段時間，院子是賃的。他喜好清靜，又不缺錢，賃的是城東的大宅子。林卉一路過來已經瞧見好幾頂轎子，連在路上行走的也大都是各家奴僕。

她心裡忐忑了，不知道韓老這樣的人家看不看得起她家川川——她自己有成熟的心態，對這些不看重，但林川還小，她擔心給小孩子造成陰影。

如此想著，她便開始低聲給林川打預防針，也不說地位身分，只說人的性格各有不同，喜好也不同，如果別人不喜歡他，他若是沒有做錯什麼，便無須介懷……熊浩初眉眼柔和地跟在一邊聽著。

很快，三人便抵達韓大人賃居的院子，也不必他們問人，昨天下午才見過的韓管事已經帶著人站在門口等著了。

看見他們，韓管事立刻笑著迎上來。「熊大——熊小哥、林姑娘，」再看向揪著林卉衣衫一角的林川，笑咪咪打招呼。「林小哥。」

熊浩初只點點頭，林卉連忙回禮。「韓管事。」然後拍拍林川的背，鼓勵地看著他。

林川有點緊張，卻沒有畏縮，挺了挺小胸脯，發現不對，忙收回來，學著韓管事的模樣抱拳拱手，朗聲道：「韓管事好。」

「哎哎，林小哥好。」韓管事笑容更盛了。他看向熊浩初，伸手。「請，老爺已經在等著了。」

一行人魚貫而入，只見院子頗為雅致，進門照壁，過了前院空地就上迴廊。

韓管事解釋道：「老爺說園子裡景致好，說話也舒服些。」

熊浩初點點頭，跟在後頭的林卉卻聽出味兒。這是不把他們當外人的意思？

院子不大，走了片刻便到達韓管事口中的園子。園子一角有座小涼亭，上有高松遮蔭，前有矮植點綴，後頭的牆壁還帶著些許青苔。放眼望去，綠意盎然，涼意撲面，確實是聊天的好地方。

亭子裡有位長鬚老者捧書細閱，其身後有兩名伺候茶水紙墨的書僮。

看見韓管事帶著人進來，其中一名書僮上前一步，低聲跟老者說了兩句。老者抬起頭，看到帶頭的熊浩初，立刻笑了，隨手將書遞給身後書僮，起身迎出來。

「熊小友，許久不見，風采依舊啊！」

「韓老。」熊浩初拱拱手。「好久不見，別來無恙否？」

「好得很、好得很，勞你惦記了。」老者笑呵呵，看向他身後人。

熊浩初側過身，逐一向他介紹。「這是我未婚妻，林卉。這是我妻弟，林川。」轉向林卉兩人。「來見過韓老。」

林卉忙領著林川上前見禮。

韓老笑著打量兩人，伸手虛扶狀。「都是好孩子。來，放下東西坐下說話。」

旁邊的熊浩初已經不客氣地卸下東西擱到地上，朝韓管事道：「帶了些自家燻製的臘肉和鹹鴨蛋，有點沈，你讓人來搬下去吧。」
韓老眼睛一亮。「燻肉？潞陽這邊可不興吃這個，哪裡買的？」
熊浩初微有些自得。「我媳婦兒燻的。」
韓老的視線立即看向林卉。「想必林姑娘的廚藝不錯。」
林卉有些赧然。「只是碰巧會一些。」看看林川，她補了句。「還有川川也幫了不少忙，我一個人可忙不過來。」看到老人家這麼溫和，她也放鬆了不少。
韓老「哦」了聲，看向林川。「林小哥幾歲了，這麼小就能幫忙幹活了？」
林川看看左右，見大夥都等著他回答，挺了挺小胸脯，大聲道：「我不小了，我每天都有下地幹活的。」然後他煞有介事地給韓老解釋。「不是幫忙，這是我應該做的。」
韓老微愣，看了眼林卉，點頭。「是，你說得對，不是幫忙。」順手摸摸他腦袋。「是我說錯話了。」
一邊的韓管事插嘴。「老爺，進去坐著說話吧。」在他們說話的空檔，下人已經送來茶水點心了。
「對對，都坐下說話。」韓老帶頭，領著他們進去亭內。
提到點心，林卉就想到自己背簍裡的蛋糕，連忙取下背簍，解開簍蓋，從裡頭小心翼翼抱出一個菜籃子。
韓老跟韓管事對視一眼，眼底均是忍俊不禁。
「怎麼連菜籃子都帶來了？」韓老笑道。

熊浩初無奈。「卉丫頭說這……蛋糕嬌貴，家裡沒有得用的食匣，只能這樣帶過來了。」

林卉也很尷尬啊。昨晚蛋糕晾涼之後，她就把模具拆下來，切掉貼著模具顯得毛茸茸的外沿，分給林川跟田嬸嚐嚐鮮，自己也試了口感不錯後，順手把蛋糕切成方形小塊。可切好後才發現家裡沒有食匣，蒸過的木模有些潮，再拿來裝蛋糕，放一晚就變軟了。她想來想去，乾脆洗淨一個菜籃子，裡頭鋪上乾淨的棉布，再把切好的小蛋糕一塊塊碼上去，再在外頭蓋上一層棉布防塵。

「蛋糕？」韓老不解。「雞蛋做的糕點嗎？如何嬌貴了？」

林川插嘴。「這蛋糕可軟了，要是磕碰了肯定散掉。我昨晚嚐了一點，可好吃可好吃了。」生怕別人不相信，雙手還張得大大的，表示他所言不虛。

「當真？」韓老笑呵呵。「那我可得好好嚐嚐了。」

林卉剛把籃子放到亭子中間的桌上，聞言笑道：「這是蒸糕，比較鬆軟，用籃子也是權宜之計。」她揭開籃子上蓋著的棉布，伸手。「請。」

韓老並韓管事一起圍過來，只見菜籃子裡鋪了乾淨的棉布，米黃色的方形糕點整整齊齊碼在其上，上面還鋪了層奶白色乳狀物。

韓老毫不客氣，扶著袖口伸手捏了一塊，手感綿軟，再聞了聞，香甜撲鼻。

他點頭。「看起來確實不錯。」

林川憶起昨夜裡的香甜，吞了口口水，小聲催促。「韓爺爺快嚐嚐，可好吃了。」

「好好。」韓老笑著點點頭，將糕點送到嘴邊，輕咬一口，嚼了嚼，眼睛登時一亮，連連點頭。「綿軟香甜，好，果真是好吃。」

林川登時笑瞇了眼。「對吧對吧，我就說好吃。」

韓老笑咪咪，也不說話，示意韓管事也嚐嚐，同時慢慢把手裡那塊小蛋糕全部吃完，一邊吃一邊點頭。

林卉見他喜歡，鬆了口氣，輕聲道：「韓老若是喜歡，改天我再給您做一些。」可惜沒有牛奶，這蛋糕口感略微遜色了點。

韓老笑道：「那我可不客氣了。」

「材料都是簡單易得的，就是費力些而已。」林卉看了眼熊浩初，抿嘴笑道。

熊浩初寵溺地看著她。

韓老的視線在兩人身上打了個轉，笑咪咪地捋了捋長鬚。「看來熊小友這些日子口福不淺啊。」

熊浩初收回視線，毫不客氣地點頭。「嗯，卉丫頭廚藝好。」

林卉赧然。

韓老有些好笑。「以前也沒見你重視這口腹之欲來著。」

「得看誰做的。」

陡然被秀了一臉恩愛，韓老啞然。韓管事好笑，忙招呼各位坐下來，幾人按序落座。

韓老端起茶盞抿了口，再次開口。「熊小友，雖然你已辭官回鄉……有些事情，我覺得還是得跟你說說。」

熊浩初神色不變，伸手。「但說無妨。」

「你如此年輕，又是以軍功起家……依我看，你這官辭得不當啊。」

什麼？熊浩初是辭官回來的？林卉忙扭頭去看當事人，原來她家大熊這麼不簡單。

熊浩初神色不變，只淡淡道：「仕途不適合我。我當初入伍，不過是恰逢亂世，順勢而為。如今天下戰事已休，何必再蹚那些渾水。」

韓老捋了捋長鬚，嘆了口氣，道：「只怕未必能如你所願。」

熊浩初微哂。「總比深陷其中要好上許多。」

「你倒是想得開。」

「事在人為罷了。」

兩人對視一眼，各自低頭品茶，氣氛一時有些嚴肅。

林卉看了眼緊張的林川，岔開話題道：「聽說韓老您這些年都在外頭，剛回來還吃得慣潞陽的菜嗎？」既然熊浩初說韓老喜歡吃，那談吃的話題，總不會出錯。

當然，她自己對潞陽菜並不是那麼瞭解。畢竟她是個外來客，除了符三請了頓正經八百的宴席，大部分時間，她吃的都是自己做的家常菜，跟這裡還是有差別的。

韓老聽她提到吃，情緒似乎低落了不少。他擱下茶碗，嘆道：「說到這個吃的，可真是一言難盡。許是我離開家鄉太久了，這次回來，發現竟然吃不慣這兒的菜了。」

「可不是，」站在他後頭的韓管事適時插嘴。「要不是咱出門時帶了廚子，老爺怕是得餓肚子了。」
韓老擺手。「餓肚子是不至於，只是吃得不那麼香罷了。」
林卉對潞陽菜不熟悉，不好討論這個。她想了想，安慰道：「或許不是您的問題。前些年戰亂，人們四處逃散，等到安定下來，大家才出來尋個安穩地方定居，如此，各地混居便成常態，混居的人多了，菜色口味經由多方調和，味道變了也是正常。」
她本意是為了安慰離鄉多年的老人家，聽在韓老這種混了幾十年官場的老油條耳朵裡，卻是聽出些許不同。
他瞅了眼淡定自若的熊浩初，笑道：「妳倒是想得通透，我竟沒想到這一茬。」他笑嘆了口氣。「味兒確實略有變化，但找個地道的潞陽人做些地道的潞陽菜也不是不行，總歸還是我這些年吃慣了別地方的口味。」
韓老搖頭晃腦吟了句。「少小離家老大回，鄉音無改鬢毛衰。」他自嘲般打趣了句。「別人是鄉音不改，到我這兒，是鄉音改了、口味也改了。」
林卉有些不知該怎麼接話了，好在韓老也不是要為難她，只感慨了幾句，又伸手去捏了塊蛋糕，仔細端詳片刻，笑道：「不過妳這糕點——叫蛋糕是嗎？確實香，與那外頭糕點鋪子的也是毫不遜色，看來妳廚藝不錯。」
林卉還沒說話，原本眼睛直勾勾盯著他手上糕點的林川立馬連連點頭。
韓老注意到了，逗他。「林小友很喜歡姐姐做的飯菜？」
林川見林卉鼓勵地看著自己，點點頭，有些緊張道：「我姐姐做飯可好吃了。」生怕他不信，還強調地補了句。「連炒青菜都比別家的好吃，燻肉好吃，滷味更好吃。」

韓老登時笑了。「好好，你說得我都饞了。」又問：「聽說你們帶了燻肉過來，就是你說的好吃的燻肉？」

林川點頭。「嗯嗯，特別好吃，您一定要嚐嚐。」他還強調。「只要上鍋蒸一會兒就好了，又簡單又好吃。」

韓老似有驚奇，又問：「那你會蒸嗎？」

「會啊，姐姐跟熊大哥都好忙。」林川小大人般嘆了口氣。「沒辦法，要是我不會，他們每天都得餓肚子了。」

林卉扶額。這是她平時哄林川幹活的理由，林川畢竟還是小孩，再懂事偶爾也會想出去找小夥伴玩，只是沒想到會被他拿出來說嘴。

韓老被逗得不行。「果真如此？小友果然厲害。」他看了眼林卉，問她。「小友如此厲害，可否留下來照顧我一段日子？我家裡沒有人會做那好吃的燻肉。」

林川連忙搖頭。「那不行，我要是走了，誰給我姐姐他們燒火做飯？」

林卉聽出韓老的意思，忙藉著桌子遮掩，輕輕踢了踢熊浩初。

熊浩初看她一眼，輕咳一聲，直接問韓老。「韓老有空帶孩子？」

「什麼帶孩子？」韓老臉一板，敲敲桌子。「分明是我年老體衰，要找個人照顧我。」

熊浩初無語。不過，他早就熟悉這位老友的說話方式，順勢點頭。「你若是看得順眼，他便麻煩你了。」

「還不錯。」韓老捋了捋長鬚。「稚子童心，質樸純良，你們教得不錯，我這些日子閒著也是閒著，試試無妨。」

這話裡意思，就是答應收下林川給他啟蒙的意思，林卉登時大大鬆了口氣。

原本她還有些猶豫，不過這位韓老給她的印象很好，就如熊浩初所說，年紀雖大，卻不迂腐，甚至還保有幾分頑心，看起來是個快樂的小老頭，林川交給他啟蒙，壞不了。

林川聽出不對，忙看向姐姐，林卉摸摸他腦袋。「不是說過要給你找個先生嗎？」示意他看向韓老。「韓老教你識文習字好不好？」

韓老也笑咪咪看著林川，林川似有些苦惱。「可是縣城太遠了，過來要好久，那得耽誤多少工夫啊？我還有好多活要幹呢，里正家的元緯哥去唸書後，家裡的活都顧不上了。」

林卉連忙解釋。「你學習的時候住在韓老這兒，要邊學習邊幫忙照顧韓老啊。」

「啊？那家裡的活兒怎麼辦？」林川不樂意了，掰著手指開始列舉。「我要是走了，地裡的草誰除？火誰燒？小雞崽跟小狗們誰餵？」他滿心擔憂。「姐姐連洗澡水都是我燒的，我要是不在家，妳肯定要哭鼻子了。」他還記得爹娘剛走那會兒，姐姐躲在屋裡哭了好多回呢。

林卉尷尬不已。熊孩子，這些話是誰教的？熊浩初似笑非笑地看著她，她瞪他一眼。

兩人在這邊眉來眼去的，另一邊的韓老也被逗笑了，諄諄善誘道：「你要是識文習字了，以後就有能力養家，你姐姐不就不用幹活了嗎？」

林川點頭。「我知道，姐姐跟我說過，要是識字，我以後可以當掌櫃，也可以給人寫書信，還能教別的小朋友識字……反正識字能掙錢，而且掙得比種地多。」他老氣橫秋地嘆了口氣。「我這不是擔心姐姐一個人嘛，我可是家裡的頂梁柱，我要是走了，姐姐怎麼辦？」

還不及成人腰高的小屁孩說自己是家裡頂梁柱……這場面怎麼看怎麼可樂，反正韓老是哈哈大笑了起來，林卉再次扶額。

熊浩初卻給了林川一個腦瓜崩子，沈聲道：「你姐姐有我照顧，你該幹麼幹麼去。」

林川捂著腦門怒瞪他。「你們還沒成親呢，我聽劉嬸說，你肯定是想占我姐姐便宜——」

林卉一把捂住他嘴巴，朝樂不可支的韓老乾笑。「抱歉，小孩子亂說話。」

「不礙事不礙事。」韓老笑咪咪。「性子活潑是好事，說明你們教得好。」

即便林川頗有意見，事情還是定了下來。接下來不過閒聊一二，便有下人來傳話說該開席了。

早就說了要在這亭子用膳，大家也無須移動，只是讓下人將桌上茶點撤下去，只獨獨那籃子蛋糕被韓老留了下來，擱在旁邊小几上。

韓老年歲大，林卉又有熊浩初、林川在身側，自然無須忌諱分席。

膳食很快便傳上來了，韓老介紹道：「我這廚子是跟了我多年的，口味偏北邊，熊小友就算了，你們姐弟嚐嚐，看看合不合口味。」其實主要是看林川，畢竟小林川這段時間要住這兒。

林卉眼一掃，糟溜魚片、木鬚肉、糖醋里脊、糖醬雞塊、一品豆腐，再加一個上湯絲瓜。難怪說韓老愛吃甜食，光這菜就能看出一二了。

林川還小，這甜口的菜色應該還頗合小孩子喜好的。

林川知道要留下來後便有些怏怏，韓老起了筷後，林卉夾了一塊糖醋里肌放到他碗裡，低聲道：「你嚐嚐，這個可好吃了。」

林川乖乖咬上一口——眼睛一亮。「好吃，甜的。」

林卉鬆了口氣，喜歡就好。

「好吃就多吃點，多吃才能快快長大。」她輕聲道。

韓老笑咪咪看著他們，還沒說話，就看熊浩初伸筷夾起一塊糟魚，擱到林卉碗裡。

林卉嚇了一跳，看了眼目光灼灼的韓老，有些尷尬，低聲道：「你吃，我自己來。」

熊浩初彷彿知道她想什麼，隨口道：「不礙事，韓老不介意這些。」

果不其然，下一刻就聽韓老笑道：「不用管我，不用管我，你們隨意便好。」接著轉向熊浩初。「我記得你愛喝幾口，我這兒可沒有好酒招待，這糟溜魚片就當是給你準備的了。」

愛喝酒？林卉有些詫異，她從未見他喝過酒啊。

熊浩初朝韓老拱拱手。「感謝惦記。」然後他轉向林卉，解釋道：「算不上喜愛，在北邊那時，天冷，就喝上幾口暖身而已。」

林卉了然，倒是韓老怔住了，他看了眼林卉，會意過來，登時拍桌。「想不到啊～～想不到啊～～」他笑著指熊浩初。「想不到你也有今天啊！這要讓京裡那幫老傢伙知道了，你這境地可不妙啊。」

熊浩初面不改色。「那便有勞韓老為我保密了。」

「以前你整日板著臉，都能勾得滿京城的小姑娘——」對上熊浩初掃來的冷眼，韓老話語一頓，乾笑兩聲，急急轉移話題。「吃菜吃菜，這糖醬雞塊是這邊沒有的，林姑娘嚐嚐。」

低頭吃飯的林卉卻沒聽漏，她暗哼一聲，面上絲毫不顯，甚至還笑著朝韓老道了聲謝，桌子底下，半舊的繡花鞋卻抬了起來，朝著旁邊大腳丫狠狠一踩，完了再碾著轉兩下。

熊浩初很委屈，他是招誰惹誰了？

桌下風起雲湧，桌上談笑風生。林卉仗著熊浩初性子穩，不會洩漏自己的小肚雞腸，才敢下手——哦不，才敢下腳的。

熊浩初果然不負所望，雖滿臉無奈看著她，卻沒有呼痛驚叫，韓老及周圍伺候的絲毫沒有察覺異常。

韓老前頭才發現自己言語有失，後面乾脆轉移話題，只揀些曾經遇到的趣事說話。他態度隨和又言語詼諧，以往親歷的北地鄉野見聞和各地風俗人情信手拈來，說起來一套一套的，聽得林卉姐弟驚呼不斷。

林川年紀小，只聽他說了幾個官府經手的案子，便對他崇敬不已，吃過飯喝過茶後就開始跟他嘰嘰喳喳地聊了起來，惹得林卉吃味不已。

她盡心盡力教了幾個月的娃娃，剛開始還惦記著沒人照顧她，這還不到半天工夫呢，咋就變心了？

男人啊，不管年紀大小，都不是好東西。

林卉心裡忿忿，忍不住瞪了熊浩初一眼。後者莫名其妙，看了眼正跟韓老說話的林川，只當林卉是捨不得弟弟。他想了想，道：「改天妳想林川了，咱們就過來吃飯，來回不過個把時辰，近得很。」

哪裡近了？林卉懶得跟這糙漢子說話，只低頭吩咐林川要乖要聽話，有什麼事要搭把手，要照顧長輩……

林川也乖乖坐在那兒聽她唸叨，她說一個，就點一下頭，再說一個，再點一下頭，姐弟倆坐在一起，不像姐弟，倒像是母子了。

韓老笑著聽了片刻，忍俊不禁，朝熊浩初道：「難怪林家小哥有些老氣橫秋的，這當姐姐的也差不多。」他特地壓低了聲音說的。

熊浩初看了他一眼。「挺好的。」

韓老捋了捋長鬚。「是挺好，頗有見地，不像尋常村姑娘。」思及符三跟他說過的事兒，嘆了口氣。「窮人家的孩子早當家，古人誠不欺我也。」

熊浩初不置一詞，望著林卉姐弟的眸子幽深無波，不知道在想什麼。

林川當天便被韓老留了下來。

林卉沒想到，只不過一頓飯工夫韓老便直接把人留下來。所幸她現在財大氣粗，乾脆拉著熊浩初出門去西街，給林川買齊了換洗衣服、梳洗用具等物件——反正家裡也不多，偶爾回家也能留著換洗。

把買好的東西送過去後，林卉摟著淚眼汪汪的林川安慰並叮囑，熊浩初跟韓老則坐在另一邊低聲說話，說了什麼她也沒仔細聽，只知道兩人神色有幾分凝重。

臨走的時候，韓老讓韓管事拿來一封帖子，轉手遞給熊浩初。「如今我已退了下來，名帖或許沒有太大用處，你拿去試試，若能幫上忙便好。」

熊浩初點頭。「謝了。」

林卉沒細問，跟著熊浩初揮別韓老跟依依不捨的林川。

待離韓府遠了、看不見韓家大門了，林卉才小聲問起名帖之事。

熊浩初解釋。「借韓老的名義拜訪知縣用的。」他嘴角勾起。「那位知縣公子不是要買山嗎？咱們直接找知縣搶過來。」

林卉。「……」

回村前，兩人再次繞到市集採買。

家裡的米麵快沒了，調料也要補充，還有綠豆，上回買的綠豆已經用完了，林卉還想再買些，同時還想添一些降暑的材料。

這些主要是給熊浩初喝的。他每日除了用飯時歇一會兒，從早到晚都不停歇，全是在烈日下幹活。如今剛踏入八月，天兒還熱得很，往日銀子緊巴巴的，她沒敢大手大腳，如今有幾百兩揣兜裡，手頭寬鬆了，她自然想給自家漢子熬點消暑的飲品。

對了，別看天還熱著，她還得開始做棉衣縫棉被了，家裡布料不夠了，棉花也得買。家裡有舊棉被，她得找個時間拿去讓人重新彈一遍。這年頭，棉被都是實打實的棉花芯子，厚實，重新彈一遍，再縫一床新被套，又能當新的用上幾年。

只是熊浩初家裡光溜溜的，連床被子都沒有，還有不到一個月就會入秋，她得趕緊先給他整出一床秋被來，接著就是棉被、棉服。

現在他們沒有進項，吃的便罷了，棉衣、棉被這種東西還是能省則省吧。

兩人逛了半下午，東西越買越多，熊浩初擔心她累著，遂問她要不要找個攤子歇歇腳，或者改天再買。

林卉豪氣一揮手。「累什麼，女——姑娘家逛街怎麼會累！快走快走，還有好多地方沒去呢。」

熊浩初。「……」

要買的東西可多了，兩人不過在縣城晃一圈，背後籮筐都塞滿了，連手裡都提著東西。見實在拿不動了，林卉才歇了逛街的興奮勁，出城回家。

前面說話多響亮，後面就有多淒涼。

從縣城回到村裡還得走上大半個時辰，林卉卯時就爬起來忙前忙後，澆菜、做早飯、洗衣、下地，然後又走上老遠到縣城做客，下晌又走了老半天……

到了這會兒，逛街的興奮勁過去了，她那雙踩著麻線鞋的腳終於忍不住朝她抗議，腳磨出水泡了——嘶，可能還破了。

她剛「嘶」出聲，走在旁邊的熊浩初立即詢問。

「怎麼了？」

林卉微微抬起右腳，哭喪著臉。「好像磨破皮了。」

天氣熱，這裡的人都習慣穿麻線鞋，輕便透氣，也涼快，卻也比繡花鞋粗糙些。她這身體畢竟還是本土人，平日穿這些鞋子來去縣城、幹活都不見有問題，今天也只是比往常走得略多些，怎就磨破腳了呢……

熊浩初聽了，立刻停步，看看左右，將她手上的布料接過去，另一手扶起她胳膊。「去那邊坐會兒。」

好吧，歇會兒也好。林卉扶著他的手，單腳起跳，一蹦一蹦地跟著他挪到路邊的一株矮樹下。

這會兒約莫申時末，西斜的日頭還帶著幾分毒辣，坐在樹蔭下能涼快些，熊浩初踢了塊石頭過來讓她坐著，然後放下手裡東西，解下背簍，單膝跪地，伸手去抓她右腳。

林卉忙避開。「你幹麼？」

「我看看。」

林卉不肯。「看什麼看，又不是什麼大傷口，我只是走太多磨傷了，過兩天結痂就好了。」

「別動。」熊浩初不理會，抓著她小腿，將她那沾了許多灰塵的右腳擱到自己腿上。

林卉尷尬不已，急忙掙扎。「這麼髒，別看了，我歇會兒就好。」

熊浩初力道多大啊，哪裡會讓她掙脫，隨便一轉，就把她的麻線鞋脫了下來。麻線鞋嘛，麻線絲繩編製而成，自然比布鞋疏朗些，林卉腳上套著的半舊襪子已經沾了不少灰塵，本就因為舊看不出原來的白色，加上灰塵，還有腳汗……

林卉掙脫不開，絕望捂臉。「別看了，臭死了！」

熊浩初沒管她，抓著她的腳踝，凝神細看了一圈，發現她大拇指外側果真沾了血跡，登時擰眉。「都磨出血了，疼的時候怎麼不說？」同時，快手解開她布襪上的帶子，不等她說話就把她襪子輕輕脫下來。

林卉氣不過，捶了他一下。「你這傢伙，好歹顧一下姑娘家的臉面啊。」

熊浩初頭也不抬，伸手。「水囊呢？拿來。」

林卉無語，算了，反正已經丟臉了，既然這人都不嫌她腳臭，她還磨嘰個啥？破罐子破摔，她忿忿地拿出背簍裡的水囊，熊浩初擰開水囊，仔細把她的傷口沖乾淨——

涼絲絲的水沖到傷口上，擋不住火辣辣的疼，林卉下意識縮了縮腳趾。

「忍一忍，不沖乾淨容易化膿。」熊浩初動作愈發輕柔。「洗乾淨了妳別下地，待會兒我去給妳找點草藥裹上。」

林卉「嗯」了聲。

這人半蹲在她身前幫她清洗腳傷，視線被擋住，她探頭也只能看到水流細細地往下流——

等等，她的血！

林卉緊張地看看四周。荒郊野地，遠眺過去，也只能看到稀稀落落幾個人，她微微鬆了口氣。

「好了。」熊浩初擰上水囊，把她的小腿托著挪到另一個小石塊上。「妳在這等我一會兒。」一起身欲走。

「別忙了。」林卉忙揪住他衣襬。「不過是擦傷，咱們有布，扯點包起來就好了。」

熊浩初拍拍她腦袋。「這邊很多止血的草藥，我很快回來。」說完也不管她，幾步過去，鑽進後邊稀林不見了人影。

這傢伙……林卉氣悶。平日聽話得不得了，這種時候就跟強牛似的，怎麼說也不聽。人都走遠了，她身邊還有一大堆東西，跑是不可能跑掉的，腳又被晾在那兒，她要是下地，回頭那頭強牛指不定又抓她去洗……算了算了，她還是別動了。

呆坐無聊，她的視線不由自主便移到那片濕漉漉的野草地上。

古代不比現代，沒有水泥路、柏油路，他們走的這條路雖是通往縣城的主路，也只有兩輛牛車並行的寬度，坑坑窪窪不說，風一吹能揚起漫天灰塵，這些野草就長在路邊，自然跟著遭殃。

放眼望去，全是灰撲撲的野草，唯獨剛剛淋過水的那片是水亮水亮的，特別醒目、特別搶眼。

最重要的是，這片草地剛剛淋過她的血水……

林卉忌憚地盯著那塊地。

她學過點草藥，如果沒弄錯，這些應該是馬唐草，《本草拾遺》有云：「煎取汁，明目潤肺。」在現代是優良牧草，主要用來餵馬餵羊，藥用較少——

咦！林卉的瞳孔一縮。她、她沒看錯的話，這幾株馬唐……往外長了？

她下意識揉了揉眼睛，沒看錯，新長出來的馬唐往外延伸，濕漉漉的葉片將周圍灰撲撲的野草壓在底下，深淺分明，若是有心人看見，鐵定會發現不對，竟然長得比她家裡的瓜菜還快……就算是血的原因，這也太快了吧！

顧不上腳丫子被洗乾淨，她放下腿，來不及套麻線鞋，單腿蹦過去，跳到那塊馬唐草上，原地蹦躂好幾下，徹底把那邊沾著水的馬唐草踩得泥濘不堪。

蹦完不算，她還蹲下來仔細打量，確認再看不出分別，才徹底鬆了口氣。

「妳在做什麼？」低沈、夾雜著不悅的嗓音自她身後傳來。

林卉悚然，飛快轉頭，迎上熊浩初狐疑的目光。

採藥歸來的熊浩初瞇了瞇眼，視線移向她剛才目光所在之處，問：「這些草有問題嗎？」

「什麼問題？」林卉眨眨眼，裝出茫然模樣，然後順勢看向他握在手裡的草葉，好奇般問道：「你摘的是什麼？」

她其實已經看出來那是什麼，只是轉移話題罷了。

熊浩初盯著她看了片刻，壓下疑問，道：「血見愁。」

名字聽著厲害，其實就是地錦草，主要用於止血。田邊野外隨處可見，多到藥材鋪子都不一定收的那種。

不等林卉接話，熊浩初兩步過來攙起她，語帶不悅道：「不是讓妳乖乖等著嗎？」

被攙著的林卉一蹦一蹦的，弱弱地解釋道：「剛才有蟲子，我被嚇著了。」到底什麼蟲、怎麼嚇、為什麼跳過去看草叢，她隻字不提。

多說多錯，她才不犯傻。

熊浩初果然也沒問，只是沈著臉扶她坐好，然後蹲在旁邊，將帶回來的草葉略微沖洗了遍，徒手捏碎，小心敷到她腳上。

林卉忙叮囑他。「別包得太厚了，待會兒還要穿鞋呢。」

「嗯。」熊浩初頭也不抬，拽了兩根草葉裹住她的腳，紮緊。

林卉動了動腳趾。還行，不會太礙事。錯眼一看，熊浩初已經撿起她那隻灰撲撲的布襪，一副要幫她穿上的架勢，她急忙拽住其胳膊。「我自己來。」

熊浩初這回終於沒跟她強，隨手把襪子遞回來，順勢鬆開她，然後問：「另一隻呢？」

林卉正屈膝套襪，聞言忙搖頭。「沒事沒事。」磨個水泡就這麼大驚小怪的，有事她也不能說。

熊浩初瞇了瞇眼，似乎不信，伸手要自己看，林卉惡向膽邊生，一腳踹開他的爪子。

「你想幹麼？我說了沒事，你再脫，我就要喊非禮啦！」她佯凶瞪他。

熊浩初朝她腦門就是一個爆栗。「調皮。」

林卉皺皺鼻子。「誰叫你不聽人說話。」繫好襪子，套上麻線鞋，站起來，嘗試地走了兩步。

「如何？好點了嗎？」

「嗯！」林卉抬起頭，感激地朝他笑笑。「謝謝！好多了。」尤其得謝他不嫌棄她髒兮兮的。

熊浩初一直緊蹙的眉峰鬆開了些許。「那能走嗎？」

林卉白了他一眼。「本來就能。」要不是他大驚小怪，指不定兩人都到家了。

熊浩初啞然，無奈地揉揉她腦袋，林卉忙不迭拍開他的爪子。「摸過臭腳丫子不許摸我頭髮！」

熊浩初。「……」哪有自己嫌自己腳臭的。轉頭將剩下的血見愁塞進她背簍裡。「今晚洗過再自己敷一點。」

「好。」林卉應了聲，彎腰去拎背簍，同時不著痕跡地掃了眼剛才那片馬唐草——天啊，又長了！

她迅速揹起背簍。「走吧，再不走該天黑了。」一邊說邊伸手去抱布料。

「我來。」熊浩初想要接過去。

「你拿夠多了！」林卉不肯，避開他的手，示意他。「趕快，我想趕緊回家歇腳。」

熊浩初仔細看她神情，確認她真不勉強，才去拿自己的東西，藉著彎腰的工夫打量林卉剛才蹲著的地方——什麼也沒有，她剛才在看什麼？

拿齊東西的林卉沒注意，只看他慢吞吞的，急得直催他。

熊浩初收回視線，索利地把剩下的東西收到左手抱著，直起腰，伸出右手去攙她。

「不用不用，快走。」林卉抬腳就往前走。

熊浩初瞇了瞇眼，又往那塊地掃了一眼，然後才跟上去。

似乎有些不對，但他說不上來。

顧及林卉的腳，熊浩初的步子放慢了許多，兩人緊趕慢趕，回到村子，暮色也上來了。

所幸林卉出門前託田嬸準備晚飯，兩人略洗了把手，趁著天色未暗匆匆解決晚飯。

熊浩初吃完就回了他那茅草屋，林卉藉著外頭微光匆匆洗了個戰鬥澡。

擔心腳傷沾水會洗出血絲，她還特地多搬了張小凳子，把腳架起來，最後用盆接著單獨洗，洗完的水稀釋了分別灑在後院菜畦、籬笆邊的薑蔥蒜、前院的梨樹、明兒澆稻苗的水桶……等處，完了她才摸回床上鹹魚癱。

下午出了個小意外，本來她還以為自己會擔心得睡不著，結果不過翻了兩回身，她的眼皮就不受控制地耷拉下來……

一夜無夢。

第二天一早，林卉的生理時鐘準時把她喚醒，後院早已醒過來的大雞小雞咯咯咯的，她賴了會兒床，還是打著哈欠爬起來。

昨天磨破的腳趾已經結痂，林卉鬆了口氣，立馬精神起來，照例忙活各種事情。

沒有小林川在家裡，也沒人追雞逗狗，院子裡都安靜了不少，好在還有田嬸，偶爾閒聊幾句，倒讓她不那麼無聊。

照往常的時間弄好早飯，熊浩初也過來了。今天只有他們倆吃早飯，面對面坐著，一時間氣氛有些曖昧。

今天她做的是蒸腸粉跟蛋花湯，白生生的腸粉澆上滷汁，香滑軟嫩，就著濃香的蛋花湯，她能吃上兩板。

熊浩初看她只低頭吃東西，完全沒了平日的叨叨，想了想，問她：「捨不得林川？」

「啊？」林卉茫然抬眼，反應過來後，搖搖頭。「沒有啊，他不在我還不用照顧他呢。」就是有些太安靜了點。

熊浩初也不戳破她，點頭。「沒事，明年就好了。」

林卉眨眨眼。「為啥？」然後自己理解了一通，恍悟道：「明年韓老要回京？」

熊浩初的深眸直勾勾盯著她，唇角勾起。「等明年妳生娃娃了，自然沒空念著他。」

林卉直接給他一對大白眼。「你想太多了。」她明年才十六歲呢。話說，明年他們就要成親了，到時她是不是得想個法子避孕？

熊浩初蹙眉。「妳不想生？」

林卉回神，瞪他。「女人年紀太小就生孩子很危險的。」

熊浩初眉心皺得更深了。「還有這說法？」

「要不怎麼說生孩子是踏鬼門關？」

熊浩初皺著眉頭沈思片刻，點頭。「我知道了。」

知道啥？決定暫時不生了？林卉還想再問，熊浩初又再次開口，把話題轉到新房那邊。新房的搭建，林卉參考現代房屋樣式提了些意見，偶爾匠人有不明白的，都會託熊浩初問一問，林卉習以為常，接著他的話題往下說。

這天，林卉忙完地裡的活兒後打道回家，還沒走到門口，就看到自家院子門前有人正往裡頭張望，旁邊還停著一輛馬車。

她放慢腳步，有些遲疑。原本在門口張望的人回過身看到她，臉上頓露喜意，疾步過來。

正是那知縣公子羅元德。

到了近前，他面上笑意更為明顯。「林姑娘，又見面了。」

他那打量的目光太過明顯，林卉下意識低頭看自己。沾了泥巴的褲腳，套著袖套，包著頭巾，活脫脫一名村姑娘，有啥好看的？

林卉頓了頓，回了個禮。「羅公子。」她看看馬車，謹慎地道：「羅公子這是……」

羅元德面帶微笑。「上回我們見面似有誤會，讓林姑娘受驚了，在下過意不去，讓人送了份薄禮過來以示歉意，姑娘緣何不收？」

林卉皺眉。「不過萍水相逢，無功不受祿。」

羅元德搖搖頭，聲音溫柔道：「姑娘心寬，在下卻介懷不已，上回讓人送禮姑娘不收，在下只能親自跑一趟。」見林卉面色不愉，他體貼不已地補充。「姑娘別誤會，在下知道妳已訂親，無意多加騷擾，妳只需收了禮物，讓我安心便好。」

知道她訂親了，也沒有仗勢欺人……林卉微微鬆了口氣，但還是搖頭。「男女私相授受終究不妥，小女謝羅公子惦記，禮就算了，羅公子請回吧。」

羅元德眼底閃過驚詫，驚喜道：「林姑娘讀過書？」前面遣詞造句聽著就文雅，如今竟還能說出「男女私相授受」這般話，可見是讀過書。

林卉暗自心驚，都怪這人說話文謅謅的，都把她帶歪了。

她擠出抹笑，否認道：「當然不曾，只不過聽旁人說過幾句。」

羅元德似有些失望，下一刻又振奮起來。「林姑娘當真聰慧，聽一聽便能學會，倘若有人教導，假以時日，必定也是才女一名。」

林卉乾笑。「羅公子抬舉了，我這種窮人家，哪裡能得到什麼指點。」

羅元德猶豫了下，輕聲道：「倘若姑娘不介意，在下不才，願意擔當此任。」細長的眼眸定在她臉上，輕聲慢語，似乎怕驚嚇了她，又彷彿帶著綿綿情意。

林卉無語，屈膝。「謝羅公子好意，我只是名粗鄙農婦，對那讀書習字的風雅事不感興趣。公子請回吧。」繞過他就打算進屋去。

羅元德再次擋在她面前，他嘆了口氣。「林姑娘，在下明白妳的難處，妳不願意便罷了。」伸手從小廝那兒拿過一個小匣子，遞給她。「小小歉禮，收了吧？」懇切的神態裡盛著滿滿誠意。

林卉自然不肯收，羅元德笑得酸澀。「不過是小小歉禮……妳我無緣，我定不會糾纏於妳。」他斂眉，低語。「我若是能早日認識定不會讓妳日日風吹日曬，受這勞作之苦。」

這是打深情公子的路數嗎？林卉心裡暗哂，不接他這番話，收起笑容。「羅公子該回去了。」

羅元德嘆了口氣，不再多話，果真領著小廝退後幾步。

林卉暗鬆了口氣，朝他福了福身，快步繞開他們推門進去，然後迅速關門落閂。

門閂上了，她心裡才穩妥些。透過門板縫隙往外偷覷，只見那羅元德盯著院門看了半晌，狀似難過地嘆了口氣，再慢慢走回馬車。

確認他們的馬車掉頭離開，林卉鬆了口氣，轉頭就把這事扔到腦後。

直到她再次在村裡碰到羅元德——哦不，是羅元德一行人。

# 第十二章

林卉正跟熊浩初在田裡幹活，夏日草木旺盛，隔三差五都要除草抓蟲，突然聽到議論聲，林卉停下動作，順著大夥的目光望去。

只見一群直裰書生服的年輕人正在田埂邊上溜達，說說笑笑，指指點點，偶爾還能看見他們搖頭晃腦、長吟短誦的。

林卉看到人群裡有些眼熟的幾副面孔，其中一名正是羅元德，立即下意識回頭去找熊浩初。「大熊，快看。」

熊浩初正提著水桶邊澆邊走，聞言回頭看她。

林卉指了指遠處那群書生。「看那啊。」

熊浩初順著她指的方向略掃了眼，不感興趣地收回視線。

林卉皺眉。「你說這些公子哥兒的，沒事跑到咱這鄉下地方幹麼？」

熊浩初微怔，瞇了瞇眼，再度看向那群人，這回他仔細把那群人的模樣都打量了遍，不知道看到哪位，眉峰立馬皺起，沈聲朝她道：「待會兒我送妳回去，妳不要單獨行動。」

林卉眨眨眼，不明白他怎麼突然這樣說，不過他說完話就去挑水，她也只能壓下疑問不提。

遠處，羅元德等人正低聲說笑呢。

「羅兄，那就是你看上的小美人？果真不錯。」

「豈止不錯，我瞅著比那怡紅院的翠花姑娘還要水嫩幾分！」

眾人一陣哄笑。

羅元德自傲地笑。「若是那等普通秀色，我何至於這麼大費周章的？」

「確實值得。」

「哈哈哈，換了我，我也樂意。」

有那多想幾步的問羅元德。「羅兄，這樣的姑娘，你若是招惹了，以後可怎麼收場？」

羅元德挑眉。「有何不好收場的？」他搖了搖扇子。「若是知情曉意，我收為侍妾便是了，總比如今天天幹活的好。」

「確實確實，這樣的可人兒自該錦衣玉食、十指不沾陽春水……」

問話那人皺眉，又問：「倘若她不樂意呢？」

「倘若不識抬舉……」羅元德「啪」地一聲合上扇子。「我想，翠花姑娘應當不介意多位姐妹作伴。」

跟在他身後幾人面面相覷。

這個點，田裡都是幹活的人，早在羅元德一行人出現之時，田裡就陸續有人關注上他們。待他們走遠了，便有人急巴巴開口。「剛才我彷彿聽那人說要買村子裡的山？」

「對對，我也聽見了，聽說是要蓋房子，是不是縣城裡那種大宅子？」

「沒聽到人家說的是別院嗎？城裡的宅子哪能叫別院，我聽說別院都是很大很大的。」

「我沒見過嘛，怎麼說得你見過似的？」
「我、我聽說過！不行嗎？」
「哎呀，那麼大一座山，要是買來蓋房子，那房子得多大啊……」
「可別是忽悠人的吧？咱這兒不是山就是石頭，蓋了別莊過來住也不得勁，說不定看完就不買了。」
「嘿，讀書人看的跟咱們看的會是一樣嗎？讀書人都喜歡看山看水的，指不定人家好的就是這一口。」
一聊起八卦，大夥就來勁，你一言我一語的，聊得熱火朝天，連林卉也被帶得八卦之魂雄起。
待熊浩初挑水回來，她立刻巴巴跟過去，撿了另一隻水瓢，也不急著幹活，小聲問道：「那位知縣公子似乎真打算買山頭了，你什麼時候把韓老的帖子送出去啊？」
「不急。」熊浩初開始澆地了。「這幾天老田那邊還有許多問題，忙完再說。」老田是請來蓋房子的幾名工匠之一。
林卉無語。「那個再急也不急在這兩天吧？」
熊浩初勾唇。「沒事，希望越大，失望越大，且讓他高興幾天。」
林卉懂了，是個狠人呀。
在林卉那兒吃了閉門羹，特地跑到梨山村傳出買山消息，也沒得到熊浩初的任何反應，羅元德憋屈不已，回到府裡在書房轉了半天，他一屁股坐到太師椅上，抓起桌上紙扇使勁搖。

扇子嘩嘩地響，聽得他的近身小廝直縮脖子，他想了想，膝行兩步湊過去，小聲道：「少爺，你不就是看中個村姑娘嘛，直接讓轎子抬進來不就得了？」又不是沒做過。

「你懂什麼？」羅元德給他一腳。「要是能這樣，我至於這麼折騰嗎？」

小廝渾不在意，麻溜地爬起來，問道：「那林家姑娘連個可靠親戚都沒有……小的不明白，往日都沒問題，怎麼單這回不行呢？」

羅元德擰眉。「爹的任期明年就滿了，他還想往上使勁呢，這會兒要是出了差錯，他能把我給生吃了。」

小廝撇嘴。「這天高皇帝遠的……縣裡就咱家最大，還有誰能越過咱家去告密不成？」

羅元德沒好氣。「你忘了那打京城回來的韓大人嗎？」

「可他不是已經退下來了嗎？」

「再怎麼退，他在京裡說句話也比我爹這小知縣頂事。」

好吧，這些朝堂的事他確實不懂。小廝遂閉口不言。

說了會兒話，羅元德的氣似乎消去了些。他搧了搧紙扇，自言自語道：「難道爺就這樣算了？就這麼便宜那泥腿子？」

提起那泥腿子熊浩初，小廝登時來勁了。「少爺，聽說那姓熊的力氣真的是一等一的大！」他比手畫腳。「他能活生生把木板子當箭，直接射進樹幹裡的。」

羅元德頓住。「你怎麼知道？」

「嗨，那裘家少爺前些日子不是求娶一名鄉下丫頭嗎？可巧了，就是這林家丫頭。當時這姓熊的，就是給裘家少爺這麼一個下馬威。」

羅元德早就知道這回事，只是沒想到這麼巧……他摸了摸下巴，不知道在想些什麼。

小廝撓撓頭，繼續道：「小的聽說那姓熊的參過軍、入過伍，按理說，這麼大力氣，在營伍當中怎麼著也能混個小兵頭吧，怎麼突然跑回來了呢？」他似乎想到什麼，又問：「少爺，你說，那姓熊的，是不是在兵營裡犯了什麼事？他力氣這麼大，會不會是跟人打架打死人被攆回來了？」

羅元德眼睛一亮。「等等，你剛才說什麼？」

「啊？」

「再說一遍，把你剛才的話再說一遍。」

小廝茫然，只得聽吩咐把剛才隨口說的話再複述了一遍。

「就是這個了！」羅元德收起扇子往左手掌心一敲。「力氣大，打死人還不容易嗎？哈哈哈哈，力氣大好啊，力氣大好啊！」

小廝見他一掃剛才的陰鬱，頗丈二金剛摸不著頭腦。

「走走走，去衙門。」羅元德似乎想到什麼好主意，喜笑顏開站起身。「爺許久沒去衙門看高叔他們辦案了，看看最近有什麼新鮮事去。」

這日，林卉兩人正吃飯，熊浩初彷彿想到什麼，朝她道：「明天我去趟縣城，把買山的事解決了。」

正在嚼東西的林卉急忙點頭，快速把嘴裡的食物咽下去，她問道：「去拜訪別人家要帶點禮，等會兒我拿點錢給你。」熊浩初的大錢現在都在她手裡，要買禮，估計他手裡的銀子不夠。

熊浩初確實沒錢了，聞言點點頭。

林卉想了想，不放心。「你打算買啥送過去？」

熊浩初隨口道：「買些點心？」

林卉覺得不太妥。「畢竟是知縣，咱們跟人也不熟，是不是得送點體面的？」

熊浩初不以為然。「走個過場足夠了。」

「……」想到他們家跟羅家的關係，林卉歪頭想想也覺得有理，遂撂下不提。

第二天，熊浩初去了縣城，林卉懸著心在家裡等著，一個人吃過午飯，又在屋裡做了會兒針線活，期間她總忍不住往門口張望。

既然靜不下心，她乾脆揹上背簍、帶上小鋤頭出門去——這小鋤頭是熊浩初特地做給他們姐弟種菜挖草的。

她打算去採點常用藥草曬乾備用。這時節，田埂裡隨處可見各種野草，清熱止咳的鼠曲草、散寒治感冒的鵝不食草、散瘀消癰解毒的蛇舌草、消癰排膿清熱痢的魚腥草……也無須走遠，田埂、田邊荒地裡盡夠她採了。

一路走走停停，東挖挖、西鋤鋤，期間還發現了個意外驚喜——她在田邊一處荒地上看到了一叢涼粉草，這可是降暑好物啊！有了這些涼粉草，家裡的綠豆都能節省下來了。

待小背簍裝得大半簍，看看時間差不多了，她才戀戀不捨往家裡走。

還沒到家門口，就看到幾名嬸子焦急不已地在院門口張望，帶頭的還是她頗為熟悉的強子娘。

一看到她，強子娘立刻驚喜叫出聲。「回來了，可算回來了！」

林卉茫然。「嬸子，怎麼——」

「快、快。」幾名嬸子呼啦啦圍過來，擁著她往外走。「熊小哥的房子被砸了！大夥都找不著熊小哥，妳趕緊去看看！」

啊？她下晌還經過那兒，怎麼才離開一會兒，就被砸了呢？

一行人一路疾走，林卉心裡著急。「怎麼回事？好端端的怎麼有人來砸屋子呢？」想到在那邊幹活的人，她忙又追問：「田嬸、劉大叔他們呢？他們沒事吧？」那幾人都只是普通匠人，可別被傷了。

強子娘忙擺手。「不是不是，不是新屋那邊，是熊小哥那間木屋。」

人沒事就好。林卉舒了口氣，繼而不解，那間破茅草木屋有啥可砸的？

跟在她後邊的嬸子插了句話。「那些人興許不知道熊小哥正在蓋新屋，以為那就是他家吧。」

看來極有可能。林卉又問：「妳們見著那些人了嗎？是誰？」

諸位嬸娘連連搖頭。

「咱們也不知道，就聽說有夥人兇神惡煞地進了咱村，直奔熊小哥家，抄著棍子、石頭就開砸，男人們都過去了，我們先過來找妳來著。」

林卉蹙眉。大熊平日八棍子打不出一個響屁，閒事不管，又是剛回來，人都不認得幾個，哪來的仇家，竟然追過來砸房子？

多想無益，她壓下心緒，跟著幾位嬸娘快步往村西邊走去，很快，便抵達村西邊的熊家。

一群村民圍在熊浩初的木屋前，隔著人群，只聽到裡頭傳出來的叫罵怒罵，林卉跟著嬸娘們鑽進人堆。

「讓讓，都讓讓，卉丫頭過來了。」強子娘帶頭吆喝。

「哎，來了來了，能說上話的人來了。」

人群登時起了騷動。

「這事兒找卉丫頭不妥吧？沒得讓一個小丫頭來頂事的。」

「是不是且不說，熊小哥不在，他這房子總得有人出來說話，咱村裡除了卉丫頭還有誰能代他說話的？」

「可是……」

「行了行了，咱們還在這兒呢，難不成還能讓別人欺了她去？趕緊的，里正還在裡頭等著呢。」

也是。漢子們連忙讓開通道給林卉等人過。

林卉聽得心驚。難道這不是簡單的尋仇？她快步穿過人群，先不忙問情況，甚至顧不上看那茅草屋的情況，先將對面抓著木棍、鐵鍬的漢子們仔細打量一遍，發現一個都不認識。

這是別村的人？她皺了皺眉，看向站在村民前面的鄭里正，屈了屈膝。「鄭伯伯。」

鄭里正面色凝重點了點頭，正想說話——

「就是這丫頭？」對面傳來一聲喝問。

林卉循聲望去，卻見對面握著鐵鍬的黝黑中年漢子正扭頭看向後頭一名面帶風霜的乾瘦老頭。

老頭兒瞇著眼仔細盯著她看了片刻，點頭。「是她，那天我見到的丫頭鐵定就是她。」

「你確定？」

老頭兒又看了林卉幾眼，再次點頭。「錯不了，這麼水靈的姑娘，十里八鄉也不多見，我老頭兒可沒傻，怎麼可能記錯。」

這話一出，對面一群年齡各異的漢子齊齊怒瞪向林卉。

「好！」黝黑漢子也跟著轉回來，恨恨地掃了眼林卉，轉向鄭里正。「鄭里正，這下你沒得辯駁了吧？」

鄭里正搖頭。「曹兄，人命關天，哪能憑一面之詞就把罪名給定了？」

黝黑漢子一敲鐵鍬，喝道：「證據確鑿，你休想抵賴。」

鄭里正寸步不讓。「如何證據確鑿了？你們看見熊小哥打人了？還是看見他殺人了？就看見他去過那兒，怎麼能判定他殺人？」

「就是就是。」

梨山村這邊的漢子跟著吼回去。

「對，口說無憑，拿出證據來！」

「熊小哥只有一個人，怎麼可能單挑這麼多人，想挑事也不找個好點的理由。」

「就是，我還看見你們殺人了，我看得真真的，你們信不信？」

「隨便找個人說見過熊小哥和卉丫頭兩人，就能誣陷熊小哥殺人，那這案子也太好審了吧。」

七嘴八舌、氣勢洶洶，但對面的人也不甘示弱。

「那姓熊的力氣那麼大，一個人對上四、五個人有什麼問題？」

「就是，聽說他入過行伍、當過兵丁，這戰事才結束幾年，現在退下來的，前些年一定打過仗殺過人。」

「說不定還是因為犯事才被退下來的呢。」

「聽說他未及冠就能獨自殺死幾個成年壯漢，現在他長大了，又去戰場歷練了幾年，豈不是更厲害了？殺幾個人算什麼！」

「嘿，你們還真敢，竟然跟這樣的人住在一個村裡，也不怕半夜被割了腦袋。」

雙方亂糟糟的對噴，一方斥責怒罵，一方嚷嚷帶恐嚇，場子一時間亂糟糟的，林卉越聽越心驚，連忙走到鄭里正身邊，低聲問：「鄭伯伯，究竟怎麼回事？這些是什麼人？」

鄭里正看了她一眼，也沒說什麼事，只道：「這事情有些大了，妳管不來，我已經讓強子幾個趕緊進城去找熊小哥了，等他回來再做計較吧。」

林卉著急。「你先跟我說說什麼情況啊，指不定我知道一二呢？」

鄭里正捋著短鬚，斟酌片刻，便將緣由大致解說了一遍──

富陽村裡前些日子死了幾名混混，屍體是在進山不深的地方被發現的。死了這麼多人，富陽村的人自然不敢隱瞞，立刻報到縣城裡，縣衙查看過後，直說是野獸啃咬便結了案子。

這件事本來就這麼過去了，可不知怎的，前兩日又有差役到他們村，將這件案子翻出來繼續追查，甚至還找了好幾戶人家問了些情況──比如，知不知道死者跟誰有過矛盾？附近有沒有誰的力氣特別大，能掰斷別人骨頭那種……又比如，發現死者屍體那幾天，有沒有什麼奇怪的人到過那座山附近……

這一問，就問出了些不同尋常的情況，得知跟富陽村相鄰的梨山村正好有個人，力氣是常人幾倍，徒手斷木、飛石鑽木，端的是厲害得緊。然後，發現屍體的前兩天，村裡的老鐵頭在山溝附近砍柴的時候還見過那人，當時那人身邊還帶著一個俏丫頭！

沒錯，當時老鐵頭看到的，就是熊浩初跟林卉兩人。而老鐵頭，就是剛才那位指認林卉的乾瘦老頭。

有了差役那一番追問，再加上老鐵頭信誓旦旦的指認，那幾戶人家便鬧了起來，富陽村里正，也就是那名中年黝黑漢子就疑上了。

他跟死者之一是堂兄弟，這疑心一起，恨意就跟著上來，他乾脆一不做二不休，帶著人就衝過來，打算直接跟熊浩初來個當面對質。

林卉心裡掀起滔天駭浪！旁人聽著這些漏洞百出、毫無干係的理由，只覺荒唐。她身為當事人，卻知道這恰好就是實實在在的事實——即便那幾個人是真的人渣。

可這事是絕對不能承認的。她暗自掐了掐掌心，面上裝出驚詫萬分的模樣。「殺人？說我家大熊殺人？」面上再鎮定，心裡還是慌的，連給熊浩初私下取的親暱稱呼都叫出來了。

她冷冷掃了眼對面富陽村的人，提高音量。「就憑差役那簡單幾句問話？就憑他們村的人說見過我家大熊？當我們是傻子嗎？」她冷笑一聲。「還是說，你們村的人見我家大熊蓋起房子，手裡還有幾個餘錢，打算拿這八竿子打不著干係的命案來訛錢？」

不管怎樣，先倒打一耙再說。

那乾瘦老頭似乎縮了縮脖子，林卉腦子裡閃過什麼，還沒想明白，就聽對面那位黝黑漢子道：「小丫頭，妳別扯這些有的沒的，既然妳站出來了……那妳說說，上月二十八，妳是不是跟那姓熊的去我們村邊上的山溝裡了。」

林卉伸手攔住欲要說話的鄭里正，直直面對他。「我去了又如何？怎麼，那山溝寫了你們富陽村的名？還是你們只許殺人犯進山溝？」

「噗！」她身後有人笑了。

「對啊，你們那山溝是不是只許殺人犯進去啊，別人進去就得被蓋個殺人犯的戳兒啊？」

「哈哈哈，誰不知道他們富陽村出了名的多混帳，說不定還真是那樣呢。」
「打那兒晃一圈都會被當成殺人犯，咱們以後可得離他們村遠著點。」
「可不止他們村，他們連邊上山溝都包了呢。」
「哈哈哈哈！」
梨山村這邊笑成一片，對面富陽村的人皆是黑了臉，黝黑漢子沈著臉。「小丫頭，牙尖嘴利的，可不討人喜歡。」
林卉「呵呵」兩聲，答道：「我覺得我挺討人喜歡的，不喜歡我的，大概不是人吧。」
眾人哄笑。
「咳咳。」鄭里正適時站出來，讓大夥安靜下來。
對面富陽村里正則臉色黑得跟鍋底似的。「我沒那工夫陪你們耍嘴皮子——把姓熊的交出來。」
鄭里正搖頭。「我說了，今兒不湊巧，熊小哥進了城。再說，這人命關天，咱們小老百姓可不敢私下斷定，既然你們疑心我們村的熊小哥是兇手，我一併讓人去請了縣衙差役，等他們到了，我們再好好理理這事。」
許是正主之一出來了，許是叫罵了一番，黝黑漢子聽鄭里正的安排，面色好看了許多，道：「就怕你們不敢。」
鄭里正鬆了口氣。「既然如此——」
「慢著。」林卉卻陡然開口。「這事要怎麼理，自有官大人去操心，你們無憑無據就跑來我們村砸屋子，這事兒怎麼說？」

她剛才覺得那乾瘦老頭有些不對，乾脆便把事情從頭到尾細細捋了一遍，然後她便發現其中蹊蹺。

若真是如她所想那般……這一切約莫是個巧合，熊浩初的行跡其實並沒有敗露，既然如此，那她絕不能示弱，甚至底氣還要擺得更足一些。

富陽村里正轉回來，上下打量她一番。「聽說妳是那兇手的未婚妻？既然你們沒有成親，這事，就輪不到妳一個小丫頭片子插手。」

林卉不甘示弱。「開口就叫別人兇手，不知道的還以為你是哪來的官大爺呢。」不等他接話，指向他身後坍塌的茅草屋，冷聲道：「還有，誰給你們權力過來砸房子？」

富陽村里正瞪向林卉。「等縣衙把這案子結了，我不光要砸房子，還要——」

鄭里正大喝。「夠了！」他盯著黝黑漢子。「曹兄，不管如何，你們過來砸房子就是站不住理。」

這位富陽村里正正是姓曹，只聽他冷笑。「那我們村幾條人命怎麼算？」

鄭里正惱怒。「事情未有定案，一切等縣衙來人再說。」

多說無益，雙方乾脆各占一邊，涇渭分明地等著。

「回來了！回來了！」遠遠有人呼喊著跑過來。「熊大哥回來了！」

所有人都激動了，紛紛朝著村口方向翹首以盼。

很快，熊浩初一行便進入眾人視線，除了熊浩初，還有幾名皂衣衙役。

「妳沒事吧？」熊浩初快步過來走到林卉身邊，將其上下打量一番，問道。

放鬆了不少的林卉連忙搖頭。「沒事。」

鄭里正則迎上那行皂衣衙役。「諸位大人好，小的是梨山村里正，姓鄭，不知道大人如何稱呼？」

「我姓周。」帶頭的衙役收起笑容，朝他點點頭。「聽說你們村有人犯事，我來看看。」他看看左右。「究竟什麼情況？」

鄭里正快速把事情詳細解說一遍，然後引著他們往茅草屋那邊走，圍觀的村民早就分開一條道，只等他們過去。

看到那破了好幾個大洞的茅草屋，周衙役搖了搖頭，看向富陽村諸人。「你們幾個怎麼回事？」

曹里正這會兒倒是恭敬。「大人，小的是富陽村里正。前幾日有幾位大人來我們村……」他巴拉巴拉說了一大堆，然後指向熊浩初。「種種證據表明，這姓熊的就是那殺人兇手，還請大人趕緊將他繩之於法！」

周衙役板起臉。「你是衙役還是我是衙役？怎麼這案子還輪到你來斷了？就算案子出來了，也輪不到你們來砸別人房子。」他拿食指點了點他們。「你們這叫尋釁挑事知道嗎？我能抓你們進大牢的知道嗎？」

富陽村一行人傻眼，周衙役轉頭。「熊兄弟，這事怨我們，都是我那同僚沒查清楚，猴急到處亂說話，回頭我定會向羅大人稟報一二，讓他好生責罰。」

態度格外分明，不光富陽村人，梨山村人也驚詫地看向熊浩初。

曹里正自然不服。「大人，他就算不是殺人兇手，也肯定犯過什麼事——」

「行了，這些就輪不到你們操心了。」周衙役不甚耐煩。「你們趕緊給人賠個不是，還有，你們既然砸了別人的屋子，就得賠錢。」

不光要賠不是，還要賠錢？富陽村的人傻眼了，齊齊看向曹里正，後者忍怒上前。「周大人，我與林大人頗有幾分交情——」

「行了行了，別說那些有的沒的。」周衙役不耐擺手，然後道：「砸了別人屋子，你們一人賠個三十文吧。」

三十文！曹里正急了。「大人，這破草屋哪裡值這麼多錢？」

周衙役哼道：「多了就當你們給熊兄弟的賠禮了。」

「不可能，我們幾個的兄弟還死得不明不白的，怎麼可能還賠銀子給他？」曹里正氣急，一口拒絕道。

「對，他給我們兄弟賠命了嗎？」

「沒錢，要命一條要錢沒有！」

富陽村等人也都激動起來，甚至人往前走了兩步。

周衙役虎眼一瞪。「怎麼？想造反？」他身後幾名衙役順勢上前，將手裡的短杖往前一舉。

這年代小老百姓哪敢跟官鬥，一見衙役們出杖，他們立即縮了。

曹里正咬了咬牙，擠出笑容。「不敢不敢，大人莫生氣，小的幾個不過是想到死去的兄弟才激動些。」

「那就趕緊的。」

「……這，不是我們不配合，都、都沒帶錢呢。」

「你不是里正嗎？擬個欠條改明兒送過來。」

有衙役押著，富陽村等人敢怒不敢言，忍氣吞聲跟鄭里正簽了欠條，灰溜溜跑了，周衙役等人也很快告辭離去。

事情發展太快，梨山村所有人都懵了，下意識看向熊浩初，等著他解釋一二。

熊浩初對眾人熱切的目光視而不見，轉向林卉。「有飯吃嗎？餓了。」

林卉。「……」

眾村民。「……」

就知道吃！

似乎終於察覺到眾人的鄙視，熊浩初淡定地解釋了句。「我沒吃午飯。」

得，人家連午飯都沒吃，這會兒顧著吃飯那是一點問題都沒有。眾人悻悻然，除了鄭里正厚著臉皮說要去林家用頓便飯，其他人只能眼巴巴看著熊浩初被林卉帶走。

兩男人進屋落座便開始說正事，林卉則對上擔心不已的田嬸——守在家裡的她已經把晚飯做好了。

都是簡單的日常菜，林卉想著再加兩道菜，被鄭里正給攔了。「夠了夠了，別折騰了，邊說邊聊吧。」

熊浩初也讓她別忙活了，其實田嬸跟了林卉這麼久，也知道他們家的飲食習慣，材料雖簡單，味道都是足的。

既然這兩人不嫌棄，林卉也懶得多弄了，拿來碗筷，三人便邊吃邊聊了起來。

「熊小哥，你想想，富陽村跟縣裡衙役，你是不是都得罪過？」

熊浩初搖頭。「不知。」繼續低頭扒飯。

鄭里正。「……」

林卉想了想，插嘴道：「縣衙那頭，或許是我招來的禍事。」

熊浩初抬頭，咽下嘴裡的食物，張口正要說話，林卉按住他，簡單說了羅元德的事。

鄭里正啞然。「竟然是因——」視線掃過林卉的臉，嘆了口氣。「罷了，若是那位知縣公子使的手段，這真是飛來橫禍了。」

林卉也跟著慶幸。「幸好大熊的朋友幫忙。」

鄭里正忙追問是什麼朋友，林卉看了眼熊浩初，斟酌著說了幾句。

知道熊浩初縣裡有人脈，鄭里正這才放鬆不少。

待鄭里正離開，林卉想到那破爛的茅草屋，有些擔心，問熊浩初。「要不，這幾日先住我這兒？」

正準備離開的熊浩初動作一頓，扭頭看她。

林卉無語。「想啥呢？留下來也是住林川那屋，我和田嬸擠擠。」熊浩初莞爾，搖頭道：「不用。天不冷，我只要有塊地方躺著就行，哪裡都沒差，再不濟就住到新宅那邊去。」

行吧，眼下也只能這樣了。

事情暫時解決，林卉依舊懸著顆心，翻來覆去想了半宿才入睡。

然而第二天一大早，熊浩初剛進門，便被林卉扯到一邊。

「不行，我怎麼想怎麼不踏實。」她壓低聲音。「韓老只是回來住一段日子，咱可是要在那知縣手底下過日子……要不要想個辦法，把那知縣拉下來？」羅元德不就是仗著他爹的身分嗎？就他那樣的人，只要弄掉他爹的官帽，怕是有很多人要落井下石的。

熊浩初挑眉。「比如？」

「我不正問你嗎？」林卉理所當然。「你混過官場，那些陰謀詭計、爾虞我詐的，怎麼也比我這種純良小老百姓厲害，當然是你來想法子。」

熊浩初。「……」

呃，他若是告訴小未婚妻，他就是被爾虞我詐、陰謀詭計給弄下來的，會不會被退親？

不過，她要表達的意思他也懂了，這事確實還有得磨，只是不好說與她聽。

面對她擔心的視線，熊浩初揉了揉她腦袋，不答，反而轉移話題道：「我昨天好像遇到妳舅舅了。」

舅舅？林卉怔住了。

原身還真有個舅舅，不是宋泰平那個表舅，而是林母張翠娥的親弟弟，張陽。

幾年前這片地界還亂著的時候，到處都亂糟糟的，隔三差五的，不是亂軍打過來就是賊寇流氓搶劫，莊稼人連地都沒法安心種。

莊稼人一輩子都是靠地吃飯，沒法種地，差不多就等同於斷了他們的生計，很多人因此餓死，林卉的外婆正是其一。

張陽因此大受刺激，跑下山當了流寇，他們家日子才好過了些，挨餓的日子也少了許多，也正因為如此，即便她外公、林母林父極力反對，也沒法勸動他回來。

好景不長，大衍立朝，潞陽縣很快便被收歸旗下。彼時，戰事未休，大衍朝為了安心對外，大力整治流寇亂象，沒來得及收手的張陽就被抓了進去，判了五年牢獄。

然後便是林卉外祖、林母的接連去世。

這段時間，宋泰平一家確實幫襯了不少。也正因為如此，即便宋家在她的親事上頗有些指手畫腳，林卉也不想跟他們扯破臉。

言歸正傳，這些事情發生當時林卉不過十歲上下，對這舅舅印象不深，後面幾年偶爾會聽父母提及幾句，只是一提這舅舅，必定繞不開外公，林母也必定要傷心淌淚，十有八九又會病倒。久而久之，她爹便不在家裡談及張陽。

林卉穿越過來後，閒著沒事都會翻翻原主記憶，自然知道這些情況，只是畢竟沒有親身經歷的深刻，看什麼都宛如走馬觀花，對這位舅舅確實印象不深。

算起來，林川六歲，張陽也差不多該出來了。

不過……

「你怎麼知道那是我舅舅？」林卉不相信。她都快記不得那位舅舅的模樣，熊浩初就算以前見過他，這麼多年，怎麼還記得？

「我昨天、咳咳，被抓到大牢裡待了一會兒——」見林卉大驚，熊浩初忙擺手。「只是待了一小會兒，沒事。」然後接著道：「許是準備出獄太過興奮，聽說我是梨山村人，妳舅舅立刻就問我妳娘和你們一家的情況。」

那還說是好像？林卉白了他一眼。「你怎麼說的？」

熊浩初看著她。「我沒理他。」

「……」林卉抹了把臉。「算了，等他出來說吧。」

日子該怎麼過還得怎麼過。

田裡活計忙完回來，林卉洗乾淨手腳，在前院支了個架子，上置簸箕，再將昨天採摘回來的草藥一一清洗，鋪到簸箕上晾曬，再勻出一部分涼粉草熬製涼粉。

涼粉草要熬製許久，林卉乾脆把針線活帶進廚房，坐在灶前土階上邊看火邊做針線。

等涼粉做好、晾涼，她手裡的衫子也做好了，彼時已經接近午時。

回來做飯的田嬸先去菜畦裡摘菜採瓜，然後坐在門口擇菜，邊跟她絮叨。「我瞅著，就咱家的菜長得最快最好，別人家的好幾天才能摘一輪，咱們家的三五天就能得了，味兒還正。」

這話她叨叨了幾回，反正她肯定抓不到什麼線索，林卉就只笑笑不搭話。她拿出熊浩初留給她的小刀，洗乾淨，將涼粉劃成小塊，待會兒一舀就能吃。

「我看啊，肯定是林姑娘人好，上天都知道照顧著些了。」田嬸唸叨了幾句，見她沒接話，往她這頭好奇張望。「姑娘在做啥呢？」

「涼粉。可以解暑氣，也好吃，待會兒妳嚐嚐。」雖已入秋，秋老虎還是厲害得很。

田嬸「哎」了聲。「又能吃好吃的了，咱們這段日子過得可真舒服。」然後感慨了句。「姑娘懂得真多。」

林卉笑笑。「這涼粉不難做，妳要想學，我跟妳說說——」

「姐姐——」

一道小身影飛也似的奔進來，林卉還沒看清楚，就被撲了個正著——好在她反應及時，將小刀高舉過頭頂。

這小身影不是林川是哪個？林卉詫異。「川川？你怎麼回來了？」想到什麼，她臉色大變。「是不是調皮搗蛋被韓老趕回來了？」

原本興高采烈抱著她大腿的林川登時嘟嘴。「才沒有，我可乖了。」

「那你怎麼回來了？」

「我跟先生一起回來的。」

啊？

她正茫然呢，就聽堂屋方向傳來一聲輕咳，然後是招呼聲。「林姑娘，老夫叨擾了。」

林卉循聲望去，穿過堂屋走出來的正是韓老，韓管事也跟在他後頭，兩人皆是笑吟吟地看著自己。

她忙放下小刀擦了擦手，迎上去行禮。「韓老、韓管事。」起身。「怎麼突然過來了？」剛說完就覺不妥，忙補充道：「前幾日才見過，我沒想到你們竟然這會兒就過來了。」

見有客人，還是衣著看起來就貴氣的人家，邊上坐著摘菜的田嬸忙站起來。

韓老看了她兩眼，環視一周，再看看拘謹的田嬸，捋了捋長鬚，笑道：「看來姓熊那小子並無大礙。」這傢伙的未婚妻還能安心做飯，可見事情並不如他所想般。

林卉眨眨眼，恍然大悟，問道：「韓老知道昨天的事情了？」轉頭朝田嬸打招呼。「田嬸，煩勞妳去新屋那邊找找熊大哥，說家裡有客，讓他趕緊回來。」

「哎哎。」田嬸拘謹地點點頭，朝韓老兩人屈了屈膝，鑽進廚房，避開他們從廚房穿堂屋出去。

林卉擦乾淨手，引他們進堂屋。「走，先進屋坐會兒，熊大哥一會兒就回來了。」

韓老擺擺手。「不著急不著急。既然你們沒事，咱今兒就當串個門。」看了眼廚房裡頭，他笑道：「早就聽川川說他姐姐做飯好吃，今兒我可得乘機好好嚐嚐了。貿貿然前來，希望林姑娘別介意。」

林卉笑了。「怎麼會介意，我巴不得你們多來呢！不過我也就會做些家常菜，小孩子沒見過世面，隨便瞎嚷嚷，您別放在心上。」

林川嘟了嘟嘴，嘀咕道：「我才沒有。」
林卉忙給了他腦袋一下，韓老更樂呵了。
林卉忙岔開話題。「您第一回過來，要不，讓林川領你們四處轉轉吧？咱這兒別的沒有，鄉村野趣、田野風光倒是足足的，說不定您看了會有感而發，吟上幾首絕世好詩。」
有客人過來，她得趕緊準備午飯，把人忽悠出去才是正經。
韓老自然明白她意圖，莞爾打趣道：「妳這麼一說，我要是無感無詩的，豈不是白來一趟？」
林卉忙道：「這好不好的，我說了不算，讀書人看的東西或許比我多呢。」
韓老哈哈笑起來。「行行，我這就去晃晃。」朝林川招手。「來，川川領我四處走走。」
林卉摸了摸挨著自己的林川腦袋，低聲道：「川川，去吧。」
林川戀戀不捨地蹭了蹭她的腰，放開她。「那我去了，姐姐待會兒見。」
「待會兒見。」
目送他們離開，林卉回身，掃視廚房一圈，皺眉想了想，目光移向院子裡那幾隻咯咯叫的大母雞。
行了，今兒中午待客就靠牠們了！
林卉捋起袖子就開幹，正忙活，熊浩初回來了。
他緊張地環視一周，問她。「誰來了？」

林卉回頭，看了眼後頭氣喘吁吁的田嬸，笑道：「是韓老跟韓管事，他們知道了昨天的事，帶川川回來看看，你剛才沒碰上他們嗎？」

熊浩初似乎鬆了口氣。「沒有。他們去哪？」

林卉隨口答道：「我讓川川領他們去晃晃，估計待會兒就回來。」她轉頭招呼田嬸。「田嬸，今兒可能得麻煩妳過去那邊做飯了。」

「哎哎，應當的。」田嬸麻溜拿來籃子裝菜。「妳好好招待客人，我這兒您不用操心。」覺得不放心。「要不要我等會兒再過來給妳搭把手？」

「不用。」林卉幫她裝上足夠的菜和米，又往她籃子裡塞了幾個雞蛋。「去吧。」又給他們加菜了。田嬸面露感激，抱著籃子離開了。

她們收拾的工夫，熊浩初已經走進來，順手給爐灶裡添了把柴，然後起身朝她道：「我出去一趟，一會兒回來。」

林卉皺眉。「這會兒你出去幹麼？韓老他們馬上就回來了。」

「放心，很快回來。」話音未落，已經不見了人影。

跑得真快，林卉撇了撇嘴。

不管了，她得抓緊時間了。

淘米做飯，殺雞擇菜……沒多會兒，廚房裡便飄出陣陣香味，林卉正炒著最後一道菜，林川一陣風似的鑽進來，踮著腳往鍋裡瞅。「姐姐妳在做什麼？好香。」

「就豇豆。」林卉見鍋裡快乾了，忙端起邊上小碗往鍋裡灑了點水，繼續翻炒。「韓老他們呢？」

「在外頭看小雞小狗們。」林川不解。「我還以為就小孩子喜歡看呢，為什麼大人也喜歡看？」

林卉失笑。「他們見得少了。」努嘴。「去洗手，準備開飯了。」

「啊？不等熊大哥嗎？」

林卉繼續翻炒缸豆。「不等了，到了飯點還亂跑，餓死活──」

「啊！熊大哥。」

「咳咳咳！」林卉差點被自己的口水嗆著，顧不上炒菜，捂著嘴巴轉過去咳了好幾聲，才抬頭看向進門的漢子，乾笑。「你回來啦？」

熊浩初挑眉，舉了舉手裡的東西，問道：「趕上了嗎？」

林卉打了兩聲哈哈，去看他手上提著的──

「好肥的老鼠！」林川「哇」了一聲，好奇問道：「熊大哥你抓牠幹麼？」畢竟是農家娃，看到老鼠也是稀鬆平常。

熊浩初還沒說話，林卉已經看清楚那隻「老鼠」是什麼品種了。她詫異。「這兒有竹鼠？」

熊浩初眼底閃過詫異。「妳知道竹鼠？」

「什麼是竹鼠？」林川好奇。

「那當然。」林卉先回答了熊浩初的問話，再低頭給林川解惑。「是一種愛吃竹子、植物莖稈的鼠類。」

「可以吃嗎？」林川瞪大眼睛。

「當然可以。」林卉隨口答了句，轉回去繼續翻炒豇豆。

熊浩初掩下疑惑，說道：「我剛去林子那邊的陷阱晃了一圈，只有這隻竹鼠，別的不是死了就是跑了。」他問林卉。「怎麼處理？」

林卉伸手往後院一指。「剝皮，剁成塊，再削點薑，待會兒我來炒。」想了想，又補充道：「你弄完了記得用肥皂洗乾淨手。」野物身上說不定有什麼病毒，小心為上。

熊浩初「嗯」了聲，提著竹鼠出去了。

韓老他們正在外頭呢，見他又出來了，登時笑呵呵迎上來。

「等你老半天——呃，你抓隻老鼠作啥？」韓老話說到一半就看見他手上的竹鼠，嚇了一大跳。

熊浩初挑眉。「這是竹鼠，可以吃。」不過，連韓老都不知道這是竹鼠，他媳婦兒是如何得知的？

「……」韓老瞪大眼睛，指著那隻灰撲撲的玩意，顫聲道：「你們平日吃這個？」

連他身後的韓管事也是臉露同情。

熊浩初哂然，也不多解釋，翻出匕首，蹲在水溝前開始給這隻竹鼠剝皮。

韓老畢竟見多識廣，緩過勁來便巴巴湊過去。「這玩意跟老鼠有什麼差別？」

熊浩初停下動作，想了想，道：「比老鼠好吃。」

好吃就行了，韓老臉上神情如是道。

他半彎下腰，好奇地看他搗鼓。「這竹鼠……我小時候也不多見啊，潞陽如今都吃上這個了？」

「現在也是少見。」

韓老皺了皺眉。「那川川姐姐會做嗎？」頓了頓，揶揄他。「還是你來做？」

熊浩初頭也不抬。「我媳婦兒會做。」

韓老這下詫異了。「不是說潞陽少見竹鼠的嗎？你媳婦兒怎麼會做？」

熊浩初頓了頓，彷彿解釋般說了句。「前些年大夥都躲進山裡，也是吃過幾回的。」

林卉正好出來欲舀水洗鍋，恰恰把這句話聽進耳裡，心裡一咯噔——糟了，露馬腳了！

正在剝皮的熊浩初聽見腳步聲，回頭見她怔怔然盯著水缸，問她。「怎麼了？」

韓老兩人順著他的目光望過去，林卉回神，先朝客人笑笑，再對著熊浩初搖頭。「沒，沒事。」又道：「你們再聊會兒，飯菜一會兒就好了。」

估計沒人能想到她的來歷，以前她曾在書上看過，不然她也不知道竹鼠還能煮來吃，再說，熊浩初剛才說的理由也算對得上，以後可得小心些了……

那廂，聽了她的話，韓老連忙擺手。「不著急不著急，慢慢來。」

心虛的林卉笑笑，不再多話，舀了瓢水再次鑽進廚房裡。

熊浩初收回目光，繼續低頭給竹鼠剝皮。

韓老朝著廚房方向嗅了嗅鼻子，道：「川川姐姐做菜似乎真的挺不錯的樣子。」這味兒聞著真香。

「嗯。」

韓老砸吧了下嘴巴。「聽川川唸叨了好幾回，託你的福，終於能嚐——哎，我說你這小子，差點就被你拐跑了，說說，昨天究竟是怎麼回事？」他終於想起正事，忙把話題轉回去。

「你不是知道怎麼回事了嗎？」言外之意，懶得多說。

「……你這臭小子。」韓老笑罵了句。「我能知道什麼？要不是今早那羅知縣突然上門賠禮，我還不知道你昨天被抓進大牢呢！你讓我說你什麼好？堂堂——哈哈哈哈，不對，你竟然被抓進大牢！」似乎想到什麼，韓老大笑起來。「回頭我得修書幾封送回京去，定要讓大夥都樂呵一場。」

熊浩初面不改色。「不用麻煩，我已經送了。」

韓老才不信。「你送了？你能送給誰？符三嗎？」他嗤笑。「難不成還能送給皇上、太子嗎？」

「那倒沒有。」熊浩初將竹鼠剝完皮，甩了甩手上血水，起身。「只是送給吏部那幾隻老狐狸——」

韓老登時明白過來。「你這是打算從吏部直接攔他官路？」搖頭。「吏部那幾位老狐狸怕是不會搭理你。」

熊浩初走到水缸前，舀了水沖洗竹鼠，然後補了句。「還有都察院幾位老頭子。」

這回韓老詫異了。「你跟他們還有交情？」

「沒有。」熊浩初淡定道：「抄一份是抄，抄兩份也是抄，我就讓人多抄了幾份，想到誰就送一份了。」

「……」韓老啞然，繼而語重心長勸他。「這法子只能使一次。人走茶涼，又天高皇帝遠，你日後若是遇到硬茬，處境可就不妙了。」

這是忠言。熊浩初回頭，鄭重道：「多謝提醒。」

能聽進去就好。韓老微舒了口氣，問道：「我聽那知縣語氣，不過是案子不清抓錯人了，為何你要如此大費周章？」

熊浩初挑眉。「我若是沒有你那封帖子，你猜我現在能站在這兒嗎？」

韓老張了張口。

「如此便是了。」熊浩初唇角露出抹譏諷。「原本我借你名帖，不過是想給這位羅知縣一個小小警告……」誰知道那羅元德竟還敢做出這等事情。

韓老嘆了口氣，熊浩初不再多說，抓著那隻光溜溜的竹鼠進了廚房。

林卉正在炒高麗菜，見他進來，看向他手裡的竹鼠，有些遺憾。「這竹鼠有點小啊。」

熊浩初逕自走到砧板前，將竹鼠擱到砧板上，抓起菜刀「哆哆」幾下，就把竹鼠分成幾塊。

林卉湊過去看了眼，囑咐道：「再切小塊點，好入味。」

熊浩初依言照辦，然後拿了個盤子裝起來。

林卉又朝坐在灶前邊看火順便削薑的林川道：「薑好了嗎？」

「好了好了。」林川起身，蹬蹬蹬跑到熊浩初那兒，將削了皮的薑塊放砧板上。「給。」然後蹬蹬蹬又回去燒火。

熊浩初將薑塊挪到砧板中間，順手一拍，再切上幾刀，抄起扔進竹鼠肉裡，隨手拌開，然後遞給林卉。

林卉正給青菜裝盤呢，努了努嘴，道：「先擱那兒，我一會兒炒。」

熊浩初又依言放下。

韓老正站在廚房外張望呢，自然將這一幕收進眼底，忍不住回頭跟韓管事說話。「還真想不到熊小友還有這樣一面。」不光廚房的活幹得索利，最重要的是，還對一個村丫頭言聽計從的，他感慨了句。「我還以為他就會舞刀弄槍呢……真是人不可貌相。」

韓管事微笑。「想必這就是書中常說的，百煉鋼成繞指柔。」

「然也。」韓老捋鬚。「古人誠不欺我。」

他倆在廚房門外嘀嘀咕咕的，雖壓著聲音說話，可地方就這麼大，廚房裡的人自然聽見了。

林川懵懂，熊浩初臉皮厚，林卉卻禁不住了，忙朝熊浩初道：「就剩一道菜，有川川幫我燒火就夠了，你陪韓老他們去屋裡坐會兒。」頓了頓，提醒道：「記得倒水。」

韓老兩人到了這麼久，還沒給人上杯水，太失禮了。家裡沒茶葉，白開水總得上一杯。

所幸他們家杯子碗筷都是新添置的，招待客人也算過得去了。

熊浩初環視一周，確認沒啥可幫，點了點頭，走出廚房，洗手，同時將韓老兩人帶走。

林卉這才鬆了口氣，加快速度做飯。

有林川幫忙燒火，林卉很快便把竹鼠炒好，將鍋洗了洗，添水開始煮絲瓜雞蛋湯。

# 第十三章

飯菜上桌，主賓落座。

韓老笑呵呵扶箸。「我老頭子今兒倚老賣老一回，不客氣了。」

主人是林卉姐弟，年紀輩分小，熊浩初是客人，韓老也是客人，再來是韓管事——韓老帶來的車伕不敢上桌，林卉只得給他夾了菜，讓他搬了張凳子坐外頭吃。

韓老現在還算是林川的先生，這起筷之人，他確實當得，故而林卉絲毫不介意，還為他介紹。「韓老嚐嚐這道沙薑鹽焗雞。」

韓老懸在竹鼠上的筷子一頓，轉了個彎，落在沙薑鹽焗雞上，夾起一塊帶了層皮的雞背肉，先聞了聞，點頭。「沙薑。」送進嘴裡嚼了嚼，登時眼睛一亮。「好，好！」然後招呼大家。「都吃，趕緊吃，這道雞，絕了！」

林川眼巴巴看著他，等他開口，迫不及待就伸向雞肉，夾起一塊塞嘴裡，不等咽下，立即笑開了，然後含糊不清道：「我就說我姐姐做飯好吃，最最好吃！」

林卉瞪他。「嘴巴裡有東西不許說話。」

林川縮了縮脖子。

韓老看在眼裡，笑咪咪道：「川川還小，不礙事。」

林卉自然不會不給他面子，遂略過不提。

熊浩初沒在意這小插曲。他在吃雞肉。

韓老說完話回頭一看，那盤雞已經不見小半，要知道，一隻雞撕成塊，肉只有那麼幾塊，底下還有雞骨架，這吃了一小半，盤子裡幾乎就不剩什麼了，他登時怒了。「臭小子，我才是客人，不知道給我留點嗎？」

熊浩初快速咽下嘴裡食物，隨口道：「盤裡還有。」順手又夾了滿滿一筷子，放到林卉碗裡。

韓老。「……」

林卉乾笑。「韓老您試試雞翅膀，這個——」瞅見某人的筷子依言伸向那僅有的兩隻雞翅膀，她下意識抄起筷子，「啪」地一下打掉。「你不許吃！」

熊浩初。「……」

林卉也傻了。

得，兩口子一起丟人吧。

好在韓老並不介意她的失禮，還哈哈大笑起來，指著熊浩初笑道：「就得有人治著你！」完了毫不客氣伸筷，夾了塊雞翅回碗裡。

林卉鬆了口氣，暗瞪了熊浩初一眼，轉頭夾了塊雞爪，往林川那邊送。「川川你嚐嚐這個。」

另一邊的韓管事見她竟然給林川夾雞爪子，嚇了一跳，以為她擔心雞肉不夠，忙勸了句。「別聽我們老爺的，這還有許多肉呢。」言外之意，沒必要吃雞爪子。

準備下嘴的韓老詫異抬頭，視線掠過林家姐弟，落在轉去夾竹鼠肉的熊浩初身上，見後者一臉淡定，他挑了挑眉。

林卉聞言，筷子下意識停住，正想解釋，林川已經忙不迭反過來勸韓管事。「伯伯，雞爪可好吃了，您也嚐嚐呀，快吃，不然待會兒就被熊大哥搶走了。」頓了頓，又朝韓老道：「姐姐說這些頭頭腳腳太硬，不適合老人家，先生您別難過，您可以吃肉啊。」

韓老登時被逗笑了，點頭。「好，我吃肉。」

韓管事還再問，林川那小短手已將碗移到林卉筷下，還催她。「姐姐快給我呀。」

林卉依言放下，然後笑著朝韓管事解釋。「韓管事別擔心，林川喜歡吃這個。」

林川連連點頭，「嗷嗚」一聲咬上雞爪，韓老、韓管事皆好奇地盯著他。

林川那口小牙鋒利得很，很快便啃乾淨一截雞爪，吐出骨頭，興奮地抬頭告訴林卉。

「這個比滷雞爪還好吃！」

林卉莞爾，摸摸他腦袋。「喜歡的話，以後再做給你。」

林川喜笑顏開。「好！」眼角一掃，立馬告狀。「姐，熊大哥又要夾雞爪了！」

林卉瞪過去。

聽說雞爪好吃，筷子拐了個彎又回到鹽焗燜雞上的熊浩初。「……」

韓管事眼疾手快，立馬將他筷子下面的、也是僅剩的一隻雞爪夾走，還笑呵呵道：「雞爪這東西哪裡能給大人，還是小人來解決吧，熊大人您吃肉，吃肉，呵呵呵。」

熊浩初。「……」

韓老笑罵了句。「你這傢伙！當心熊小友把你趕出去。」

韓管事憨笑。「想必大人不會與小人計較。」嘿嘿兩聲，一口咬下兩根雞爪子。

熊浩初。「……」

林卉忍笑，給熊浩初夾了塊竹鼠。「你嚐嚐這個，這個應該也不錯。」

熊浩初這才收回視線，夾起碗裡的竹鼠開始啃。

各自端碗舉箸，啃完雞翅，韓老忍不住讚道：「林姑娘好廚藝。」

韓管事也跟著點頭。

林卉赧然。「家常便飯，兩位不嫌棄便好。」

林川咽下嘴裡食物，驕傲道：「我就說姐姐做飯特別好吃吧。」

林卉忙拍他一下，林川做了個鬼臉。「我知道，做人要謙虛嘛。」

韓老兩人登時哈哈大笑起來。

臭小子，她是這麼教的嗎？林卉大窘，急急扯開話題。「川川這幾天沒給兩位添麻煩吧？」

「沒有沒有。」韓老笑呵呵。「多虧了川川，咱家裡熱鬧多了。」

林卉一窒，忙問：「可是太調皮了？」

「怎麼會，川川可乖巧了……」

韓老似乎並沒有尋常讀書人的迂腐，也不講究什麼「食不言寢不語」，熊浩初是個悶罐子，難聊得很；而他跟韓管事很熟悉，所以也並不怎麼找韓管事說話，用餐期間反倒興致勃勃地和林卉姐弟天馬行空地瞎聊。

酒足飯飽，桌上的菜幾乎都被一掃而空，可見味道還受歡迎。

林卉鬆了口氣，起身收拾碗筷，笑道：「你們先坐著聊會兒天，我上午做了涼粉，待會兒給你們送點過來。」

韓老正拿著帕子擦拭嘴角呢，聞言一頓，詫異。「這午膳剛吃完，就吃涼粉？」

林卉知道他誤會了，忙解釋道：「不是那些麵食類的，是南邊一種消暑的……甜品。」

涼粉，也算是甜品吧？她不確定地暗忖。

韓老大半輩子都待在北地，登時好奇不已。「與麵食不同的涼粉？那我可得好好嚐嚐。」

林卉笑笑，快手收拾好餐具，讓林川幫著端一些，兩人先後進了廚房。

韓老這才跟熊浩初說起話來。「你接下來有什麼打算？」

熊浩初隨口道：「種地。」

韓老沒好氣。「你知道我說什麼。」他敲桌。「你送了這麼多信件回去，怎麼沒想到自己只是個種田的農人？」

熊浩初語塞。

韓老見他沒話說了，登時得意地捋了捋長鬚，揶揄道：「我記得你還曾經找符三幫忙遮掩行蹤來著，怎麼這會兒不擔心了？」

熊浩初的臉僵住了。得，他被羅元德氣著了，竟忘了這一茬。

韓老人老成精，一看他這模樣便猜出幾分，登時哈哈大笑起來。「我看林姑娘可不好糊弄——咳咳咳，林姑娘。」

林卉掃了眼熊浩初，端著木盤笑咪咪走過來。「涼粉來了。」

林川蹦蹦跳跳地跟在後頭，韓老好奇地看向她手裡托盤。

林卉順勢擺上桌，率先端了碗涼粉放到他面前。「您嚐嚐，若是不夠甜，這裡有碗糖，您自己再添點。」

韓老點頭，低頭看向碗裡褐色中微微含碧的塊狀物，好奇不已。「這就是涼粉？」

「是的。」林卉邊給韓管事上涼粉，邊細聲細氣解釋。「這是用新鮮的涼粉草熬製而成。」雖然隔了一夜，對比曬乾的涼粉草，也算是新鮮了。「涼粉草具有消暑涼血的功效，做成涼粉甜湯最好了，我還加了幾片薄荷，夏日食用既消暑又解渴。」

雖已入秋，秋老虎還是厲害得很，吃這個也算合宜。

韓老更詫異了。「妳懂醫？」

林卉下意識看了熊浩初一眼，謹慎地道：「也不算，就是前些年躲在山裡的時候，跟一起逃難的老奶奶學了些。」

林川正巴著桌沿看涼粉，聞言好奇。「是哪位老奶奶，我怎麼不知道？」

林卉拍了他腦袋一下。「那會兒你還不會說話呢，如何記得？」

林川「哦」了一聲，再次看向木盆裡的涼粉，眼饞地催促她。「姐姐快點。」

林卉佯裝沒好氣，給他端了一碗。「吶，小饞鬼！」

林川登時雀躍。「謝謝姐姐！」抓住湯匙，迫不及待舀上一口送嘴裡。甜絲絲滑溜溜的，還入口沁涼，只一口他就喜歡上了。「這個涼粉好吃。」

林卉剛給熊浩初端了碗，聞言笑道：「喜歡就多吃點，我煮了好大一鍋呢。」

林川欣喜不已，趕緊低下頭慢慢吃起來。

有了這一小插曲，林卉懂醫這個話題順勢便略了過去，而且，這也算是在熊浩初等人面前過了明路了。

韓老意味深長地看了眼熊浩初，低頭品嚐這道所謂的消暑涼粉，然後訝異抬頭。「這口感，竟彷彿北地冬日裡的肉凍。」清爽彈軟的口感，配上薄荷，那股沁涼清甜進口便迸開，瞬間讓人神清氣爽，怪道說是消暑良物，只說這口感，便足夠了。

韓管事、熊浩初都忍不住點頭。

林卉登時笑眯了眼，又說了遍。「喜歡就多吃點。」有人欣賞她的廚藝，是她下廚的動力之一。

用過午飯，韓老兩人又坐了會兒，便要告辭離開了。

聽說他們要走，林卉忙將自己剛做好的秋裝拿出來，先展開，比著林川的身形比劃一番，確認大小合適，才滿意地再次疊起來，用布巾包裹起來，塞進他懷裡。

林川本來還依依不捨，見了新衣服登時破涕為笑，欣喜地上下翻看新衣裳，等她包起來了又巴巴抱過去，捨不得放手。

「先帶一身過去，省得哪天變天了沒厚衣服換，回頭我再做兩身給你。」林卉摸了摸他腦袋。「還有，在縣城要聽先生的話，別搗亂，最重要的是，好好學習，知道嗎？姐姐還想跟你學字呢，你要是學不好，回來都沒法教我了。」

「好。」林川乖乖點頭，想到什麼，他遲疑了下，扯了扯林卉的衣襬。「姐姐。」

「嗯？」林卉正看著院門外說話的韓老跟熊浩初，聞言再次低下頭。「怎麼了？」

林川踢出右腳，小聲道：「能不能幫我做雙鞋子？這鞋子好像緊了許多，勒著疼。」

林卉忙蹲下來，捏了捏他鞋尖部位——確實頂腳了。

林川腳上的鞋子，還是年初的時候原身做的，現在都過了半年，小孩子愛蹦躂，腳上的鞋子已經磨得發白，加上這兩個月他們家的伙食改善不少，林川也長高許多，衣服都得往大了做，鞋子不合腳也是正常。

她竟然沒想到這茬。林卉暗自懊惱。

「別急，這幾天姐姐就給你做雙新鞋子。」她忙拉著林川進了裡屋，拉出皮尺，道：「來，鞋子脫了，姐姐給你量個尺寸。」

「好。」林川麻溜脫鞋。

裡頭姐弟相親相愛，院子外頭的熊浩初兩人也在說話。

「小老弟啊，你這日子舒坦的啊……我說，你打算什麼時候成親？」

「年後。」

韓老挑眉。「這還有半年光景呢。從京城到潞陽，也就十來天工夫，你這信件送上去……」他嘖嘖兩聲。「我看你懼內得很……林姑娘知道情況嗎？」

熊浩初面無表情。「我自有成算。」

說與不說，那是人家兩口子的事，韓老也不好多嘴，只是，這傢伙竟然不反駁「懼內」之說？他揶揄道：「堂堂開國大將，竟然懼內，說出去怕是要笑掉別人大牙了。」

熊浩初瞟了他身後的馬車一眼，道：「堂堂刑部侍郎，竟然吃不完兜著走，說出去怕是要笑掉別人大牙了。」

沒錯，韓老把那鍋沒吃完的涼粉連鍋帶粉全裝進馬車裡了，為了帶走涼粉，他還特地讓韓管事明兒給林卉補送一個新鍋。

被反諷的韓老面不改色，他捋了捋長鬚，笑道：「這是林姑娘送給我的，即便你醋了，我也不會還回去的。」

熊浩初。「……」再醋也不會醋他這個重孫都快打醬油的老傢伙吧？

送走韓老和林川，林卉招手讓熊浩初過來。

「怎麼了？」熊浩初隨著她進屋。

「脫鞋。」林卉邊說邊走向桌子。

「？」

林卉拿起桌上皮尺，轉回來，見他猶站在原地不動，不解。「怎麼了？脫鞋呀，我給你量量尺寸。」

熊浩初懂了。「要做鞋子？」

「嗯。川川的鞋子小了，我得給他做兩雙，也一起幫你做了，都要入秋了，等天氣涼了可不能再穿草鞋。」林卉說著，提著裙襬欲要蹲下來，熊浩初立即後退兩步。

林卉一頓，瞪他。「幹麼？」

「髒了，我去洗洗。」說著，轉身就鑽進後院。

林卉。「……」這糙漢子還知道講究了？

後院傳來水聲，很快，熊浩初便趿著濕漉漉的草鞋，一腳一「滋」地走進來。林卉還沒說話，他就伸手把皮尺拿過來。「我來。」

林卉也隨他，轉身去拿本子。那是她裁了宣紙縫製而成的簡易筆記本，主要記家裡人的衣服尺寸。轉回來，熊浩初已經坐下，踢掉草鞋的左腳架到右膝上，拉開皮尺開量，然後報了個數。

林卉忙記下。

量完雙腳尺寸，熊浩初再次套上草鞋，站起來。

林卉將皮尺、本子放到窗邊的針線簍上，回頭就看他站那兒，一副欲言又止的模樣，她挑眉。「有什麼事就說唄。」

熊浩初遲疑片刻，下定決心般抬起頭，道：「我昨天讓符三的人幫寫了幾封書信，送去京城了。」

林卉眨眨眼。「……然後呢？」

「……可能會招惹一些麻煩。」

林卉「啊」了聲。「什麼麻煩？」

熊浩初把她拉到身邊坐下，低聲將情況慢慢道來。

他說了什麼，除了林卉，無人得知。

第二天，韓老果然讓韓管事來送東西了。

一口新鍋、幾斤豬肉、幾罐油、幾袋鹽、幾疋布……都是他們家用得上的，另外一同被送過來的，還有熊浩初想要買下的那座山頭的地契——地契上寫的是熊浩初的名兒。

當然，這地契也不是白給的，韓老不光把買地的銀子收回去，還點名要林卉給他們再做一隻沙薑鹽焗燜雞，以及一些滷菜。

林卉啼笑皆非，滿口應承下來，隔天便燜了隻雞、滷了兩斤肉讓熊浩初送回去。

山頭到手，熊浩初更忙了。

新房那邊，主屋已經初具雛型，應當能夠在秋收忙碌前蓋好，其他大致上的問題，工匠們便能解決，熊浩初也無須每時每刻釘在那兒。

能脫開身後，他開始往新買下的那座矮小的落霞坡上跑。

落霞坡只是村西邊梨山側峰下的一座小山坡，越過這座山坡，才是真正踏入梨山山林。

土坡靠近梨山村，村裡人經常會過來這邊砍樹割草，原本坡上還算濃密的林子，這些年下來，也只剩稀稀疏疏些許樹木，土坡下層甚至連野草都不過膝。

饒是如此，這落霞坡也是荒山一座，不管他們要種什麼，都得先將坡上的草木亂石清理乾淨，這工程可不小。

如此，一個忙著蓋房子清山地，一個忙著納鞋裁衣做飯，時間一晃便過去半個月。

這天，林卉慣例在家裡納鞋，就聽外頭有人喊：「姐！姐夫！」同時響起的，還有她家那兩隻長大不少的細犬的低吠。

林卉下意識抬頭，外頭的聲音還在繼續。「姐？姐夫？……裡頭有人嗎？」聲音清朗，帶著些許乾澀的啞然，聽起來還有點耳熟。

大概是走錯人家了。

林卉想了想，放下針線走出去，站在屋簷下朝院外望——家裡就她一個人，安全起見，她把院門給閂上了。

院門外站著一名乾瘦的男人，衣衫襤褸，長髮結縷，看起來髒污不堪。

林卉還沒反應過來，那男人便已看見她，頓時眼睛一亮。「是卉丫頭嗎？長大了不少啊！還記得我嗎？我是妳舅舅。」

舅舅？張陽？

張陽入獄前二十有四，模樣已經長成，彼時，原身也有十歲，故而林卉翻了翻記憶，對著這人仔細對比打量。

面前人雖然清瘦、頭髮散亂，卻依稀是記憶中的張陽模樣。五年牢獄之災，瘦些是正常。不過，防人之心不可無，過了這幾年，誰知道張陽變成什麼樣。林卉想了想，走下台階，隔著籬笆道：「舅舅，我爹我娘走了。」

「走了？」張陽還帶著滿懷出獄的欣喜，並沒有多想，順口接話道：「走去哪兒了？多久會回來呢？」一邊說還探頭往屋裡張望。「川川呢，他現在有六歲了吧？在哪呢？還不趕緊把他喊出來見舅舅。」

林卉不知道怎麼接話了。

這位舅舅出獄便來她家，其實情有可原。他唯一的親人，他的父親，也就是林卉外祖幾年前便去世了，即便他那會兒在大牢，林父依然給他報了喪，他自然是知道的。

這世上除了他親姐一家，他再無旁的血緣至親，他會第一時間找到這兒也是天經地義，只是……

張陽說完話半天沒得到回應，收回視線笑咪咪看她。「怎麼不說話呢？不認得舅舅了？」

林卉看著他，複述道：「舅舅，我爹娘已經走了。」

「走了就走——」張陽瞳孔倏地一縮，終於反應過來，登時失聲驚叫。「走了?!」

林卉「嗯」了聲，輕聲道：「已經是四月份的事了。」

張陽怔怔地看著她。

林卉有些不忍。「舅舅……」

張陽愣怔半天，抖著手，艱難開口。「……怎麼走的？」他姐姐、姐夫兩口子不過是三十出頭的人，正值壯年，怎麼就走了呢？

「我娘發高燒，那天剛好下雨，便想著等雨停了再去找大夫，誰知半夜裡我娘的病情愈發嚴重，都開始講胡話了，我爹著急，不等天亮就冒雨摸黑去縣城找大夫，路上摔倒磕了腦袋，等到白天有人經過，已經……我娘知道後就暈厥過去，然後便趁我不在，扯了布條把自己給……」林卉說不下去了。

她對林父林母並沒有多深的感情，但林母自縊的場景是原身看見的，她也是印象頗深。她現在住的房間就是原來林父林母的屋子，雖然原來的床架已經被她賣掉換錢，屋子還是那間屋子，再說下去，她怕自己晚上要睡不著覺了。

好在，張陽已經聽明白了她話裡的涵義，不敢置信地望著她……半晌，彷彿挨了一記重拳般退後兩步，抱著腦袋慢慢蹲下去。

隔著籬笆，林卉看不到他的情況，卻能猜到幾分。

她嘆了口氣，她這位舅舅……為了養活家人鋌而走險入寇，本意是好，只是造化弄人，在時局穩定下來的時候沒有及時抽身導致入獄是一，因入獄讓老父生病進而鬱鬱而終是二。刑滿釋放，正該安下心來好好過日子的時候，卻聽說唯一的親姐、親如兄長的姐夫都已然去世，還怨不得旁人……

這些意外誰也防不住，林母張翠娥的自盡更是讓人痛心。可是仔細一想，卻能明白林母的苦心。

前幾年到處亂糟糟的，他們一家四處東躲西藏，經常飯都吃不上，張翠娥心疼男人奔波找食、又心疼女兒吃得不好，自己那份口糧經常省下來給他們吃，幾年下來，身體便弱了。誰曾想，時局剛安穩下來，張翠娥卻懷上了。

林偉業憂心她的身體，找大夫看過後，說還是等身體調理一番再生比較穩妥，便勸她把孩子打了，等過兩年再說。

張翠娥卻不肯。她因著只生一個女兒的事，在趙氏那兒招了許多譏諷痛罵，雖有林偉業護在前頭，這事依然如鯁在喉，如今好不容易懷上，她如何肯放棄。

如是，林川便出生了。

張翠娥差點因此丟了性命——林卉翻過原身的這段記憶，只記得那滿屋子重得嗆人的藥味和依稀可聞的血腥味，猜測應當是產後流血之類的病。

那段日子林家真是花錢如流水，全靠林偉業拚了命地到處接活掙錢，再有張陽入寇劫掠拿來銀子幫扶，才堪堪保住張翠娥性命。

命保住了，身體卻也徹底垮了，打林川出生後，張翠娥便常年臥床，隔三差五就得喝藥。再然後，林偉業、林偉光兄弟便分家了。

如今的林卉猜測，約莫是趙氏跟林偉光夫婦不想帶著張翠娥這個扯後腿的吧，總歸呢，有張翠娥這個藥罐子在，林家的日子過得挺艱苦的。所幸林偉業懂點手藝活，日常也能應付得過來，甚至越過越好。

卻偏偏，林偉業這個頂梁柱出了意外死了，林家頓時只剩下病秧子張翠娥跟一雙兒女。她壓根沒法撐住這個家，甚至唯恐拖累兒女。

女兒林卉已經十五歲了，倘若她死了，縣裡主簿、里正一定會幫她安排親事，最晚明年也能出嫁。

而林川姓林，就算婆婆趙氏不想管，林偉光身為唯一的親叔叔，再怎樣也會把他養大——就算他不情願，還有里正、村裡族老盯著。

只要她死了……

張翠娥想得很明白，臨走那晚還叮囑了女兒許多東西，可惜，原身因為喪父的悲痛，完全沒有察覺娘親的不對勁，還抱著娘親哭了好一會兒，也不知有沒有將娘親的話聽進去……

林卉穿過來後，每每想到這些都會感慨萬分。

作為旁觀者都如此，張陽身為張翠娥唯一的弟弟，心情之悲痛可想而知。

若是他早幾個月出來，姐姐斷不至於走上絕路，甚至姐夫也不至於半夜出縣城導致意外身亡……不，若是他早些年沒有入寇，甚至早一步抽身出來，他爹也不會抱恨而終……

她能想到這些，張陽豈會想不到？悔恨交加之下，他終於忍不住嗚咽出聲。

林卉怔住，遲疑片刻，打開院門走出去。

長髮結縷、衣衫破舊的男人抱著腦袋蹲在地上，極力壓抑的嗚咽聲從那顫抖的身軀傳來，令人倍感哀戚。

熊浩初聽說林家門口來了個陌生人，忙匆匆趕來，到了就看見一名髒污猶如乞丐的男子抱著腦袋蹲在林家院門口，而林卉無措地站在旁邊。

他的視線掃過男子那身髒兮兮的衣衫，心裡已經有了幾分猜測。

看到他回來，林卉大大鬆了口氣，迎出來，拽住他袖子將他拉到一邊，小聲告訴他事情的經過。

熊浩初點點頭。「舅舅剛回來，妳去做點好吃的，我帶他上我那兒換身衣服，一會兒過來。」張陽那一身衣服已經髒得不能看，遠遠都能聞到一股異味，虧得林卉不嫌棄。

他這番話並沒有刻意壓低音量，林卉一聽就明白了，立馬接道：「好，今天咱們好好給舅舅接風。」

熊浩初拍拍她肩膀。「去吧。」

林卉看了眼蹲在那兒的張陽，轉身進了院子——她既是晚輩，又是姑娘家，這種時候並不方便出面，還是交給熊浩初吧。

張陽剛出獄，這第一頓飯就是去晦酒。

林卉不知道這邊的風俗，乾脆自己琢磨著做了。

點豆腐是來不及了，林卉直接去村裡做豆腐的人家買了板回來，用滷汁燒了一大碗豆腐，意指「多福」。然後去劉嬸家摘了個小南瓜回來，掏空南瓜，挖出來的南瓜做成羹，放回南瓜殼子裡，做成南瓜盅，意指「難終」。

除此之外，她還找強子娘買了隻母雞，又拿雞蛋去村裡一戶剛生孩子的人家家裡換了些紅棗回來。

殺雞、焯水，雞胸肉取下、切成小塊，用少許麵粉調醬抹勻，擱在一邊，剩下的骨架加頭腳雞雜等丟進鍋裡，加入薑片開始燉，這是給張陽補身子的——現代的監獄她不清楚，古代的監獄……只看張陽那皮包骨的模樣，就知道吃了不少苦，得補補。

切好的雞胸肉她拿來炒豇豆，再配上一道素炒高麗菜、一道水蒸蛋，四菜一湯一盅，也算六道菜，齊活了。

張陽待會兒就過來，林卉想著一會兒必定得說話，便讓田嬸再次帶食材去熊浩初那邊做飯，省得大家都拘束。

她這邊剛做好午膳，熊浩初就領著人過來了。

張陽的頭髮已經洗過，這會兒還帶著水意，約莫是因為要來外甥女家吃飯，他隨意用帶子鬆鬆紮在腦後。

他那身髒兮兮的衣衫也已經換了下來，身上穿的是一身半舊的藍衫。他比熊浩初矮上半個頭，又瘦，熊浩初的衣服套在他身上顯得空蕩蕩的，配上那頭鬆鬆束在後背的長髮，竟顯出幾分飄逸之感。

主要還是長得好。

林卉跟林川長得都不錯，尤其是林卉，活生生一個美人胚子。林偉業的長相也算不錯，只是林卉更肖母，張翠娥長得好毋庸置疑，張陽跟她是親姐弟，自然不差。

看到林卉，張陽似乎有些激動，疾步過來，盯著她上上下下地打量，激動地叫了聲：「卉丫頭……」

林卉正在給熬好的雞湯加鹽，剛用勺子舀了些吹涼，準備嚐嚐味道，就有人竄到面前盯著自己，害她差點沒把滾燙的雞湯一口氣倒進嘴裡——

她深吸了口氣，看看後頭跟過來的熊浩初，再看看面前眼淚汪汪的清臞舅舅，想了想，故意道：「急什麼，馬上就開飯了。」

猶自激動的張陽。「……」

不是，他沒有這個意思。

林卉不給他接話的機會，朝牆邊擺著菜的案桌一努嘴。「去把菜端上桌。」轉回去繼續嚐調味。

張陽還想說話，看見她喝湯，後知後覺發現廚房裡縈繞的食物香氣，下意識吸了吸鼻子，然後視線便跟著移到那滾著熱氣的湯鍋，眼睛立馬直了。

是、是、是雞肉！不對，是雞湯！

林卉嚐過湯，確認味兒不錯後便放下調羹，一抬眼，見張陽站那瞪著湯不動，詫異。

「怎麼站著呢？」

「不是，」張陽回神，忙接著剛才的話頭。「我沒想——」話未說完，面前就橫空出現一盤雞肉丁炒缸豆。

缸豆翠綠，雞丁微焦，瞧著就食慾大開——

「搭把手。」熊浩初將盤子往他面前遞了遞。

「哦哦。」張陽咽了口口水，忙不迭雙手接過來，緊張地端著菜盤子，跟著他走出廚房。

林卉無奈地搖了搖頭，拿起擱在灶邊的小碗，連湯帶肉裝了三碗。熊浩初又帶著張陽進來，來回幾趟，便把菜湯全部端了出去。

林卉略微將廚房收拾了下，才取下圍裙擦乾手走進堂屋。

熊浩初兩人面對面坐著，卻都沒說話，熊浩初便罷了，平日就是個悶葫蘆，可張陽……林卉定睛一看，這位舅舅眼睛都快黏到菜盤上了。

她斜了眼狀似無聊把玩著筷子的熊浩初，快步過去，在兩人中間坐下，招呼道：「舅舅。」

張陽回神，歡喜地應了聲「哎」。

林卉莞爾，提醒他。「開動了。」

「哎哎。」張陽忙摸起筷子。

林卉忙擺手。「您先喝碗湯墊墊。」她擔心張陽素久了會不小心吃太急，喝點湯墊著比較好。這肯定不能明說，故而她彷彿邀功般委婉道：「這雞湯我加了紅棗燉了一個多時辰，味兒肯定足，您嚐嚐。」

張陽忙不迭點頭，放下筷子去端碗——動作一頓，他囧著臉抬頭。「這不是女人家坐月子喝的湯嗎？妳怎麼……」畢竟好幾年沒跟外甥女相處過，他沒好意思再說下去。

可這紅棗燉雞，真的是女人坐月子時喝的呀，他記得真真的，當初他還幫忙買紅棗回來給他姐喝呢——大老爺們哪能喝這個呢？

林卉不以為然。「哪有什麼坐不坐月子的，想喝就燉唄，味道好就成了。」

張陽欲言又止，看向熊浩初。後者若無其事地端起湯碗，一仰而盡，完了一抹嘴，起身去盛飯。

張陽。「……」再看林卉，也捏著勺子慢慢喝湯。

他不是傻子。坐月子喝雞湯是大補，雖然他這外甥女啥也沒說，可好端端的，誰家會這般奢侈喝雞湯呢？無非就是給他補身子罷了……

他抹了把臉，心一橫，學熊浩初那般端起碗就往嘴裡灌。

盛到碗裡的雞湯放了這麼一會兒已經不燙，鮮香適口，咽下去後還泛出紅棗的微甜。

……太好喝了！

張陽忍不住慢下動作，一口一口將雞湯喝完，完了還不捨地砸吧了下嘴巴。

林卉暗笑，面上絲毫不顯，只道：「湯還有大半鍋，不夠的話吃完飯再添，先用飯。」然後指向廚房。「飯在鍋裡。」

她其實可以幫忙盛飯，但那樣似乎太過客氣，索性就讓他自己去了。張陽也不介意，起身就去裝飯，片刻工夫便轉回來。

有了那碗湯，張陽的胃口都被啓動起來，再顧不上多話，抓起筷子就打算扒飯。

「等等。」林卉放下湯，捏起南瓜盅旁邊擱著的乾淨勺子，挖了一勺南瓜羹，澆到他飯上。「吃盅南瓜終苦難。」

張陽怔住。

熊浩初挑眉。

林卉淡定自若，再舀了勺水蛋覆上去。「吃個雞蛋脫個難，」換上筷子，夾塊豆腐。「吃塊豆腐聚多福。」完了笑道：「好啦，吃吧，吃了這頓飯以後就平平安安、多福多壽！」

張陽眼眶紅了，他壓下滿腹激動，強笑一聲，問道：「妳這是哪兒學來的不倫不類的東西？」

林卉笑咪咪。「咱家沒那麼講究，意思意思走個過場就得了。」

張陽盯著她看了半晌，直到熊浩初狀似不滿般輕咳了聲，他才恍然回神。

掃了熊浩初一眼，他轉回來，回憶道：「這點倒是跟妳娘很像，她也喜歡將聽到的各地風俗湊在一起。」

林卉訝異。她印象中的林母是一名滿臉病容，走兩步就直冒冷汗，大夏天都得裹著棉被的，說話溫聲細語的溫柔女人……竟想不到原來還有這般活潑的性格。

她這麼想便這麼問了。

許是她神色帶出了些什麼，張陽笑了。「想不到吧？哈哈哈。」有了這兩句打岔，他的情緒平復了許多，低頭開始吃林卉給他夾的豆腐。

這一吃，就停不下來了。

許是在牢獄裡養出來的習慣，他吃飯的速度也是非常快，跟熊浩初剛回村那會兒相差無幾。很快，林卉做的幾道菜被一掃而空。熊浩初食量大她是知道的，沒想到這位舅舅也是能吃的。

用罷飯，張陽打了個飽嗝，摸著肚皮坐在那兒看林卉收拾。

熊浩初幫著把碗筷收拾進廚房，林卉跟在後頭，緊接著一牆之隔的廚房裡就傳來林卉的聲音。「大熊，我這竹篩子鬆脫了，你得空再整一個唄？」

「好。晚點我砍兩棵竹子回來。」

「嗯嗯。這事兒不急，你先去陪舅舅說會兒話。」

「好。」

然後高大的身影便再次鑽出廚房，手裡還提著個茶壺。

張陽瞇眼看他，熊浩初視而不見，走到牆邊條桌翻出兩個杯子，拿過來，倒滿，推了一杯到他面前，自己留一杯，然後放下茶壺坐下來。

張陽食指中指併攏，叩了叩桌子以示道謝。

各自喝水。

放下杯子，張陽這會兒吃飽喝足，心情也平復許多，便開始打量這位跟林卉頗為親近的男子。他摩挲杯子片刻，終於開口問了句。「你叫什麼名字來著？」剛才去他家沐浴更衣，他是提了一句，可那會兒自己完全沒聽進去。

熊浩初端起杯子啜了口，聞言答了句。「熊浩初。」

姓熊？梨山村似乎是有姓熊的人家。張陽點點頭，又問：「你是卉丫頭的未婚夫？」

再點頭。

「我姐夫給你們訂的親事？」

搖頭。

張揚微微有些詫異。「那，是我姐給你們訂的？」

依然搖頭。

「……誰訂的？」

「縣裡主簿和里正。」

張陽懂了。「你今年幾歲了？」瞧著挺老成的，別是那主簿、里正為了省事隨便找個鰥夫配給他外甥女的吧？

「二十三。」

「……怎麼這麼晚才訂親？」

「前些年入伍打仗了。」

「哦。」張陽懂了，斜眼看他。「咱倆都是反著來了。」一個當賊匪，一個入伍，如今竟然面對面坐著聊天，將來還是一家人。

熊浩初不吭聲。

張陽想了想，又問：「家裡還有什麼人？」

「沒了。」

「……沒了什麼意思？」

「死了。」

「……抱歉。」

熊浩初搖了搖頭。

「那親戚還有哪些？」

「沒了。」

「……」張陽瞪著他，想問又不敢問。

熊浩初似乎知道他想什麼，補了句。「親戚少，那些年都沒了。」

那些年是哪些年，大家都懂。

張陽抹了把臉，複雜地看著他。「你平日說話都這樣的嗎？」一字一蹦，問一句答一句的。

熊浩初點頭。

張陽瞪他。「那你跟卉丫頭也這樣說話嗎？」

熊浩初搖頭。

那還好。張陽微微鬆了口氣，繼而沒好氣。「那你這會兒怎麼半天打不出一個響屁的，這還怎麼聊天？」

熊浩初。「……」這說話語氣，倒是跟林卉同出一轍，真不愧是舅甥。

見他又不說話了，張陽心累。「你這人真是……」

林卉出來的時候正好聽見這句，笑著問了句。「怎麼了？」

「沒什麼。」張陽招手。「來，坐著跟舅舅說會兒話。」

「哎。」林卉麻溜過來落座。

熊浩初起身去拿了個杯子，給她倒了杯水，林卉感激地朝他笑笑，熊浩初再次落座。

張陽朝他擺擺手。「你有事先去忙吧。」

「無事。」

張陽無語，直言道：「我舅甥倆要說說家裡話，你暫時避避。」
林卉眨眨眼，看向熊浩初。
後者紋絲不動。「不用，林卉的事我都能聽。」
張陽皺眉。「但我的事不想讓你知道。」
熊浩初不以為意地「哦」了聲，見他依然瞪著自己，想了想，補了句。「那就只說能說的。」言外之意，他肯定是要留在這兒了。
張陽登時氣結，瞪著熊浩初，後者淡定自若，甚至還有心思提壺給林卉的杯子添了點水，張陽的視線只好跟著移向林卉。
林卉心虛地朝他笑笑，她站熊浩初這邊。畢竟，不管從情感還是從安全上考慮，她都不想獨自面對張陽。
張陽怔了怔，恍悟過來，頓時自嘲般笑笑，低喃了句。「竟是生分了……」不等林卉反應過來，他便又轉向熊浩初，道：「行吧，反正我也有許多話問你。」
熊浩初伸手，表示悉聽尊便。
「雖然我只比你大幾歲，但我是卉丫頭的舅舅，也算是你的半個長輩。以往你怎麼過我也不管，既然你們訂親了，以後就不能繼續混日子了。」
熊浩初不解。
張陽敲敲桌子。「你看看你那屋子，竟然就一木板房，還破了幾個洞……你這是像過日子的樣子嗎？」

看了眼偷偷抿嘴笑的林卉，熊浩初解釋道：「新房子正在蓋，就在木屋後頭。」

張陽眨眨眼。「是嗎？我沒注意到啊哈哈。」他打了兩個哈哈。

林卉知道他擔心什麼，笑著說道：「舅舅別擔心，大熊的錢大多在我這兒，以後肯定虧不了我。」一旁的她也不多說。

張陽卻立馬放心不少，連連點頭。「是這道理，男人掙錢女人管家，天經地義。」

林卉被他逗笑了，忍不住打趣。「舅舅，你還未曾成親，怎麼如此有經驗？」

張陽輕咳一聲。「妳看，我爹、妳外公是這樣，妳爹也是這樣……見得多了，自然就知道了。」一提起這些人，他神色便有些鬱鬱。

一時間，堂屋裡安靜了下來。

林卉想了想，問他。「舅舅，要見見川川嗎？」

川川？張陽恍神片刻，終於想起那曾經抱過幾回的小小娃兒，忙道：「要要要，他人呢？算了下，他現在應該六歲了吧？妳說他記不記得——」說到一半，他陡然停住，望著林卉苦笑。「川川現在是不是在妳叔叔家？」

沒爹沒娘，林卉最晚明年就該嫁人，他那小外甥……

「沒有。我送他去縣裡了，他現在跟一位德高望重的老先生學識字，不在家。」

張陽詫異。「妳送他去？妳哪來的銀子？」若是林家有這錢，他姐姐也不至於要自縊了。

林卉避重就輕。「前些日子挖了些草藥，做了點東西到縣城裡賣錢，賺了些。」

張陽也沒細問，只接著討論林川，有些不贊同。「妳今天有些小錢能送他去唸書識字，明天呢？以後呢？」

「自然也是繼續唸書。」林卉坦然。「只要我還負擔得起，他便一直學，以後是考功名還是教書都可以，總比一輩子種地舒服些。」

張陽皺眉了。「妳供著？」他覺出不妥了。「妳那叔叔……」似乎是想起林卉叔叔的德行，他忙又改口。「你們村裡的人怎麼說？」

林卉知道他擔心什麼，解釋道：「族老跟里正都知道的。我早就跟他們說好了，以後川川我來養，養到他成人，這唸書不唸書的，自然我說了算。」

張陽這回真是大吃一驚了。「妳養？你們村的人都沒意見？」他指了指腳下。「那這房子、田地怎麼處置？」他就不信林家的族老有這般好心，能讓林卉帶走。

「族老跟里正們幫著分好了，房子歸林川，三畝地，我得一畝，林川得兩畝。林川成人前，地裡產出都歸我，同時我得撫養他成人，以及供他唸書。」

張陽眼帶異樣地看著林卉。「這是妳出的主意吧？」這樣的安排，其實並不討喜，甚至對林卉百害無一利——兩、三畝地，哪能供得起一個讀書人？可換句話說，林卉若不是押下唸書這個條件，這房子、田地怕是都要被旁人占了去，兩姐弟約莫也是各自分離……

他這般猜測，林卉果然也點頭了。

「那是當然，姐姐撫養弟弟，天經地義。」

張陽定定地看了她半晌，一拍桌子。「好，不愧是我張陽的外甥女！」

林卉微笑，看向熊浩初。「也是大熊不嫌棄。」

張陽也轉過彎來。這回終於一改之前橫挑鼻子豎挑眼的態度，讚賞地看著他。「兄弟，不錯啊！」

熊浩初抬眸。「舅舅過譽了。」

張陽。「……」叫聲兄弟怎麼了？兩人就差幾歲，要不是他跟林卉訂親，自己跟他妥妥就是稱兄道弟好不好……哼，上趕著叫舅舅，臉皮真厚。

他撇過頭，繼續問林卉。「那川川什麼時候回來？」

林卉搖頭。「這個沒定，你若是得空，我明兒去帶他回來見見你。」

張陽想了想，搖頭。「算了，幾年都過了，不差這幾天，讓他好好跟著先生唸書吧。」

林卉自然隨他。張陽嘆了口氣，陷入沈思。

堂屋裡安靜了下來，林卉看了眼安靜不語的熊浩初，想了想，小心翼翼問張陽。「舅舅，你……以後有什麼打算？」

張陽回神，摸了摸下巴，笑道：「以後啊……」他笑著看向林卉。「我打算以後在梨山村定居。」

林卉睜大眼睛。「在咱們村？那、朝陽村那兒的屋子田地怎麼辦？」沒錯，她外公家是在梨山村東邊、溪流對岸的朝陽村。

外公家當年有張陽撐著，家境還算不錯，房子也是有的。外公走了後，她爹便把那邊屋子鎖了起來。

雖說已過了幾年，但以張陽這種寇匪出身又蹲過大牢的人，也沒人敢占他的房子田地，他只要回去朝陽村便能順順利利的開始過日子，為什麼要搬來這兒？

沒等她想明白，張陽便擺擺手。「這些我會回去處理。」他看著她，認真道：「我就剩下妳跟川川兩個親人，妳又還小……我得過來照看著你們。」他拍拍胸脯。「舅舅別的長處沒有，倘若哪天你們姐弟被人欺負了去，總還是能幫你們撐撐腰。」

這回輪到林卉怔住了。

「不過，」張陽撓了撓頭，有點尷尬。「我剛出獄，身上沒幾個錢，妳可能得先借我點，回頭等我找到營生再還妳。」

林卉。「……」得，剛剛的感動都下去了。

似乎是看出她心裡想法，擔心她想左了，張陽忙又補了句。「放心，以我的身手，怎麼也能找到活計掙到錢，很快便能還。」

身手？林卉大驚。「舅舅，現在不比以前，你可不能亂來！」朝廷穩定，再當流寇，可不是鬧著玩的。

張陽沒好氣。「妳想到哪兒去了？以為我還會去當寇匪嗎？」

林卉輕舒了口氣。「不是就好。」

張陽翻了個白眼。「當然不是。我還沒給張家留後呢，要是再進大牢，等出來不成老光棍了？到時，就算有朝廷給我安排，也沒好姑娘願意嫁我了。」

林卉。「……」

「再說，」張陽又笑了。「妳一個小丫頭都能撐起林家養弟弟，我這做舅舅的，怎麼也不能袖手旁觀，以後川川的束脩吃用，都算我一份。」

林卉再次怔住。

「哦對了。」張陽輕咳了聲。「妳得空問問妳村裡那些嬸子大娘的，看看有哪家姑娘年齡差不多，脾性不錯的，」他壓低聲音。「事成的話，舅舅給妳封大紅包啊！」

林卉。「……」

這是讓她這個外甥女給他找對象?!

得，她算是知道了，舅舅什麼的，一點也不靠譜啊！

接下來，張陽還問了許多問題，從林卉的外祖父，到林父林母，再到她姐弟。林卉一邊翻著記憶，一邊慢慢回答──若不是她有原主記憶，怕是早就露餡了。

就這樣，她也是答得很慢，每一個問題都去翻原主記憶，若是實在翻不到，便避重就輕答些日常事宜。所幸張陽以為她只是記不太清，並沒有起疑。

最後，張陽遲疑了許久，才終於談到剛過去幾月的葬禮──林卉外祖去世畢竟是幾年前的事情，該有的悲痛，這些年也消褪得差不多了，別的遺憾、懊悔……他作為長輩，自然不會在林卉這外甥女面前表現，反倒是林家夫婦的逝世，給他的打擊更大。

林卉便將那段日子的情況揀著說了些。彼時她剛穿越過來，又遇到這樣的事情，真真是忙得焦頭爛額。

光是聽她敘述，張陽便嘆氣不已。「苦了妳了……」十來歲小姑娘，剛及笄就要扛起這些事……

林卉搖頭，笑道：「都過去了，以後日子會越來越好的。」

張陽點頭。「以後舅舅幫你們。」

林卉不以為意。好話誰都會說，看以後唄，反正啊，日子還長……

張陽接著又問了她許多近況，得知現在田地都是熊浩初幫著打理，而林卉做飯縫衣，他神色有些複雜，欲言又止地看了兩人片刻，終於還是把那些勸誡的話咽了下去。

一問一答間，時間便過得飛快，張陽看了看外面日頭，伸了個懶腰，道：「行了，有什麼話以後再說，我得趕早回朝陽村了，省得天黑了連個門路都摸不著。」

林卉抹了把汗。他連吃喝拉撒都問遍了，還有什麼話沒說的？

張陽也不需要她回答什麼，逕自站起來，朝熊浩初道：「你這身衣服先借我，回頭洗乾淨——」他撓了撓頭。「算了，你這衣服就當賣給我吧，過些日子再補給你一身。」

這是買回來的舊衣服，熊浩初自然沒意見。

張陽又看向林卉。「卉丫頭，既然妳手裡有餘錢……」他撓了撓腮，頗有幾分不好意思道：「可否先借我一兩銀子周轉周轉，我現在一窮二白的，找到活計前得先讓自己別餓死。」

一兩銀子，約莫就是買身粗布衣服、買點米糧的事兒。林卉微微鬆口氣。這數量不多，應該不是特地過來打秋風的——他若是稍微在梨山村打探一二，也斷不至於只借這麼點。

故而她看了眼熊浩初，見他也沒有反對之意，便笑著應下了。

待張陽離開，林卉長舒了口氣。

熊浩初提壺給她滿上半杯水，問她。「不喜歡他？」

他口中的「他」自然是指張陽。

林卉搖頭，道：「看起來還挺好的，就是不知道人品如何……且看著吧。」

熊浩初點頭。「別擔心，有我。」

「嗯。」林卉眉眼彎起來。

話說完該去幹活了，熊浩初起身。「那我先去忙──」

「哎？等等。」林卉連忙拽住他。「先別急著出門，等會兒。」說完，也不等他回答，快步走向窗邊她平日做針線活的座椅，再回身，手裡便多了雙黑色的布鞋。

熊浩初早就知道她在納鞋，而且也早就知道她要給自己做鞋子，林川那兒已經送過去兩雙，怎麼著也得輪到自己。再者，這雙的尺碼頗大，光鞋底就有她巴掌兩倍大，一看就知道不是給林川的，那便是給自己的，他神色登時有些複雜。

果不其然，林卉抱著新布鞋走過來。「來，試試新鞋子。」

熊浩初接過布鞋，厚實的千層底光是捏一捏，便能想像到上腳後的溫暖柔軟。他抿了抿唇，道：「妳度著尺寸做的，怎麼會不合適？等天氣涼了再穿。」省得弄髒了。

林卉哪還不知道他。至今為止，她總共給他做了兩身衣服，其他都是去布鋪裡買的，他天天下地幹活，穿的都是買回來的衫子，只有進城的時候才會換上她做的衣衫……換成鞋子，估計也差不多了。

故而她只笑吟吟看他。「試試嘛，萬一不合適我好改一改。」

「不會。」不等她多說什麼，熊浩初揣著那雙布鞋轉身，三步併作兩步，轉瞬不見了人影。

林卉。「……」跑得那麼快。

行了，反正是布鞋，再不合腳也不至於磨傷，她就按這尺碼再做一雙得了，只有一雙不好淘換，她自己的布鞋還能再穿，不急。

對了，還得趕緊做棉服呢，這天冷起來快得很，如今早晚都開始有了涼意，她得抓緊時間了。她再次坐到老位置，將桌上擱著的裁好、壓實的鞋底子拿過來，碼整齊，拿起錐子開始鑽孔穿線。

屋裡安安靜靜，偶爾能聽見後院小雞們的咯咯響，以及前院兩隻狗打鬧嬉戲的動靜。

這便是歲月靜好了吧？林卉停下動作，透過半開的窗戶看著滾成一團的兩隻小狗，如是想到。

# 第十四章

日子飛快過去。

林卉納好鞋子，又做了幾身厚秋衣，田裡的稻子便該收割了。

農忙季節要開始，不光梨山村的人得忙秋收，連那幾名匠人、連帶田嬸都得暫時回家去收稻子，熊浩初新房子搭建工程便停了下來。

熊浩初把那初具雛型的新屋院門一鎖，整個人紮進田裡，埋頭苦幹。

林卉也沒閒著，每天天剛亮就起床做飯，包子、烙餅輪換著來，再配上一鍋偏稀的綠豆粥、幾枚滷蛋，便是他們一天的乾糧了。待熊浩初過來吃完早餐，她便把這些裝進背簍裡，塞兩個乾淨的陶碗，再提上兩牛皮袋的涼白開水，跟著下地幹活。

不是她想偷懶不做飯，他們兩人共要收六畝地，這水稻熟成就得趕緊搶收，畢竟水稻成熟也就這麼幾天工夫，若是不下雨還好，稻穀落田裡頂多就是拾掇幾天的事情，要是遇上下雨……這稻穀就全完蛋了。

關乎一家子明年的口糧，林卉自然不敢掉以輕心，總歸不過是幾天的事，乾脆一切從簡。當然，只是看著簡單，用料都是實在的，不光油鹽放足，餡料都是她提前滷好的肉餡，味兒也不差。不僅如此，她每天都煮上一鍋夾雜著綠豆的甜稀粥，既管飽又解渴解暑。

兩人一起收割，速度自然比一個人快，加上熊浩初力氣大，鐮刀一揮就是一茬、一揮就是一茬，收稻子的速度硬是比旁人快上幾分，半上午工夫就能收上大半畝地。

到了中午，日頭更猛了，兩人跟大夥一塊坐在田邊樹蔭下吃過午飯，又略歇了歇，熊浩初再次拿起鐮刀準備下去幹活。

林卉見狀，快速喝完碗裡的綠豆湯，往背簍裡一塞，跟著拿起鐮刀。「我也去。」

熊浩初皺了皺眉，看了看日頭，朝她道：「妳去把上午收的稻子捆好，帶回去打穀吧。」

他已經提前弄回來一個打穀桶，這會兒擱在林卉家前院裡，到時打好穀子便直接就地晾曬，也方便。

林卉擺手。「收完這畝地再說。」

「我收稻子妳打穀，然後就開始曬起來。咱們共六畝地，得抓緊先曬一些，不然後面收的穀子不好曬。」熊浩初堅持。

林卉還在猶豫，就聽那些還在樹蔭下乘涼的村民們紛紛打趣起來。

「喲，熊小哥這是心疼媳婦呢！」

「可不是，這大中午的，要我，我也捨不得我媳婦兒曬著。」

「哈哈哈，說得好像你有媳婦似的。」

「我這不是打個比方嗎？」

……

打穀子也算是力氣活，不過，比起在田裡面朝黃土背朝天，還要頂著大太陽，打穀算是輕省活了。

林卉怔了怔，看向熊浩初，小聲道：「我再幫一會兒吧，好歹把這畝地收完。」

熊浩初眉心緊皺。「就妳這速度，在這兒也收不了幾根，沒得浪費時間。」

林卉。「……」

眾人自然沒有聽漏他這句話，頓時轟笑起來。

「哈哈哈幾根——別說，我剛才瞅著似乎還真是幾根！」

「哈哈哈卉丫頭這不是小嘛！等她到了我婆娘的年紀——哎喲！」

「死大壯，我年紀怎麼了？」

「嘿嘿，媳婦兒，我那只是隨口一說，別當真別當真！」

「我看你張口就來，可不像是胡說！」

「哎不是在說那小倆口嘛，你們兩口子倒是打情罵俏起來啊，可是羨慕了？」

「哈哈哈老哥你這想法可以啊，換了我我也羨慕啊……」

……

雖然大夥的話題一下被帶偏了，被嘲笑的林卉依然暗自咬牙。她下地幫忙還要被嫌棄?!

男人果然都是大豬蹄子！

雖然林卉想要跟熊浩初分擔收水稻的活兒，奈何心有餘而力不足，還被無情嘲笑。

林卉惱羞成怒，扔下鐮刀，悶不吭聲跳下田裡紮水稻。

熊浩初忙跟上去幫她把水稻紮緊，省得掉穗了，旁邊還有許多人看著，林卉沒好意思發作，暗瞪了他一眼，氣鼓鼓挑著水稻走了。

還沒到家，她的氣就散了。熊浩初是什麼心思，她其實也知道。

她只是焦灼，別人家裡都是幾口人一起幹活搶收，他們家裡只有她跟熊浩初兩個，還要收六畝地，還要趕在稻粒落地前搶收完……別人家中午都歇著，有些甚至還能回家打個盹，她家大熊得從早忙到摸黑……

她恨不得自己也身懷神力，幹活也是飛快的。

算了，多想無益，趕快把穀子打完，還能給大熊做點好吃的——就怕他曬了一天，吃啥都不香了。

今年年景好，大家的水稻長勢都不錯，林卉家的六畝地長得也好，還趕上村裡最早下秧的一批人家，稻穗早早便開始泛黃成熟。

所幸不止他們家，他們家田地周圍的幾戶人家都相差無幾，水稻都提前熟了，還粒粒飽滿結實，墜得稻稈如佝僂老頭，看得人喜氣洋洋的。

村裡人都羨慕不已，直說他們選的地好，風水好，地也肥，水稻才能長得好。

林卉有些心虛，卻也偷偷鬆了口氣——看樣子，她澆下去的水應當是滲到了周邊田地，連帶大夥一塊受益了。這樣也好，這樣他們家的水稻提前成熟的情況就不打眼了。

林卉挑著水稻稈子，一路胡思亂想地回到家裡。

翻出打穀桶，將兩條湊過來嗅稻稈的小狗趕開，林卉便開始打穀。

她原身以前要照顧母親和林川，田裡的活兒只能幫著打下手，打穀這事，反倒是年年都做的，故而她這會兒摔起稻稈是駕輕就熟。

……

忙活起來，時間過得飛快，太陽西斜的時候，林卉的胳膊都快累得直不起來了。

她做的還是輕省活，想到田裡的熊浩初，林卉抿了抿唇，將打穀桶裡最後一點稻粒倒出來，扒開，然後扔下耙子，轉身進了後院。

捋起袖子，她將沾滿穀殼碎屑、酸癢的兩胳膊沖洗了兩遍，才鑽進廚房開始弄晚飯。

幹了一天活，別說太陽底下曬著的熊浩初，連她都熱得不想吃東西，起碼，不想吃熱氣騰騰的正餐，她剛才幹活的時候就想好要做什麼——

涼皮！這玩意又簡單又清爽，這會兒吃正合適。

夏天的時候她做過幾回，如今雖然入秋，卻也合適。

做涼皮要提前準備麵皮，故而她先前特地停下打穀，鑽進廚房揉麵洗麵，洗麵水也擱在灶台上澄清。這會兒，洗麵水裡頭的麵粉已然沈澱下去。

林卉先把灶裡的柴火點上，燒水中途，將麵粉水上層的清水小心翼翼倒掉，剩下的麵粉攪勻，然後取來兩個平底淺盤，舀上幾勺麵粉漿進去，搖晃勻稱。

等鍋裡的水開了後，架上木架子，將兩個淺盤擺進去，蓋上鍋蓋蒸。

大火蒸上一會兒，估摸著時間差不多了，便揭開蓋子，淺盤裡的麵粉已經凝成半透明，還鼓起大泡。

林卉滿意地點點頭，拿布墊著手端出淺盤，擱在涼水裡，略等片刻，便把盤子裡的涼皮揭下來，放到另一大碗裡。然後按照此法又蒸了好幾片，估摸著分量差不多了才歇手。

洗過水的麵筋放進鍋裡滾熟，撈出，擱在邊上晾涼。

林卉又撿起幾張涼皮疊在一起，每張涼皮中間刷上一層油，捲起來，然後拿刀切成細條。切完幾張再捲一份繼續切，所有涼皮切完，兩個大碗公都裝滿了。

再去菜畦裡摘了根黃瓜，洗淨切絲，剁上一小碟蒜末，加上晾涼的麵筋，全部倒進涼皮裡，再添一點鹽、醬、醋，拌勻，涼拌涼皮就做好了。

但是太素了，熊浩初幹的都是體力活，熱量不夠可不行。林卉想了想，又摸出幾枚雞蛋……

日出而作，日落而息，兩人每天家裡地裡兩邊忙活，收穀、打穀、曬穀，天天忙得腳打後腦勺，時間一下便過去了。

等忙完農活，熊浩初還跟著林卉商量了，往地裡補種些東西，林卉則開始盤算過冬的東西，比如被子。

如今這天，早晚已經開始起風，夜裡蓋的薄被都不太夠了——家裡唯一的一條舊棉被已經是林父林母用過許多年的，都硬成石塊了，她用著膈應。

要做冬被，棉布、棉花都得買，恰好新米出來，林卉和熊浩初兩人乾脆去了趟縣城，先給韓老府上送了些新米，順便看看林川，完了才去採買。

林卉仗著有熊浩初護著她，一路都在東張西望，東跑西竄的，然後就看到了紅薯。

雖然個頭有些小，卻是實實在在的紅薯啊！

她頓時大喜，差點把這玩意給忘記了！

拽著熊浩初興奮地湊過去，林卉朝面前擺著一筐紅薯的大嬸笑道：「嬸兒，妳家的紅薯似乎還有點小啊，怎麼賣啊？」

「哎。」那位大嬸笑得有幾分勉強，聽見她問話，打起精神道：「我家裡急用錢。收稻子的時候順手挖了點，發現已經能吃了，就收了些過來試試。」她瞅了眼看起來不太好惹的熊浩初一眼，緊張地伸手比了比。「不貴的，只要八文、不、六文錢一斤。」

林卉了然。既然吃過了，就知道紅薯的實在處，農家人，糧食是最重要的，既然把能飽腹的紅薯都拿出來賣，想必家裡定是真的遇到難題。

她想了想，假裝沒聽到她那臨時改口的價格，道：「紅薯現在才剛上，八文錢也算合理，妳這裡多少斤，我全要了吧。」

大嬸眼睛一亮，下一刻又有些不敢置信。「我這兒足有二十斤，妳真的全要嗎？」

「嗯。」區區二十斤，還不夠做幾斤紅薯粉的。林卉理所當然點頭。「我全要了。」反正大熊揹得動。

大嬸遲疑地看了眼熊浩初。

林卉頓悟，啼笑皆非道：「別看他，我說買就是真要買。」

大嬸以為她生氣了，忙道：「我不是這個意思！」她想了想，猶自不放心。「姑娘，妳要不要先嚐嚐這紅薯再說？我擔心妳吃不慣。」

「不用，我知道紅薯什麼味兒。」林卉擺擺手，示意熊浩初拿出他背上框子裡的銅幣——她自己揹著的銅板不多了。

雖說是縣城，可銀子金貴，一般人家裡不一定有一兩，老百姓們買賣還是多用銅板。

熊浩初爽快地掏出錢袋付了錢，順手還把那筐紅薯倒進自己揹的籮筐裡。

那位大嬸欣喜萬分，朝著林卉兩人千謝萬謝的。

林卉想了想，朝她道：「嬸子，我家裡喜歡吃紅薯，妳家裡若是還有，也還想賣的，可以都送到我那兒，多少我都收。」頓了頓，又補充道：「都按照八文錢一斤收。」

大嬸「啊」了聲。「我們家種了一畝地，這才收了一點，按照這分量，一畝地可是足有幾十石……妳……」她咽了口口水。「妳全要？」

林卉確定地點頭。「全要。」

大嬸驚呆了，再三確認這些紅薯她都收下，激動不已。「那、那我怎麼給妳送？」

林卉一下傻眼了。對啊，幾十石紅薯，足有上千斤，怎麼送？

兩人大眼瞪小眼，妳看我我看妳，一時都有些無措，熊浩初適時開口。「大嬸，妳是哪村的？」

大嬸有點緊張。「朝陽村的。」

那不就是舅舅張陽所在的村落嗎？林卉下意識看向熊浩初。

後者沈思片刻，道：「我們是梨山村的，朝陽村過來也不遠，妳能找到人揹過來嗎？」

連紅薯沒長成都要挖出來賣，可見急用錢，也可見家裡沒有牛騾——若是有，賣牛賣騾不比賣紅薯來錢快？

果然，大嬸只略猶豫了下，一咬牙，便應下了。「成，反正去梨山村跟來縣城差不多，我找人一起揹過去。」若是紅薯都賣出去，她少說能收入幾兩銀子，足夠了。只是……她遲疑地看著林卉。「紅薯有點多，可否分幾次送過去？」完了急急忙忙補充。「我每天都會送的，會儘快送完的。」

林卉忙安撫她。「不急，紅薯耐放，不差這幾天。而且，妳這紅薯還有些小，再長幾天，分量會更足些，也會更甜一點。」

「哎哎，那我過幾天再挖。」只要不嫌棄就行，大嬸緊張地舔了舔嘴唇。「那這錢……」

林卉思索片刻，道：「我舅舅剛好也在朝陽村。這樣吧，過幾天紅薯差不多了，妳先去找我舅舅，讓我舅舅領著你們過來認認門。到了梨山村，我可以先付妳二兩銀子，餘下的錢，等紅薯送完了再一塊結算，妳看成嗎？」

言外之意，就是讓她舅舅、也就是張陽順便給掌掌眼——即便他五年不在村裡，底子還是在的，就算他不認識這位大嬸，他只要略打聽打聽，人是好是壞，也就差不多了。

再者，也是給這位嬸子一個威嚇，好讓她知道她舅舅也不是什麼善茬，別打什麼壞主意。

大嬸略一想便轉過彎來，忙不迭應聲。「好的好的，姑娘舅舅是哪家？」

「張陽認識嗎？」

大嬸眨了眨眼。

「就是村子西邊的張家。」林卉頓了頓，補充道：「我舅舅前些日子才從牢裡出來，妳若是不認識，找人打聽一下便知道了。」一個村子就那麼點大，張陽又是剛從牢裡出來的，這樣的大新聞，她就不信沒人知道。

果不其然，她話音剛落，那位大嬸便有些猶豫了。

林卉察覺出來了，遂體貼道：「大嬸若是不願意，這買賣便作罷吧。」朝廷大力推廣，哪兒都有人種，不差這一茬。

那位大嬸一聽她打退堂鼓，立刻急了。「不不不，我沒有不願意，只是、只是……」一咬牙。「姑娘妳放心，我回去就去找那位張、張小哥，保管過幾天給妳送過去！」

「好！那我就在梨山村等著了。」

買完紅薯，林卉問熊浩初。「你知道這會兒符三在哪兒嗎？」

熊浩初立馬皺眉。「問他作啥？」

「找他談筆大買賣！」林卉沒注意他神色，逕自摩拳擦掌。「趁紅薯豐收，好好掙一筆。」

「……」熊浩初這才發現自己誤會了，輕咳一聲。「他應該不在潞陽。」

林卉詫異。「他不是住在縣城裡嗎？」

熊浩初啼笑皆非。「怎麼可能？他家的生意遍佈各州府，以往多是住在京城，也是聽說我在潞陽，才往這邊多走幾趟而已。」

「好吧。」林卉登時失望。「那就下回再說吧。」

熊浩初見她一臉沮喪，想了想，問她。「要不，妳跟我說說是什麼買賣？符三不在，他家的鋪子、客棧還在，若是合適，也不用找他，直接找掌櫃談便成。」

「真的嗎？」林卉精神一振，看了看左右，拽著他走離大路，站到路邊無人處，仔仔細細地將想法說了一遍。

熊浩初眼眸幽深地看著她。「妳如何得知紅薯能做這些？」

林卉一擺手。「這你就別管了，反正我確定能做就行。」她雙眼亮晶晶。「怎樣，符三家的掌櫃能做主嗎？」

「應該沒問題。」

然後，林卉便被熊浩初帶到一棟酒樓前——就是那棟他們跟符三吃飯的酒樓。這棟酒樓也是符三家的？難怪當時小二跟掌櫃們對他們過分尊敬。

林卉還在胡思亂想，酒樓的掌櫃便熱情地迎了上來。

「熊小哥，多日未見，愈發精神了啊！」

林卉暗自偷笑。可不是精神，剛收完水稻，曬了好些天，熊浩初這會兒黑得跟炭似的，除了精神，也沒別的詞兒可用了。

熊浩初也不跟那掌櫃閒聊，打了聲招呼便開門見山，將來意簡單說了說。

那位掌櫃似乎有些詫異，不著痕跡地掃了眼林卉，伸手。「這事小老兒便能做主，請移步內室詳談。」

竟然不出熊浩初所料，林卉大喜過望，忙不迭跟著他們走進裡屋。

一個時辰後，林卉喜孜孜地走出客棧。

「很高興？」熊浩初側過頭問她。

「那當然。」林卉摸了摸衣襟裡塞著的東西，意氣風發道：「現在，萬事俱備，就差紅薯。」

熊浩初眸底閃過笑意。「不怕做不過來？」

林卉一揚腦袋。「哼，做不過來，我可以請人！」

熊浩初恍悟。

林卉又笑了。「還能給村裡人找點事做，又能讓他們掙錢，不也挺好的嗎？一舉多得呢！」

熊浩初點頭。確實挺好。

既然決定要大幹一場，兩人回到家裡，別的也不急著忙活，鋪開桌子先商量事情。

一，是蓋房子的事。熊浩初那邊新房只蓋好了主屋，因著農忙，暫停了些日子，如今村裡的水稻也都收得差不多，這修房子的活還得繼續。

二，是那座剛買下來的土坡該開始清理了。秋日植物開始凋零，天兒也還沒冷下來，正適合砍樹整地，趕在年前把地兒整好，開春就能種東西了。

三，才是林卉想要做的事——找人做紅薯粉。原本她打算自己做，方子自然得收著，可如今她是直接搭上符家的線，量大，方子不方子的，自然沒什麼關係，她只需確保每月能有足量的紅薯粉供應便夠了。
這麼一合計，林卉便有些咋舌，抬頭看向熊浩初。「咱家還真是創造了不少就業機會啊。」
熊浩初似懂非懂。「創造？」頓了頓，又問：「就業機會何解？」
咳，說漏嘴了。林卉忙打了兩聲哈哈。「別在意這些細節，咱們趕緊合計一下要請多少人。」
熊浩初。「……」
確定好人數和每日工錢支出後，熊浩初也不拖泥帶水，轉頭就去了鄭里正家。
一事不勞二主，這種找人幹活、同時也會得罪有些人家的事，還是交給會說話的鄭里正吧——不管如何，肯定還是會有些人得不到活兒，這些人家會怎麼想，他們可不管。
鄭里正也是個明白人。雖然熊浩初他們要招的人多，他還是寧願自己挨家挨戶地去問，也不明目張膽的找，免得多惹不必要的麻煩。
知道的人也得了吩咐，暗自欣喜，也不往外聲張。
只是村子就那麼大，自己不說，家裡人難免會說，沒過兩日，村裡人見面打招呼都成了這樣的——
「你知道了嗎？」
「你說那事兒啊？嘿嘿，知道知道。」
「那你得了嗎？」

「嘿嘿，僥倖得了一個。你呢？」
「嘿嘿，我家得了兩個，我跟我婆娘都得了。」
「行啊，不聲不響的，看不出來你家這麼得勁。」
「哪裡哪裡，你家得了一個也不錯了。」
「嘿嘿，還是差點、差點兒……」
……
不知道的人家，遇到這樣的對話都雲裡霧裡的，提這話茬的人見他們答不上，打了兩句哈哈便把話題岔過去了。
待得熊家新屋復工，緊接著便是落霞坡開始伐木整地，大夥這才知道——落霞坡竟然被熊小哥給買了下來。
村裡登時一片譁然，看林卉的目光都有些不同了，那些曾經拒了熊浩初的人家更是眼睛都紅了。
還沒等他們行動，又有一群人揹著滿籮筐的紅薯過來找林卉。帶頭的，還是林卉那位剛出大牢的舅舅，張陽。
紅薯還是今年剛開始種的新鮮玩意，各家各戶都栽了些，看到這群人揹著紅薯過來，加起來少說幾百斤，大夥們便有些好奇地跟在後頭。
等看到那群人把紅薯卸在林卉家，就有人湊過來打聽怎麼回事。
林卉笑笑，道：「這是紅薯，大夥今年都種了的。」

「哎哎，我瞅著就像。」畢竟朝廷就是直接發紅薯給他們栽種的。「他們怎麼往妳這兒送呢？」她看看張陽，低聲問：「妳舅舅送給妳的？」

林卉搖頭，也不避諱，直言道：「不是，這是我買的。」

圍觀的眾人登時嚇了一跳，問話的嬸子更是驚詫。「全、全是妳買的？妳再愛吃也不至於買這麼多吧？」

林卉笑呵呵。「不多。各位嬸子大娘、叔叔伯伯家裡若是有紅薯不愛吃的，也儘管往我這兒送，我按六文錢一斤的價格收。」

所有人登時倒抽了口冷氣。嚇，小丫頭好大口氣！

這紅薯剛收呢，各家各戶都種了，好傢伙，果真如朝廷所說，這紅薯賤生得很，一畝地就收了幾十石，遠比水稻多多了。

林卉這丫頭一開口就說全收了？還六文錢一斤，她有那麼多錢嗎？她吃得完嗎？

大夥是又驚又疑，劉嬸跟強子娘卻對視一眼，兩人面上皆是若有所思——鄭里正找她們時沒說啥，但林卉早先對她們透露過些風聲，這會兒一看這陣仗，就聯想到了。

尤其是劉嬸，早在五月份的時候，林卉就提醒她多種些，當時她就咬了咬牙，加種了半畝地。所幸都是糧食，她家人也沒說啥。

早些天，縣裡就有府吏到各村查看紅薯栽種情況，提醒他們差不多就該收成了。恰好水稻也差不多忙完，正好騰出時間收紅薯——好傢伙，這一收，大夥都驚呆了。

這產量，是水稻產量的幾倍啊。

再嚐嚐味兒——口感又甜又糯又香，還管飽，雖然餓得快，可衝著這產量，怎麼著也是好東西啊。

村裡人紛紛扼腕當初沒多種些，劉嬸家種了足足一畝半，還得了很多人羨慕。

今兒看林卉買紅薯，大夥也就看個熱鬧，誰知她竟然要收，還多少都要，大夥自然想不明白。

林卉甫看到張陽一行人，就把熊浩初打發去村裡借秤桿，轉頭見大夥都來問，笑著略解釋了句。「聽說紅薯可以做些吃食，我想弄些試試。」

試試，也不是這麼個試法吧？

還沒等他們問，那廂卸下籮筐的張陽拍了拍手，將林卉喊到一邊，他們只得歇下。

張陽瞅了圍著紅薯評頭論足的村民看了眼，低聲問林卉。「這些真是妳要的？」

「對啊。」林卉點頭，繼而笑道：「沒提前跟你打聲招呼，是不是嚇一跳？沒耽誤你的事吧？」

張陽一擺手。「耽誤啥，我就擔心妳被騙了。」

「人家要是想騙我，哪還敢找上你啊？」

張陽點頭。「我也是這麼想的。」只是依然不放心而已……

林卉領會他言外之意，心裡一暖，抿嘴笑道：「舅舅待會兒先別急著回去，吃了飯再走。」頓了頓，道：「我前幾天進城給你買了兩身衣服，估摸著尺寸給你改了改，待會兒一塊兒帶回去。」

張陽「啊」了聲，摸了摸腦袋，不是很好意思道：「我還沒給妳弄點啥呢……」

林卉失笑。「以後日子長著呢。」

張陽嘿嘿笑。

恰好熊浩初借了桿秤回來，林卉便招呼張陽一起過去，還不忘喊上朝陽村那位大嬸。

那位大嬸姓舒，在林卉跟人說話的工夫，她只是緊張地等在一邊，等到林卉招呼她過來一塊兒看秤，她才忙不迭上前。

熊浩初有些笨拙地用秤鉤勾起籮筐，整筐紅薯被單手提起，秤桿細細的杆子都被墜得彎了下來。

林卉看得膽戰心驚，正想說話，就見他放下筐子，抓著秤桿掃視四周。

「怎麼了？」她詫異。

熊浩初輕咳一聲，問：「誰會看秤？」

林卉。「……」合著他搗鼓半天不會看秤？

聽見眾人都笑了起來，她也忍不住白了他一眼。接過秤桿，她轉頭遞給笑咪咪看熱鬧的張陽。「來，舅舅幫個忙。」

張陽接過來，順勢瞅了眼地上籮筐，道：「我可提不起這麼大筐的紅薯，倒出來倒出來。」

熊浩初順手倒掉一半，張陽單手提起來掂了掂，點頭。「可以了。」勾上桿秤開始量。

林卉連忙掏出自己訂的本子和炭條。

二十七斤、三十一斤、二十八斤……全部秤完，紅薯足有八百多斤。

林卉估算了下價格，問舒大嬸。「大嬸，回頭還繼續送嗎？」她沒想到這位大嬸一次就送這麼多過來，故有此問。

舒大嬸連忙搖頭。「不送了不送了，我們家今年種得不多，大部分都拿過來了，剩下的我得留著當糧食。」

林卉理解地點點頭。「那成，這兒一共八百二十三斤。」她看了看四周。「嬸子跟我進屋一趟，我拿錢給妳。」

「哎，哎。」舒大嬸也知趣。剛才林卉朝鄉親們說的是六文錢一斤，她跟林卉說的分明是八文錢一斤，這差距擺在那兒，可不好明目張膽的算錢。

兩人先後進了屋。

眾人便開始議論紛紛，邊聊還邊拿眼睛看熊浩初、張陽兩人——這兩人都不是善茬，他們沒敢直接多問什麼，只能這般瘋狂暗示。

可惜，熊浩初兩人一個賽一個的臉皮厚，沒搭理他們不說，還相互聊了起來。

「舅舅最近在忙什麼？」沒有林卉在這兒，場面一時有些尷尬，熊浩初想了想，隨口找了個話題。

張陽斜了他一眼。「你叫什麼舅舅？叫哥。」他的鬍茬都理了，看起來跟面前這傢伙有啥差別？別平白無故被叫老了。

熊浩初。「……」他面無表情。「不能差了輩分。」

張陽率性一揮手。「等你們成親後再改口也來得及，你現在在大夥面前叫我舅舅，平白無故的都把我叫老了，我告訴你，我日後要是娶不著媳婦就找你算帳啊！」

熊浩初。「……」

幸好林卉很快便帶著舒大嬸出來，後者滿臉欣喜，一看就是得了滿意價格。

出來後，林卉看看眾人，尤其是舒大嬸帶過來的幾名年輕人，有些擔心地看向舒大嬸。「嬸子，要讓人送妳回去嗎？」

舒大嬸似乎知道她的擔憂，笑呵呵道：「不用不用，這幾個都是自家親戚，信得過。」

張陽也跟著過來搭話。「沒事。要是出了什麼事，回頭我直接去找他們家人就得了。」順勢還掃了他們一眼。

舒大嬸帶過來那幾名年輕人有些局促，其中一名提醒般喊了句。「姐？」

舒大嬸猛地回神，忙回看林卉，小心翼翼問道：「林姑娘，我家的紅薯雖然不賣了，但我娘家弟弟、堂弟那邊都種了些，妳這兒能收嗎？」

林卉看了那幾名局促的年輕人一眼，想了想，道：「也還能收，都跟我村裡人一樣，六文錢一斤，成嗎？」言外之意，是不再給八文錢一斤的好價錢。

「哎哎！行的、行的。」舒大娘的弟弟登時大喜，連連點頭。今年水稻、紅薯大豐收，一家子哪吃得完，能賣一些是一些，六文錢也不少了好嘛。

其他人見狀，只得跟著點頭。

舒大嬸頓時鬆了口氣，笑道：「謝謝林姑娘，他們每家都種不多，要是能賣一些，年底就好過多了。」

買賣做成了，舒大嬸一行就告辭離開，張陽則留了下來。

也不知是嫌棄熊浩初不會聊天，還是想跟外甥女多相處片刻，林卉鑽進廚房開始弄午飯，張陽則巴巴跟過去，接了個剝蒜的活兒，搬了張小馬紮坐到廚房門口慢慢剝了起來。

熊浩初瞇了瞇眼，跟著鑽進廚房，一屁股坐到灶前，說要幫忙燒火。

林卉。「……」

張陽。「……」

林卉無語。「你那邊不是忙著嗎？」房子在蓋，林地在清，哪來的工夫幫她燒火？

熊浩初面無表情。「我又沒工錢，偶爾偷個懶無所謂。」

張陽翻了個大大的白眼。

林卉忍笑。「好吧，那你幫忙燒火吧。」頓了頓。「晚點去坡地那兒拖點柴回來。」家裡的快沒了。

熊浩初點了點頭。

林卉便不管他，捋起袖子開始忙活，邊幹活邊問張陽的近況。

「舅舅最近都在忙些什麼？」

「就到處瞎忙活。前些日子不是農忙嗎？我就厚著臉皮找了幾戶田地多的人家，跟他們商量好了，我幫他們收糧，他們勻些糧食給我。」

估計是靠著凶名硬要過來的，不過好歹是正經給人幹活換糧食……雖然是有點不太可靠，林卉依然放心不少。「這樣也好，好歹短時間內是吃喝不愁了。」頓了頓。「外祖留下的那幾畝地呢？」

「被人占了去。」

林卉詫異，停下手中動作扭頭看他。「被占了？占去種糧嗎？那你沒找他們要點賠償什麼的？」

張陽嗤笑。「妳當妳舅舅吃素的呢？往年就算了，今年每畝都得給我交租子，我也不多收，四成就夠了。」

果然是流寇出身……林卉咋舌。四成產出，這都快劃去一半了吧。

不過想到前面幾年人家白占的田地，這些租子似乎也是該收的，如此下來，張陽在朝陽村確實不愁吃喝。

「再說，我都打算將來搬到梨山村，往後那些田我也不種了，回頭我看看怎麼賣出去。」

林卉有些擔心。「要不別搬了吧？這太費工夫了。」

「這妳就別管了，我自會打算好。」

林卉看了眼燒火不說話的熊浩初，後者朝她搖了搖頭——這是讓她別管的意思？

她收回視線，默默咽下到嘴的話。

前些天進縣城，林卉買了些雞爪、雞脖，還買了點豆腐乾，滷了一大鍋滷味，當時買了一堆紅薯讓人送貨，就預料到張陽會過來，她便特地多帶了幾塊肉回來燻製，這會兒剛好可以吃。

一盤蒸燻肉、一盤滷味、一盤絲瓜炒蛋，再配個蒜蓉青菜，每一份都滿滿當當的，盡夠三人吃了。

張陽確實很賞臉，直吃得肚子滾圓，完了還羨慕地拍拍熊浩初肩膀。「你小子以後有口福啊！」

熊浩初面不改色地受了，林卉莞爾，轉而提醒他初一記得過來一趟，林川那天會回來休息兩天，他倆至今還沒見上一面呢。

張陽自然二話不說應下了。

吃完飯，林卉將新衣服拿出來，還待比劃，張陽直接抓過來。「別費那工夫了，還能短了袖子斷了胳膊不成。」

行吧，反正看著也沒差什麼。林卉如是想道——她都做好幾個月針線活了，多少能看出來些。

再然後，張陽便提著包袱拍拍屁股走了。

他才剛走，劉嬸、強子娘兩人彷彿裝了雷達似的，下一刻就各自領著丈夫、兒子，浩浩蕩蕩地揹著紅薯過來了。

「劉嬸，妳這不是坑卉丫頭嗎？」有那好心的大娘湊過來勸。「卉丫頭家裡剛收了幾百斤，她家裡才幾口人，哪裡吃得完？她剛才就是礙不過人情，跟鄉親們客套客套，你們還當真了嗎？」

劉嬸啐了他一口。「要妳操心？卉丫頭才不是那打腫臉充胖子的，她說要收，必定是要收。」她拍拍胸脯。「我信卉丫頭，我啊，跟著卉丫頭走就成了。」

強子娘也跟著應和。「我也是我也是，卉丫頭掙錢厲害啊，跟著她準沒錯！」

林卉剛走到門口就聽見這話，登時笑了。「我怎麼掙錢厲害了？我跟你們買紅薯，不是給你們掙錢嗎？」

劉嬸一聽，嚇了一跳。「妳這是給我們送錢的？」

強子娘也緊張起來。

那位大娘立刻擔心了。「卉丫頭妳可別犯傻啊！」

竟然還真信了，林卉哭笑不得。「我就這麼一說。」

劉嬸登時鬆了口氣。「瞧妳說的。」

來勸說的大娘聽著不對。不是送錢，難不成是有什麼用途？想到那掙錢的肥皂，大娘不由有些期待，問道：「卉丫頭，妳買這紅薯是不是有什麼用處？」

「當然有用。」林卉掃了眼劉嬸、強子娘兩家帶過來的紅薯，估算了下，道：「上午那些紅薯，加上現在這裡的，大概還不夠我用五天。」

五天?!眾人倒吸一口涼氣，她是要拿紅薯來幹麼？

不等他們問話，林卉擔心地說了句：「其他人呢？都不願意賣紅薯給我嗎？」完了又嘆了口氣。「今年大家還是種得少了點啊……」第一年吃，圖個新鮮，約莫都是跟舒大嬸似的，不願意全賣了吧。

眾人都聽傻了，那位大娘忍不住道：「妳是不是又要做什麼好東西？這紅薯是不是能做脂膏、牙粉啥的？」

噗！脂膏、牙粉是怎麼跟紅薯聯起來的？

林卉失笑。「大娘，這紅薯是糧食，怎麼會拿來做脂膏、牙粉呢？」

大娘不死心。「肥皂不也是用能吃的豬油弄出來的嗎？」

林卉。「……」聽起來似乎有點道理。

除了大娘，周圍的人也期待地看著林卉，都希望她解答一二。

但林卉又不是慈善家，上回肥皂的事是迫不得已，這回可不一樣。雖說她要做的紅薯粉不需要什麼專業技術，她也不樂意早早往外說。

故而她也不多解釋，只是笑笑。「過幾天東西出來了，大家就知道了。」

熊浩初上午給張陽打下手，現在終於會看秤了，他見大夥追著林卉問話，便提著桿秤過來。「秤重吧。」

還想再問的大夥登時歇了心，林卉微鬆了口氣，招呼劉嬸過來，幫著熊浩初開始秤紅薯。

雖說她想收許多紅薯，但劉嬸這些都是照顧她的長輩近鄰，她特地囑咐了，讓他們各家都留一些，別全賣了。

留種是其一，她這邊要招人做各種東西，技術不是難事，來做工的幾個就能學會，轉頭她們要是自己想做，也能有條退路，也就不會怨她。

她現在拿下符三家掌櫃的第一筆訂單，要是受酒樓客人歡迎，不怕以後沒銷路。唔，說不定村裡也做了同類產品，她還能收起來一起賣？扯遠了。

秤完紅薯，林卉立馬回屋拿出一袋銅板，麻溜就把帳給結了。

看到銅板，大夥眼睛都亮了，劉嬸兩家喜孜孜收下錢，紛紛朝她道謝。

林卉搖搖頭，朝劉嬸兩人提醒道：「嬸子，等我這兩天收完紅薯，咱們就開始幹活。」

劉嬸立即反應過來，問道：「是我們幾個一塊做的那個？」

林卉點頭。

強子娘也轉過彎來了，兩人對視一眼，面上均是喜意。

旁人不明白，連他們家裡人也一臉茫然。

「咋回事呢？」強子爹好奇問了句。

強子娘連連擺手。「邊兒去邊兒去，跟你們爺兒們沒關係。」

強子爹被噎了句，好脾氣地撓了撓頭。

強子娘轉過頭又是滿臉笑容，喜孜孜地問林卉。「那我去跟其他幾個說一聲？」

林卉忍笑點頭。「那就麻煩妳了。」

她所說的活兒，跟熊浩初那邊的不一樣，她這邊只要婦人，同樣是要幹活索利不多話、不挑事的。

她定了五個名額，請的婦人每天只需做下午兩個時辰，工錢跟新屋男人那邊一樣，只是工期短了許多，十來天便足夠了，不像新屋那邊，一做兩、三個月。

即便如此，鄭里正依然鄭重其事，斟酌選了五個人，其中兩人就是劉嬸跟強子娘。

林卉如今在村裡也算混得風生水起，而這兩位嬸子在村裡確實是排得上號的勤奮人，人還實誠，跟她交情又好，鄭里正選了她倆，林卉一點也不意外。

另有三人她卻不熟悉，有強子娘幫她去通知，她還省事了。

剛說完，林卉又想起一事，忙提醒她們。「對了，到時候，妳們帶上家裡的刀，有小的就帶小的。」

「哎哎。」劉嬸兩人自然沒有意見。

話說完，紅薯也賣妥了，劉嬸兩人便興高采烈帶著家人離開。

其他人立馬圍過來打聽，只要問的是紅薯收購相關的問題，林卉都耐心解答；若是提及劉嬸她們那活兒的，或是打探她買紅薯的意圖的，她一律當沒聽到。

幾句話來回，大夥也看出她意思，簡單聊了幾句，便悻悻然散開。

之後幾天，有人帶頭賣紅薯，換來的又是貨真價實的銅板，村裡好些人家開始陸續往林卉家送紅薯。

林卉也沒有打誑語，不管誰來賣，全照六文一斤的價，貨款兩訖。

有幾戶人家膽子大、家裡壯勞力也多，在朝廷推行時聽說紅薯不挑地，特地多開了兩、三畝地，收上來的紅薯差點沒把家裡院子堆滿。雖然欣喜豐收，可太多了也愁得慌——紅薯好吃歸好吃，可大夥都習慣吃稻米，加上今年水稻豐收，明年大夥的吃用是不愁了，這麼多紅薯放著吃不完，回頭爛掉的話更可惜。

現在有機會能把富餘的紅薯賣出去，收一筆實實在在的銅板，大家自然歡喜，甚至連林卉叔叔林偉光，都覥著臉送過來兩筐紅薯。

只要他不作夭，林卉自然不會為難他，一視同仁給付了銅板。

林偉光數了兩遍銅板，似乎是不太甘心，跳起來就想撒潑，熊浩初冷眼一掃，他立馬縮了縮脖子，袖著銅板灰溜溜跑了。

不過兩天工夫，林卉家院子便堆滿了紅薯，後來實在放不下，還塞了幾筐進林川的屋裡。

紅薯到位，明天就可以開始幹活了。

林卉點了遍紅薯，估算了下分量後，拍拍手進了後院。

熊浩初正坐在後院台階上搗鼓著什麼東西，兩隻小狗在他腳邊蹦躂打鬧。

林卉湊過去，定睛一看，這廝正拿著給了她的那把匕首在削石頭，她下意識伸手去摸。

熊浩初早聽到她腳步聲，見她伸手也不詫異，只隨手拿開匕首，皺眉看她。「當心匕首。」

林卉沒說話，摸不著匕首，直接轉去摸他腳邊的大石塊。

觸手微涼，敲之堅實，真的是石頭，還是帶斑雜麻塊的灰色花崗岩，石塊已經初具雛型，確實是她想要的石磨。再看地上，已經積了一小堆大大小小的石塊，切口平滑，看著就是利器切割下來的。

林卉驚呆了。「我的天……」一把撲過去，拽住他胳膊往回拉。「給我看看！」

熊浩初陡然被撲了個滿懷，還沒來得及說話，就見她蹦躂著要搶匕首，連忙扶住她腰背不讓她動彈。「別搶，劃傷了怎麼辦？」

林卉回神，「哦哦」兩聲，不搶了，然後發現兩人姿勢……她忙退後兩步。

熊浩初挑眉看她。

林卉乾笑一聲，手掌前伸。「我看看嘛。」

熊浩初無奈，收回匕首，反手將把手一邊遞到她面前。「平日都是妳收著，妳不知道它什麼樣嗎？」

林卉白了他一眼。「誰會沒事拿匕首削石頭玩啊……」接過匕首，仔細端詳，完全沒發現有什麼不妥，她不可思議。「這玩意有這麼鋒利嗎？」說著，她彎腰撿起一塊石片，試探地切下去——

「哎？」怎麼切不下去？林卉疑惑，再次用力。

熊浩初一把抓住她的手腕，將匕首奪過來。「別玩。」刀刃壓不進石塊的話，容易打滑，破皮流血都是小事，斷指切肉也不是不可能的。

一錯眼匕首就被奪走，林卉撇了撇嘴。「我又不是小孩子。」完了繼續盯著手上片狀石塊，奇怪道：「為什麼我切不開？」

熊浩初取過她手上的石塊，隨手一捏，碎石撲簌撲簌往下掉。

「因為這樣。」他似笑非笑道。

「……哦。」林卉面無表情拍掉手心沾上的灰，嘟囔了句。「我還以為要發財了呢。」

「發財？」熊浩初茫然。

不是在談匕首嗎？話題是不是跳得有點快？

失望不已的林卉道：「我以為這匕首是神兵利器，賣掉的話，咱們就能發一筆橫財，後半輩子躺著吃飯就夠了。」

「……」合著一把神兵利器，在她那兒還不如一筆錢？熊浩初下意識看了眼這把御賜匕首，心情複雜莫名。

林卉的注意力已經轉到那塊初具雛型的石磨上，她蹲下來端詳片刻，問了句。「是不是快弄好了？」

「嗯。」熊浩初收起無奈，再次坐回去，掰過那塊大石繼續削。「晚飯前弄好給妳。」

林卉連連點頭。「那明兒就能開始幹活了。」

「妳打算怎麼安排？」

林卉眨了眨眼，明白過來，聳肩道：「走一步看一步唄，反正也沒指望能瞞多久。」

熊浩初靜默片刻，安慰她。「別擔心，他們把紅薯都賣給妳了。」言外之意，即便想複刻她的產品、搶她的生意也有心無力。

林卉白了他一眼。「可是明年就不好做——」等等！她陡然想到什麼，一擊掌。「成品我也可以收啊！這樣還更省事呢！」不等熊浩初接話，她立馬爬起來。「我去算算成本，定個價格出來！」噠噠噠的飛快鑽進了屋裡。

這說風就是雨的性格……熊浩初搖了搖頭，低頭繼續幹活。

第二天，林家用過午飯，熊浩初剛出門，劉嬸幾個便裝了千里眼似的尋了過來。開門的林卉詫異，看了看天色，打趣道：「嬸子，妳們提前到，我可不加工錢的。」

「嘿！我們可沒這樣想！」劉嬸嚇了一跳，急忙解釋。「我們就是過來看看有什麼能幫上忙的，哪裡是要加工錢了？」

「對對。」強子娘連忙接話。「咱也能跟男人一樣掙錢呢，多好啊！工錢多少無所謂，咱就是圖個硬氣！」

跟在後頭一位胖嬸子立刻笑了。「強子娘妳還需要硬氣嗎？」她家那位是全村出了名的老實人。

強子娘被臊得臉都紅了，啐了她一口。「就妳話多。」

其他人，連帶林卉登時都笑了。

說笑歸說笑，林卉也必須將自己的態度表清楚了。「嬸子們下回不用急著過來，歇會兒再過來都行，我這的活兒不急。」

「哎哎，沒的事，家裡也沒啥事。」

「我在家忙活還沒人給我工錢呢。」剛才那名胖嬸子直爽地打趣。「妳給我工錢，我就樂意給妳多幹點。」

「對對，就是這個理！」

林卉莞爾。

說話的工夫，一行人已經站在院子裡。

院子裡堆滿了紅薯，唯一空著的走道上還擺著幾張馬紮、幾個籮筐，幾人幾乎要沒有落腳之處，還有兩隻到膝蓋的小細犬。許是看到她們一個個拎著菜刀，兩隻小狗警戒地朝她們低咆。

林卉蹲下來挨個摸摸兩條小狗。「這幾位嬸子是來幫忙的，別緊張。」再推推牠們。「去後邊玩，別在這搗亂。」要處理食材呢，被小狗們弄髒就糟糕了。

小狗自然不樂意，林卉乾脆將其拽到後院拴起來。

再次回來，林卉將要做的事簡單敘述了一遍，幾名婦人面面相覷。

劉嬸遲疑。「只需要把紅薯削皮切塊？」是不是太簡單了點？她的表情如是說。

「嗯。」林卉點頭。「先做這個。」

「哦哦，先做這個啊……」劉嬸撫了撫胸口，嗔怪道：「只做這麼簡單的活兒，我這錢拿得虧心啊。」

林卉啼笑皆非。「都是幹活，還分什麼簡單跟難的嗎？」努了努嘴。「我不是還讓妳們帶把刀過來嗎？總不能讓妳們來砍柴吧？」

劉嬸眨眨眼。「好像也是。」

「好了好了。」強子娘看看左右，率先捋起袖子。「不就是削皮切塊嘛，這活計我們擅長。」

那位直爽的胖嬸子也跟著笑。「哎呀，我本來還擔心幹不來活兒，不好意思拿工錢了。這下好了，就咱們幾個的菜刀功夫，卉丫頭指不定還得給我們添錢呢。」

幾人都笑了。

劉嬸跟著呼了口氣。「怪道卉丫頭要找我們，要是找一堆爺兒們過來，是要拿斧頭劈嗎？」

每人拉過一把馬紮，各自在紅薯堆邊挑個位置坐下，「沙沙」的削皮聲很快響起。

林卉也跟著一塊兒幹活，削了幾根，她就發現不對了。

這也太安靜了吧？她下意識看看左右，幾名嬸子都在埋頭苦幹，恨不得一雙手削出八倍速的光影，刷刷刷的就削完一顆紅薯，連平日最能說話的強子娘也一臉嚴肅的削皮。

她們這是拘謹了？她是不是避開比較好？反正她還有許多針線活沒做完……林卉想了想，道：「嬸子們先做著，我去後院忙會兒。」

「哎哎，妳去吧。」

「去吧去吧。」

幾位嬸子敷衍道。

林卉有點無奈。「嬸子們，這些活兒不急，妳們慢些都沒關係。」

「行行，妳去忙吧。」劉嬸聽而不聞，隨口趕她。

其他人更是頭也不抬。

林卉搖了搖頭，不再多說，轉身進屋。

她以為是因為自己在那兒，她們才如此拘束。找了藉口鑽到後院後，她特地搗鼓出各種動靜，片刻後再細聽，前院依舊一點談天都沒有。

偷偷摸摸跑到堂屋窗口那邊張望，幾位嬸子依舊穩如泰山，低頭苦幹。

林卉無奈了，這也太實誠了吧？

林卉拎著匕首再次回到前院，坐下便摸了個紅薯開始削，邊削邊打開話茬。「幾位嬸子，問件事啊。」不等她們問話，她便直接開口。「我那舅舅不是剛出來嗎？這不，他年紀也老大不小了……妳們有沒有什麼好人家的姑娘可以介紹介紹的？」

林卉一提起張陽，幾位嬸子登時來勁了。

「那真是妳舅舅啊？我瞅著是有幾分眼熟，也沒敢問，沒想到竟然真是。」

「對，好多年沒見過，都沒敢問了。」

「出來了就好，他也不容易啊……」

「唉，那些年，誰都不容易啊。」

這一說話，各自手上的活兒便慢了下來。當然，也就比剛才慢一些，都是做慣做熟的活兒，再慢也慢不到哪兒去。

最重要的是，她們幾個並沒有嫌棄張陽。林卉暗鬆了口氣，笑道：「都過去了，咱們以後日子肯定越來越好。」

「那是！」

「託卉丫頭的福，咱家今年都鬆快許多了。」

「對對——」

眼看話題又要拐到某個方向，林卉連忙插嘴。「嬸子們，別跑題了啊，趕緊幫我想想，有什麼姑娘適合我舅舅的。」

「嘿嘿，瞧我們這嘴巴……不過，妳舅舅現在什麼情況啊？」

這是擔心他繼續當流寇？林卉忙解釋。「我舅舅現在四處給人幫忙，掙點吃用啥的。等開春了，田地收回來就能安心種地了。」

「開春了真能種地嗎？」有位嬸子遲疑了下，小心問道：「不會再去幹那些、那些活兒了吧？」

「當然不會，如今這世道，有手有腳就能養活自己，哪至於……」林卉頓了頓。她陡然想起一件事——張陽似乎打算搬到梨山村？

算了，這事還遠著呢，古代搬家哪有這麼容易，現在可沒有炒房、買地一說，就算有，以張家的舊房子，估計也沒人看得上，倒是那幾畝田值點錢。

要是搬過來，房子要蓋，地兒要買，就是想搬，也沒有那麼快。

想到這兒，林卉便略過不提，只道：「嬸子們要是不放心，可以多看看，看他是不是安生過日子的。反正他這麼多年都過來了，也不急這一時半會兒的，當然，妳們若是看到有好人家的姑娘，也記得幫忙留意一下呀。」

「那沒問題。」林卉左手邊一嬸子呼了口氣。「這好人家的姑娘多得是，但咱也得給人找個靠譜的不是？」

「哈哈，那是那是！可不能像那李三家的，好好的姑娘嫁出去受罪……」

話題開始跑偏，幾人又聊到了村裡的八卦上去。

林卉卻絲毫不生氣，甚至津津有味地聽著她們漫無目的地瞎聊，偶爾還湊熱鬧地八卦上幾句。

瞅著削好皮的紅薯差不多了，林卉便打斷她們，安排著繼續下一步工作——給削好皮的紅薯切丁，同時勻出一人推石磨，將紅薯丁磨成漿，另有一人用棉布過濾雜質，裝到提前準備好的砂鍋裡……

每當林卉安排活計，院子裡都會安靜上一會兒，林卉哭笑不得，只得再丟幾個話題，氣氛便又活躍起來。

隔一會兒就有嬸子站出來，說是坐著腰疼，要活動活動，正好跟推磨的人換換手——雖然熊浩初做的石磨不大，也是實打實的費力活兒，幾位嬸子平日都是聊得來的，自然不好讓一個人幹這活。

林卉微有些詫異，卻樂見其成，除去個別討人厭的，梨山村村民大部分真的都挺好的。

就這樣，大家邊聊邊幹活，時間便過得飛快，等到林卉拍掌讓大家停下，告訴她們可以回去的時候，幾人還有些意猶未盡。

「大家一塊兒，就是比自個兒在家幹活要高興得多。」說話的是黑一些的唐嬸。

經過一下午聊天，林卉已經把幾位嬸子認全了。

「可不是，坐一塊兒幹活還能聊天呢——」微胖的邱嬸話說到一半，察覺不妥，忙朝林卉道歉。「哎呀，今兒沒注意，都顧著聊天了，改明兒——」

林卉連忙擺手，笑著指指兩砂鍋的紅薯漿。「這不做得挺快挺好的嗎？又不耽誤工夫，嬸子們想聊啥就聊啥，咱這兒不需要拘束。」

可別說，聽她們嘮嗑，她對村裡人的情況瞭解了更多——雖然有些可能不太靠譜，不過，聽多了這些長輩們嘮嗑，以後遇到叔伯嬸子啥的，就知道哪些能聊、哪些不能聊，省得哪天得罪人了都不知道。

請人幹活的林卉沒有意見，大夥也就鬆了口氣，幫著林卉把院子收拾收拾，幾人才告辭離開。

送走幾位嬸子，林卉看看天色，顧不得別的，急忙鑽進後院。

所幸提前回來的田嬸已經跟她商量過菜色，該洗的洗了、該切的切了，要上鍋蒸的也已然在鍋上蒸著，就等她回來動手炒兩個菜了。

林卉鬆了口氣，快速把剩下的菜炒好。

……

# 第十五章

第二天，林卉一大早便爬起來，略微洗漱一番便趕緊去看昨晚搬進後院的紅薯漿。

加水磨成漿的紅薯靜置一晚後，紅薯粉已經沈澱下來，在一層懸乾淨的清水下鋪了厚厚一層。

林卉小心地扶住砂鍋邊緣，緩緩傾斜，將上層清水倒出來。

這寬口砂鍋是她提前買回來的，比她小腿略高。看著不高，加上那大半鍋的紅薯漿水，也是沈得很，要倒出上層清水又不能晃動底下的紅薯粉，自然倒得又慢又小心，剛起來的田嬸見了，忙過來搭把手。

林卉看了她一眼，笑著道了聲謝，然後道：「這邊我自己來就行，今兒煩勞田嬸做早飯。」頓了頓，她笑著改口。「好吧，或許這十來天都得麻煩妳做早飯了。」

田嬸笑道：「做個早飯而已，算什麼麻煩。」不過，這些砂鍋裡裝的是林卉請人做的東西，既然說不用她幫忙，她也不好再多事，遂笑了笑便離開。

林卉倒是沒想這麼多，她只是覺得這活兒不重，不希望耽誤做早飯而已，再說，等早飯做好，她還得用鍋呢。

將兩鍋紅薯粉的清水都儘量倒乾淨，她進廚房裝了碗麵粉出來，先在其中一個砂鍋裡添點麵粉，加上一小勺清水，再用乾淨的厚竹片慢慢攪拌均勻。

另一砂鍋亦如是。

還沒弄好，熊浩初便過來了，林卉避開他伸過來的手，努嘴要他去吃早飯。「趕緊去吃早飯，一會兒還要你幫忙。」

熊浩初這才作罷。

田嬸見他過來，拘謹地打了聲招呼，揀了些饅頭，再裝上一囊袋的涼白開，迅速出門去了。

林卉剛把薯粉攪拌好進廚房，就見她疾步出門，無奈搖頭——田嬸都在這兒待了這麼久，遇到熊浩初怎麼還是這麼戰戰兢兢的？

熊浩初恍若無感，進了廚房便逕自去灶台找東西吃。

林卉剛進門，還沒看清楚嘴裡就被塞了個饅頭。

「哦！」這粗人，差點沒把她噎死！林卉怒瞪他。「你想幹麼？」

熊浩初對她的嫌棄渾然未覺，咽下嘴裡的饅頭，道：「吃飽了才有力氣幹活。」

那也不至於要站著吃東西吧？林卉翻了個白眼。

她面上嫌棄，自己卻也跟熊浩初一樣，直接站在灶邊吃饅頭——饅頭嘛，怎麼吃不是吃？

她一手抓著饅頭繼續咬，另一手拿來盤子，將鍋裡剩下的饅頭全部盛起來，擱到一邊，然後指揮熊浩初。「來，幫忙把鍋裡的水倒了。」

熊浩初把手裡剩下的小半個饅頭全塞進嘴裡，鼓著嘴巴便去端鍋。

林卉忙按住他，將灶台上的抹布遞給他墊手。

熊浩初順手接過，端起鍋，兩步走到外頭，朝牆角下一潑，甩兩下，再把鍋端回灶台。

「幫我把那兩鍋紅薯漿抱進來。」林卉吩咐道，同時自己走到廚房外頭，來回舀了幾勺水進鍋裡，擺上竹架，再將提前訂做並清洗乾淨的陶盤拿出來。

這陶盤是她早兩個月前訂做的，當時天兒熱，大熊和川川兩人都不太開胃，她便想法子用淺盤子試做了腸粉。

林川很喜歡，熊浩初嘴上不說，也默不吭聲吃了許多。她看在眼裡，乾脆找人訂做了這個陶盤，花了她足足兩百多文，可讓她心疼死了。

所幸經常做腸粉，前些日子還給田嬸幾個人做了幾次，獲得一片好評……如今又能拿來做薯粉，算下來，這錢也算花得值了。

林卉開始忙活，抓著饅頭的熊浩初識趣地坐到灶前燒火了。

林卉趕他。「剩下就是燒火蒸粉皮的活，你吃完自己去忙吧。」頓了頓，提醒他。「這幾天我沒法下地幫忙，你要是忙不過來，就找劉匠人他們幫幾天。」

不說新宅那邊，地裡要補種東西就夠他忙的了，故而熊浩初也沒拒絕，想了想，道：「妳這若是需要幫忙就說，別逞強。」

林卉擺擺手。「知道了。」

熊浩初猶不放心，抓著饅頭跟前跟後，林卉也不管他，自顧自忙活。

第一鍋薯粉出爐，林卉裝來一盆清水，將薯粉刮下來泡進清水裡，然後用水沖了沖陶盤降溫，裝上兩勺薯粉漿。再把鍋裡的水舀掉，換上涼水，陶盆上鍋，開蒸。

這邊忙完，清水裡的紅薯粉已經涼得差不多。

林卉將薯粉撈起，瀝乾水，放到熊浩初新做的薄砧板上，切成細條，輕輕盤成一團，放到旁邊乾淨的簸箕裡。

回頭曬乾，這紅薯粉就好了。林卉輕舒了口氣。

「這就成了？」熊浩初的聲音陡然從後頭傳來，語氣中還帶著幾分疑惑。

林卉嚇了一跳，忙回過身，驚道：「你怎麼還沒走？」

「……」合著他這麼大塊頭都被無視了？

「沒聲沒息的，差點被你嚇死。」林卉拍拍胸口，推開他回到灶前，將火苗壓得小一些，這才回答他適才的問題。「曬乾就好了，不然你還以為有多難？」

「這樣真的能放許多天不變質？夏日也行？」熊浩初不是很相信。

「當然啊。」林卉理所當然。「水分都脫乾了，夏天當然也能放。」

熊浩初神情嚴肅。「夏日的話，能存放多久？」

林卉估算了下。「只要通風、不受潮，放個一年半載不是問題，何況只是一個夏天。」

熊浩初瞇眼。「這樣曬乾的紅薯粉，能直接吃？」若是能直接吃……

林卉如同看白癡般瞥了他一眼。「想什麼呢？這紅薯粉要是曬乾了，那就是真的乾，煮都要煮上半刻鐘，還直接吃……」

「……」

林卉瞅了他兩眼，恍悟，壓低聲音問道：「難道……你想把紅薯粉搞去當軍糧？」

熊浩初眼底飛快閃過抹異光。「妳也想到了？」

林卉點頭。「誰叫你是那樣出身呢。」她擺擺手。「別想了，軍糧是要方便攜帶、方便食用的，這薯粉要用水煮，鍋碗瓢盆少不了，方便程度還不如鍋盔燒餅之流。」

也是。熊浩初微微嘆了口氣，看著她的眼光裡帶著幾分異樣。「妳對軍隊瞭解頗深。」這是肯定句。

林卉一怔，乾笑。「我就隨口瞎掰、隨口瞎掰的哈哈哈哈……」不等熊浩初再說什麼，她怒目一瞪。「愣著幹麼？還不趕緊去幹活?!」

熊浩初。「……」

這丫頭不知道有沒有發現，她每回心虛都要拿他作筏子。

林卉見他還盯著自己，心虛不已道：「我這兒還忙著——唔——」

他突然緊抱住她，她嚇了一跳。

片刻後，熊浩初鬆開她，目光在她粉撲撲的俏頰、水漣漣的紅唇、顫巍巍的睫毛上流連。

林卉被看得羞澀不已，咬著唇埋進他懷裡，不讓他繼續盯著。

熊浩初莞爾，撫著她背後長髮，心裡暗忖道——

唔，還是這樣安分些。

趕走煩人的熊浩初，林卉拍了拍滾燙的臉頰，繼續投身紅薯粉大業——她得趕緊把這批粉絲全蒸好。

雖然現在早晚已經涼快了不少，中午還是熱得很，磨成漿的紅薯粉可放不住。

再者，這紅薯粉的步驟並不複雜，最後幾步她自己做，還能多隱瞞幾天。

舀漿、蒸粉、過水、切條、團成團……

接下來幾天，林卉都比照如此，每天搗鼓出來的紅薯漿，沈澱一晚上後，第二天早上開始處理。廚房一整天都不歇火，她跟田嬸輪流上陣，到下晌時她則抽身出去，領著劉嬸等人繼續處理下一天要用到的紅薯漿。

如是反覆，最後她家後院全曬滿紅薯粉團，連簸箕都不夠了。

林卉沒法，只能讓熊浩初抽空去削點竹篾編簸箕，然後在她家後邊的荒地上搭幾個曬架，將紅薯粉曬到後邊去——反正她家後邊都是荒地，沒別的人家，把兩隻細犬拴在曬架附近看守就夠了。

這紅薯粉團一曬出來，還招來許多人看熱鬧，問的人自然不少，林卉只隨意說笑幾句把話題岔開，次數一多，大夥兒都知道她不願意說了。

劉嬸她們自然猜到這些就是紅薯漿做出來的成品，也知趣的沒有打聽，至於她們私底下有沒有試著做一做，林卉也不管。

只是呢，原本每天都有人送紅薯過來賣給她的，自從她把紅薯粉曬出去，便再也沒見著了。

林卉心知肚明，也不多說什麼，繼續每天跟陀螺似的忙得團團轉。

很快，她收回來的紅薯便全部處理完畢，給劉嬸幾人結了工錢，再把剩下的紅薯漿全部蒸好切好，今年的第一批紅薯粉便完成了，只等全部曬乾成型便能送去縣城交貨。

熊浩初這邊，新宅還在繼續搭建不說，落霞坡那兒的土地也整得差不多了。

這時代的人沒有現代化的機械設備，要清光山坡上的草木，想想就覺得頭疼，林卉初時還很煩惱，經熊浩初提醒，她才反應過來，這時代自有這時代的生活智慧，是她狹隘了。

他們使用的法子很簡單——火。

這段日子熊浩初招了十個人清理山坡，卻不是要直接清理整個山坡的草木，而是領著人沿著山坡周邊清理了一條寬達一丈的防火帶，防火帶裡清得一乾二淨，不管什麼火星火苗落下來，都絕對不會燒起來。

待防火帶清理出來後，熊浩初選了個無風的日子，幾把火下去，將落霞坡燒得乾乾淨淨的，燒的時候，坡上還竄下來好些野兔、野雞什麼的，讓跑來湊熱鬧的村民美美地享受了一把守株待兔的樂趣。

原本草木蔥郁的落霞坡轉眼變成了灰撲撲一片，地上全是灰燼、炭條。

待得火徹底滅了，熊浩初領著人將大塊的炭條炭塊等清理乾淨，餘下灰燼則任其留在原地，待到來年春天，經過雨水滲透，這些灰燼便是上好的肥料了。

剩下的，便是明年的事了。

再轉回林卉那邊——

秋高氣爽，曬東西那是輕而易舉。林卉的紅薯粉團全部曬乾、脫水完畢了，曬乾的紅薯粉疊在一起，足足裝了六個大籮筐。

恰好明兒就是初一，又到了林川休沐的日子，該去接他回來住兩天了。熊浩初索性借來一輛板車，將所有薯粉全裝上去，推著去縣城。

林卉原本是要跟著一起去的，被熊浩初攆了回來。他話裡意思是，他一路要推車，沒法照顧她，讓她別跟著去了。

把她氣得夠嗆的，合著她這麼大的人去縣城還要他照顧了？不就是招了那麼一點點的麻煩嘛……

不過，推車這活兒也確實累人。

林卉只是氣一小會兒，很快便轉過彎來，趕緊找來強子哥幾個陪大熊一塊進城。

只要不是她跟著去，熊浩初便隨她了。

如此這般，初一那天一大早，熊浩初跟周強幾人便推著薯粉出門，直至近午才回來。當然，還把林川帶回來了。

熊浩初還沒到呢，林川就一蹦三跳地奔回來，老遠就開始嚷嚷著。「姐——我回來啦——」

在屋裡忙活的林卉聞聲出來，看到他，立馬扔下東西，一把將略微長胖了些的林川抱起來，狠狠親了好幾口。「川川有沒有想姐姐啊？」

「姐！放我下來！」林川掙扎。「男女授受不親，妳不能這樣！」

林卉被逗笑了。「好好，我這就放你下來。」又親了兩口，才依依不捨把人放下來。

落地的林川快速將衣領整理好，老氣橫秋地朝林卉道：「我長大了，妳以後要注意點。」

「好好，以後我注意點。」林卉忍俊不禁，摸摸他腦袋。「走，進屋去，準備開飯了，對了，舅舅——」

「等會兒等會兒，」林川拽住她，朝後頭一指。「姐，熊大哥帶人回來了。」

「嗯？誰？」林卉停下腳步，轉頭往村口方向望去。

已經還了板車的熊浩初確實帶著三人往這邊走來。三人裡頭，走在後邊的兩名是孔武有力的漢子，看起來也就比熊浩初矮上大半個頭。另有一名走在熊浩初右側，身高還不及大熊肩膀，站在他身側，頗有幾分弱不禁風的感覺。

林卉瞇了瞇眼，視線定在那名瘦弱的年輕人身上。

幾人越發近了，那年輕人的面貌映入眼簾——

俊眉朗目，唇紅齒白，活脫脫一名翩翩公子……

林川拉了拉她衣襬，林卉回神，低頭看他。

林川指了指熊浩初身邊那人，壓低聲音，宛如打小報告般道：「姐，那個傢伙拽著熊大哥說了一路的話，可不要臉了。」

林卉詫異。「他說什麼了？」竟然讓小林川罵人。

林川忿忿。「他一路都在勸熊大哥退婚！」

林卉。「……」
再看了眼那位唇紅齒白的年輕人，林卉暗忖，她家未婚夫除了招桃花，難不成還招斷袖小白臉？
熊浩初一行人一路近前，那名俊俏公子模樣確實不錯，林卉忍不住多看了幾眼，這一看，便發現熊浩初似乎不太喜歡他——兩人看似並排行走，中間卻隔得遠遠的。那位公子每每要靠近，熊浩初便往另一邊移，始終與他保持一定距離。
林卉挑了挑眉。難不成真是斷袖爛桃花？
不容她細想，熊浩初已經領著人進了院子。
那位俊俏公子原本一路在說著什麼，進了院子便住了口，先是目光四處巡視，皺了皺眉，然後將視線移到林卉身上——
林卉順勢朝他點了點頭。
俊俏公子瞳孔一縮，似乎有些不敢置信，對她的點頭視而不見，上上下下開始打量她。
林卉微哂，掃了眼後頭兩個斂眉低目的漢子，轉向熊浩初，笑著道：「回來啦？辛苦了。」
看到她，熊浩初原本緊繃的臉明顯緩和下來。他點了點頭，朝她道：「來客人了，我那兒不方便，交給妳了。」
「蛤？」林卉茫然，連符三他都不肯帶過來，這幾個是誰，怎麼突然帶到她家讓她招待了？

熊浩初繼續道：「他們要在這裡待一段時間，這段時間，他住妳這兒。」他指了指俊俏公子，再指後頭兩個漢子。「那兩個我會另外安排。」

憑啥這人住她家？這頭熊是不是傻了？林卉皺眉。「他怎能住我這兒?!」

抓著林卉衣襬的林川跟著拚命搖頭。

「他是——」

「我為何要住這兒？」那俊俏公子也跳出來反對。

他一說話，林卉忍不住又看了他兩眼。這位俊俏公子的聲音是悅耳的中音，柔和中帶著些許沙啞，擱現代就是聲優等級的——就是說出來的話不太中聽。

熊浩初沒搭理他，頓了頓，繼續剛才的話。「她是奉國將軍的千金，姓蕭。」

千金？林卉瞪大眼睛，立刻轉過頭去打量那位俊俏公子，連林川也張大嘴巴，跟著一起看過去。

林川便罷了，林卉這回仔細看，確實看出了不妥——原本以為是俊俏的五官確實過於柔和；原本以為的劍眉入鬢，似乎是黛筆畫出來的；肩膀相比男人，也確實是瘦弱了些；喉結沒有……

被兩姐弟盯著看，蕭家姑娘滿臉不耐，嫌棄地撇了撇嘴，朝熊浩初道：「你那房子不是快蓋好了嗎？我又不是沒吃過苦，有片瓦遮身足矣，總比煩勞不相干的人好。」

不相干？說的就是她嘍？怪道熊浩初要帶到她這兒呢，看來不是斷袖爛桃花，就是妥妥的桃花……思及此，她忍不住瞪了熊浩初一眼。

熊浩初沒理會那位，收到林卉的瞪視，他輕咳一聲，解釋地道：「我已經讓韓老遞了信，估計很快就會有人來把他們接走，在此之前，得煩勞妳了。」

「我不走！你就是把我爹喊來我也不走！」蕭姑娘不滿地抗議。「還有，我不要住這兒！你聽見了嗎？我不要住這兒！」

林川嘟囔了句。「我們還不樂意呢。」

林卉忙拍了下他腦門，示意他別插嘴。

熊浩初聽而不聞，只看著她。

多個人吃飯而已，林卉自然不反對，只是……她攤手，示意般朝那位千金努了努嘴。

「只要她肯住下。」

熊浩初輕舒了口氣。「妳不反對就行。」言外之意，這蕭姑娘的意見不予參考。

蕭姑娘登時氣結。

看熊浩初這態度，這位奉國將軍千金似乎並不需要好好捧著……不過，奉國將軍是哪個品階的官？聽著似乎挺大的，這樣對他家千金，真的行嗎？

林卉還在胡思亂想，熊浩初已經解下身後羅筐，從裡頭掏出一個小巧的錢袋子，遞給她。「老錢給的尾款。」老錢就是符三家酒樓的掌櫃。

林卉接過錢袋，瞅了眼他手裡提著的籮筐，奇怪道：「哎，咱家的筐子呢？」不是帶了好幾個筐子出去嗎？怎麼只剩一個了？

「老錢那兒沒那麼多筐子，我做主，把那幾個竹筐送他了。」

林卉「哦哦」兩聲，笑道：「要是咱家要用筐子，你可得做回來。」

「嗯。」熊浩初自然沒意見，又提了提籮筐。「妳要的肉，我給妳提到廚房去。」不等她說話，提著筐越過她鑽進廚房。

林卉習以為常，還在後頭追喊了句。「把肉拿出來擱案板上啊，我待會兒處理。」

蕭家姑娘嗤笑了聲。

林卉沒理她，轉向林川。「川川今天想吃什麼？姐姐做給你。」

林川眼睛一亮。「什麼都可以嗎？」

「那當然不行。」林卉摸摸他腦袋。「起碼得是家裡有材料的，不然姐姐去哪兒給你變出來？」

「嘿嘿，我曉得了。」林川雙眼亮晶晶。「熊大哥買了肉回來，我想吃肉丸子！」

可真會點。林卉無奈。「這我可弄不來，叫你熊大哥剁肉去。」

林川撒嬌。「姐姐妳去說吧，妳跟熊大哥說他肯定會應的。」

「小屁孩，熊大哥是什麼人，哪是給你剁肉的？要吃什麼自己去買！」蕭家姑娘毫不客氣地插嘴，也不說林卉，直接朝林川開訓。

林川做了個鬼臉。「要妳管。」

「你！」

林卉給林川一個爆栗。「不可以沒禮貌。」轉向蕭家姑娘。「抱歉。我弟弟還不太懂事。」一碼歸一碼，不管這位蕭姑娘意欲為何，林川不能沒有教養。

蕭家姑娘似乎有些詫異，再次打量她一遍，終於正眼看她，道了句。「妳就是那個靠朝廷攀上熊大哥的林卉？看起來不怎麼樣嘛。」

林卉無語，呵呵兩聲。「彼此彼此，我看妳這奉國將軍的千金也不怎麼樣，大老遠的跑過來，膽子夠大的。」這姑娘可是千里迢迢奔過來找男人呢……古代風氣這麼開放的嗎？還是就這位奉國將軍千金如此？

蕭家姑娘聽出她的言外之意，蹙眉。「妳不怕我？」

林卉打量她一遍，道：「妳也沒三頭六臂，我為何要怕妳？」

蕭家姑娘。「……」

正說話間，熊浩初再次出來。

屋子就這麼大，他自然聽見了兩人的對話，警告般看向蕭姑娘，冷聲道：「蕭姑娘，我未婚妻不是妳家下人，若是妳再如此不客氣，縣城裡多的是客棧，我們這兒不歡迎妳。」

蕭姑娘怔了怔，掩下受傷的神色，抿唇不說話了。

林卉心裡舒服了不少。本來她就對熊浩初帶個女人回來有些芥蒂，好在熊浩初的態度讓她頗為受用，否則，她才不樂意招待呢。

不過看起來，這位蕭姑娘也不是什麼刁蠻人物嘛，起碼能把別人的話聽進去。林卉暗忖。

另一頭，警告完蕭姑娘後，熊浩初轉回來，問她。「舅舅到了嗎？」他們早在上月就跟張陽說好了，初一接林川回來的時候，他要過來吃飯的。

「來了，說去看看你那房子，剛放下東西就跑了。」

熊浩初點了點頭。「那我先去安排這兩位兄弟的住處，待會兒回來。」頓了頓，道：「以後這兩位兄弟的飯食讓田嬸一塊兒準備，妳別累著了。」

「好。」

說完話，熊浩初便領著人離開了。

借住的事情已成定局，蕭家姑娘即便不樂意，也只能留下。她帶著三分不甘七分不耐問道：「既然我要在這裡待一段時間……我喜歡清靜，有哪個院子比較安靜的？最好有池子的，我閒了還能餵餵魚。」

院子？還要帶池子？林卉啞然。這位千金是不是對農村有什麼誤解？

蕭姑娘看她不動，撇了撇嘴。「算了，我自己去看吧。」越過她逕自進了堂屋，左右看了看，繼續往裡走。

林卉跟同樣呆滯的林川對視一眼，連忙追上去。

「蕭姑——」

「啊——」

踏進後院的蕭姑娘尖叫起來，同時響起的，還有亂糟糟的雞鳴狗叫聲。

林卉。「……」

得，看來這是來了位祖宗啊！

姐弟兩人奔進後院，顧不得那位花容失色的蕭姑娘，一個攆雞一個趕狗——嚇著人就算了，可別被這姓蕭的丫頭踩了踢了他們家的雞狗。

待得一切恢復平靜，林卉呼了口氣，看向防衛般貼在牆角的蕭家千金，沈聲道：「蕭姑娘，我想妳對咱這兒有點誤會。」

蕭姑娘謹慎地看看那被拴起來的狗跟被趕回雞窩的雞仔們，深吸口氣，面色難看道：「看出來了。」

林卉挑眉。哎喲，她還以為這位小姐會大罵出口呢，出乎她意料啊。

蕭姑娘深吸一口，頗有幾分鬱悶道：「是我想錯了。」皺著眉頭環視一周，她又問：「外邊地這麼多，怎麼不蓋大一點的院子？」這麼小的屋子，住得多憋屈啊。

這不就是何不食肉糜的典型嗎？林卉可沒那耐心給她解釋，遂問道：「要不，我們去縣裡給妳找個大院子？」

蕭姑娘瞪她。「休想把我弄走！」

行吧。林卉聳了聳肩，看看左右，問她。「小姐姐，剛才是看妳嚇著了，我才把狗跟雞拴起來，現在能放——」

「妳叫誰姐姐？」蕭姑娘的重點卻歪了，怒目瞪她。「誰是妳姐姐？」

林卉眨眨眼。這位蕭姑娘怎麼看也有十七、八歲，估計因為爹是奉國將軍，有錢有勢不愁嫁，朝廷也睜隻眼閉隻眼，才留到現在還未曾嫁人……難不成是她看錯了？

她還沒來得及問上一句，就聽蕭姑娘嫌棄道：「妳別以為叫我姐姐，熊大哥就不會退親，我絕不會跟旁人共事一夫的！」然後怒瞪她，老氣橫秋教訓道：「還有，妳小小年紀的，怎能有這樣的想法？」

林卉無語了。小姑娘年紀不大，想得倒挺多啊，她呵呵兩聲。「妳看起來就比我大，我不叫妳姐姐，難道叫妳阿姨嗎？」

蕭姑娘。「……」

林卉索性不管她，示意虎視眈眈站在邊上的林川。「把雞放出來。」

她家雞窩在院牆角落，只是簡單地用木頭圍了塊地方，牆邊支了個小矮棚給雞仔們遮風擋雨。地方不大，但也夠他們家那些大雞小雞塞進去，只是要活動、餵食肯定不夠寬敞，所以平日她都會將牠們放出來，讓雞仔們在院子裡溜達。

再說，這丫頭既然要住下來，免不了要面對這些家禽，她幹麼要拘住自家雞仔？多溜達走動，那雞肉才香呢。

她這邊話剛說完，蕭姑娘下意識便跟著看向雞窩——她發誓，她在雞窩裡頭、周邊都看到了許多可疑的坨坨——她抖了抖，立刻嚷嚷起來。「髒死了，不許放牠們出來！」

林川才不聽她的，麻溜打開雞窩柵門，一邊學大人吆喝，一邊張開手做驅趕狀，三下五除二就把雞仔們、大母雞們全攆了出來。

看到那群出籠的雞仔們「咯咯咯」地湧了出來，轉瞬散開到處啄，蕭姑娘那帶著兩分英氣的俊臉都綠了。

「妳就是這樣招呼客人的?!」她尖叫起來。

似乎被她的聲音嚇著，小雞們騷動起來。「咯咯咯」一通亂跑，有兩隻暈頭轉向就往她那兒去了。

蕭姑娘刷地後退幾步，避到堂屋簷下，緊張地扶著牆。「快、快弄走牠們！」一副隨時要逃跑的模樣，看起來可憐得不得了。林卉忍笑。「行了，午飯還沒做好呢，我可沒工夫在這兒跟妳掰扯這些。」說完，朝她招手。「跟我來。」完了率先踏進堂屋。

蕭姑娘飛快跟上來，既驚慌又帶著幾分色厲內荏地問她。「幹麼？」

林卉領著她往林川屋子走去。「帶妳看看這幾天要住的屋子——」她頓住，猛地想到一事，停下腳步往她身後望去。「哎，妳的行李呢？」

蕭姑娘輕哼，傲然道：「行李這些贅物，自然交由下人打理。」

林卉挑眉。「那妳的下人呢？」

「晚些就會到了。」

林卉皺眉。「我只答應熊大哥讓妳住下，可沒答應讓妳家下人一起住。」高門大戶的下人，指不定怎麼狗眼看人低呢。

再說，她家裡沒下人，做飯、家裡瑣碎都是她或田嬸在做，這蕭家姑娘住下來，她還能當自己是接待客人，要是再來個下人，她是使喚別人下人幹活呢，還是把人家的下人也一塊伺候了？怎麼想都煩人，還是別來得好。

蕭姑娘卻一副理所當然的模樣。「那妳趕緊安排啊，她們不住進來，誰給我打點瑣事？」

林卉轉回來，下巴往外邊一點。「那我這兒不歡迎妳，妳走吧。」

「妳敢趕我？」蕭姑娘瞪她。「妳不怕熊大哥責怪妳嗎？」

林卉冷哼。「他給我招麻煩我還沒跟他算帳呢，我管他責不責怪。」出門一趟帶回個爛桃花、大麻煩就算了，還敢往她這裡扔！

還扔下就跑！

這傢伙是反了啊？

許是想不到她竟然這般囂張，蕭姑娘睜大眼睛，不敢置信地看著她。

「決定好了沒有？」林卉雙手抱胸。「留還是不留？」

蕭姑娘張了張口——

「當然，妳也可以帶著人住去別人家裡，」林卉似笑非笑打斷她，然後假裝為難。「可是，熊大哥可能會生氣哦～～」

蕭姑娘一窒，咬了咬牙。「妳別以為嚇唬我我就不敢留下來。」她狠狠瞪著林卉。「不就是不能帶下人嗎？」「我自己住！等她們拿了行李過來，我就讓她們去縣裡等著。」

「這才像話嘛。」林卉滿意地放下手，轉回去，打開林川的房間。「妳就暫時睡這屋吧，待會兒我把川川常用的東西挪到我那兒。」反正林川一個月只能回來兩天，借給她住住也無妨。

蕭姑娘跟著走進來，嫌棄地打量這間不知道要住多久的屋子。

這屋子原本是林卉住的，窗對著院牆，光線還算可以，裡頭擺著一床一櫥，一長桌一條凳，再有兩個箱籠裝置衣衫雜物，便沒了。

簡陋歸簡陋，林卉喜潔，平時打理得都很乾淨，蕭姑娘雖有嫌棄，卻好歹不再說什麼。她走到床邊，略掃了眼粗糙發白的藍色床單，皺眉道：「我要把這個換掉。」

「隨妳。」這個林卉就不管了。

蕭姑娘眼睛一亮。「那我——」

「家具不能換！」林卉打斷她。

「……」蕭姑娘瞪她。「我自己出錢買，妳管不著！」

林卉惡狠狠。「這是我家，我說不許換就不許換。」

蕭姑娘憋屈。

「哦對了，」林卉現在已經摸到幾分這丫頭的性子，笑吟吟道：「我家裡窮，每天最多吃一頓雞蛋，三五天才能吃點葷菜，平日都是素菜。妳要是吃不慣，也可以走了。」

其實，這伙食在村裡已經算很難得了。也就最近幾個月，幾乎家家戶戶都在做肥皂，家裡多少都有豬油，或是掙了點錢，或是豬油有富餘，大家的日常才慢慢見了葷腥，否則都是逢年過節才能吃上肉的。

可蕭姑娘不知道啊，她覺得林卉是在為難她。

她一咬牙，解下腰間荷包，挑挑揀揀，抽了張銀票拍到條桌上，氣憤道：「我有錢！我花錢買肉、買糧，行了吧？」休想拿這個威脅她！她就不信這丫頭敢拿！

林卉探頭去看——竟然只是五十兩銀票——咳，不是她嫌少，這位蕭姑娘荷包裡的銀票似乎並不多，剛才還挑挑揀揀了一番，看起來……不太像她想像中的將軍閨女。

再看了眼面前氣鼓鼓的小美人，她笑著拿起銀票。「差不多，可以兩天吃一頓肉末星子了。」

蕭姑娘睜大眼睛，視線在她的臉和她手裡的銀票上打了個來回，不敢置信。「妳真的拿走？」她嚷嚷道：「熊大哥讓妳招呼我，妳就是這樣招呼客人的？」

林卉笑咪咪。「他又沒說不能收錢改善伙食。」她理直氣壯。「讓客人吃得滿意，也是很重要的。」

蕭姑娘。「……」

臭不要臉！她臉上神情如是道。

林卉對此恍若未覺，笑咪咪地。「好了，我得去廚房幹活啦，妳先歇會兒。」收了銀票，留下憋屈的蕭姑娘揚長而去。

她剛出門就看林川蹲在堂屋簷下，巴巴地盯著她們這邊。一看到她，立馬蹬蹬蹬跑過來，抓著她的衣襬小心翼翼往後瞅了眼，小聲問道：「姐，真的要讓她住下來嗎？」

林卉拍拍他腦袋。「你怕她？」

林川瞬間挺直腰桿。「我才不怕！」

「那不就得了。」林卉拉住他。「來，跟我一塊兒做飯。」

「好！」林川咧開嘴，一蹦一蹦地跟著她進廚房。「姐姐今天做什麼好吃的？有沒有滷雞爪？」

「怎麼就惦記著滷雞爪呢？先生那兒的菜不好吃嗎？」

「好吃！」林川嘿嘿笑。「可我還是覺得滷雞爪最好吃。」

林卉莞爾。「今兒沒買呢。你要喜歡，過幾天再做，到時給你送過去。」滷雞爪能當零嘴，想吃就能撿兩隻啃，對小孩子而言，當然是比肉菜更香。

林川原本聽說沒有還有些失望，一聽到會做給他，立即又高興了。「好，謝謝姐姐！」

林卉摸摸他腦袋。

兩人進了廚房，林卉安排林川去剝蒜洗菜，自己則將熊浩初買回來的肉拿出來，清洗、切塊、熱鍋，開始燒肉。

忙活的時候，她還不忘給小林川打預防針。

「川川，你知道咱們有個舅舅嗎？」

林川頭也不抬。「我知道啊，泰平表舅嘛。」

林卉搖頭。「不是表舅。」自從上回因為親事而鬧得不太愉快後，兩家就都沒再見過面了。「是親舅舅，娘的弟弟。」

「啊？娘還有別的弟弟？」

林卉遂把張陽的情況詳細說了遍。

張陽的經歷畢竟有點與眾不同，她擔心林川會害怕，待會兒張陽回來，他要是太拘束不敢說話，場面就不太好看——她個人覺得跟張陽不算熟悉，冷場便冷場，不過該說的話還是得說。

想到這，她乾脆給林川仔細解釋了前些年發生的戰亂，以及家裡當時的經濟狀況，將當初張陽的無奈之處說得明明白白的。

她說完一大通，剛緩口氣，就聽林川帶著欽羨的聲音道：「舅舅好厲害啊……」

這發展不太對……

林卉急忙扭頭看。這小子果真滿臉的崇拜，嘴裡還在嚷嚷。「我以後也要像舅舅那樣——」

「臭小子！」林卉沒好氣打斷他。「毛都沒長齊呢，你知道舅舅那樣是哪樣嗎？」

林川縮了縮脖子，小聲道：「不是妳說的嗎？去伏擊行伍，搶他們的物資嘛，不是很厲害嗎？」

「搶行伍的物資就不是搶劫了嗎？」林卉沒好氣。「厲害什麼？」

搶就算了，亂世之下，不搶，家裡人都沒法活了。可也不能沒點眼色打到朝廷勢力頭上，當時局勢都快穩定下來，不打反軍打朝廷，不是傻子什麼？被關了也是活該。

發現林川竟然把這樣的舅舅當偶像崇拜，林卉連忙告誡不可傚仿、腦子要放聰明云云。

林川被唸得蔫蔫的，剝蒜的動作都不情不願的。

姐弟倆在廚房裡忙活說話，那位被收了銀錢的蕭姑娘跑哪兒去了呢？

蕭姑娘正四處溜達呢。

這位蕭姑娘閨名蕭晴玉，芳齡十八，是奉國將軍最小的女兒，也是唯一的女兒。

她剛被林卉收走五十兩銀票，本來心裡還挺憋屈的，待林卉離開，她待在原地生了好一會兒悶氣。

轉念又想——不對啊，她都付過錢了，住下來不更加心安理得嗎？回頭看那姓林的還能把她怎麼著！

這麼一想，她頓時腰桿又直了幾分。

環視一周，依然是那簡陋到連她家下人房都不如的小房子。蕭晴玉嫌棄地皺了皺鼻子，走出房間，開始四處溜達查看。

後院就算了，她先去前院轉了一圈，在那棵比人略高些的小矮梨下欣賞片刻，再轉到當圍牆的籬笆牆，盯著那些小灌木和爬藤植物研究了會兒，再越過籬笆往外四眺——連人都沒幾個，就那麼幾個還老是盯著她看，神情看得她著惱，乾脆甩袖又進了堂屋。

她剛踏進屋，就聽見廚房傳來的說話聲，依稀還有「朝廷」、「行伍」這些詞兒。她擰了擰眉，踮著腳悄悄摸過去，貼著牆根細聽。

張陽剛推門，隔著院子就看到名藍衫男子形跡可疑地攀著牆根，瞧那瘦巴巴的身形，肯定不是熊浩初，更不是林卉那小氣巴啦的叔叔。

張陽腦中思緒飛快轉了起來。除了這兩男人，林家還會有什麼男客？

隱隱約約的，廚房裡傳來說話的聲音，再看那名藍衫男子，扒得更起勁，耳朵都貼到牆上去了。

張陽心下一凜，顧不得多想，二話不說，衝過去就是一個擒拿手，抓住對方左胳膊一摜，直接把人摁牆上，同時厲聲喝道：「小子，鬼鬼祟祟幹什麼?!」

與此同時，被摁住的男子一個不防，腦袋「砰」地撞到牆上，立馬痛呼出聲。

這聲痛呼，聽起來似乎比尋常男人要尖利許多，張陽一頓，腦中迅速閃過抹什麼，但還沒等他想明白，藍衫男子便掙扎著怒罵了起來。「混蛋！」

這位男子裝束的人自然就是蕭晴玉。陡然遭受這樣的無妄之災，她是又疼又驚，氣急敗壞地開始奮力掙扎。「哪裡來的蠢貨，還不趕緊放開我？」

張陽不為所動，還用力摁了摁她胳膊，冷聲道：「別亂動，一會兒跟你算帳！」這麼大的動靜，林卉該出來了。

果不其然，下一瞬，林卉便奔了出來。「怎麼了怎麼——呃，」她一拐出廚房就看到張陽兇狠地壓著蕭晴玉，登時嚇了一大跳，急忙去掰他的手。「舅舅你幹麼？撒手，趕緊撒手！」

蕭晴玉立馬把她也罵上了。「姓林的，這就是妳的待客之道？」然後又罵張陽。「王八蛋，我命令你立刻放開我，否則——」

「別跟個娘兒們似的吵吵嚷嚷的。」張陽低喝，然後扭頭看向林卉，眉頭皺得死緊，道：「我剛進屋就看見這人鬼鬼祟祟地偷聽，肯定有問題，再說，一個男的鑽進妳院子，是何居心，總得審清楚，怎麼能隨便放人？」

「你說誰娘——咳咳，你說誰鬼鬼祟祟？蠢貨，再不放了我，我讓你吃不完兜著走！」

「舅舅你趕緊把人給放了！」林卉頭疼不已，加了點力道：「這是熊大哥的客人，是位姑——」

「姓林的！」蕭晴玉怒斥。「妳還在磨蹭什麼？還不趕緊把這蠢貨給我趕走！」

林卉哭笑不得。她也想啊，奈何張陽的力道不小，她壓根拉不動啊……

正亂糟糟的，林川小心翼翼探出頭來。「姐，鍋裡的紅燒肉快要沒水了。」

「啊我的肉！」林卉顧不得別的，扭頭又衝進廚房。

「姓林的！」見她竟然丟下自己跑了，蕭晴玉簡直要氣瘋。

張陽還想說話，林川已經將視線移到他身上，將他上上下下打量了一遍，不確定地喊：「舅舅？」

張陽一怔，立即喜笑顏開地「哎」了聲，扔開手裡擒住的胳膊，張開雙臂，轉過身。「來，讓舅舅好好看——嗷！」橫著飛來一腳踹到他膝蓋窩上，他登時站立不住，整個人往側邊踉蹌了兩步。

蕭晴玉放下腳，插腰怒瞪他。「王八蛋，知道你姑——爺爺我是誰嗎？吃了熊心豹子膽了，竟然敢對我動手?!」

張陽扶著腰站好，臉色難看地打量她兩眼，不屑道：「你都不知道自己是誰，我怎麼知道？」他把手指掰得「吧噠」響。「我告訴你，別在爺面前耍威風，就算縣令公子過來，我一樣給你打趴下，小白臉！」

看林卉表現，面前這小白臉大概是沒問題……不過竟然敢踹他？還罵他蠢貨，那他就無須客氣了。

蕭晴玉氣得臉都紅了。「蠢貨你罵誰小白臉！」

「誰接話誰是小白臉！」

「蠢貨罵人倒是理直氣壯得很！」

「呵，不如你，跟個潑婦似的！」

「你說誰潑婦?!」

「誰潑婦我就說誰！」

……

不及兩人腰高的林川看看左邊，又看看右邊，小大人般嘆了口氣。

還以為新舅舅是個厲害的英雄人物，沒想到竟然跟一個姑娘家吵嘴，吵得跟小孩子鬥嘴似的……算了算了，這舅舅看來是指望不上了，以後估計還是得靠他。

再看你一句我一句吵得不可開交的兩人，林川再次嘆氣。

唉……真是不懂事，這麼大的人了還吵架……

張陽跟蕭晴玉在外頭吵得不可開交，聲音大得都快把屋子掀翻了，廚房裡的林卉聽著外頭動靜，頭都大了。

快速將紅燒肉裝盤，她正想出去看看情況，就見林川鑽回來。

「怎麼樣？」林卉忙壓低聲音問他。「沒打起來吧？」

林川搖頭。「沒有啊。」他老氣橫秋地嘆了口氣。「跟小孩子吵嘴似的。」

只是吵嘴？林卉鬆了口氣。「那就不管他們了。」轉回去繼續忙活下一道菜。「來，幫忙燒火。」

林川依言坐下，吐槽道：「姐姐，舅舅一點也不像妳說的那樣。」

林卉瞅了他一眼。「你以為舅舅是啥樣的？」

林川撇嘴。「再怎麼也不是這樣跟姑娘家吵嘴的。」他也不喜歡蕭姑娘，不也沒罵人嗎？嗯，看來還是他比較穩重。

林卉歪頭想了想，不確定道：「舅舅好像不知道蕭姑娘是姑娘家吧？」

林川煞有介事。「那也不能跟人吵嘴。跟誰吵嘴都不好！先生說過的。」為了表示可靠性，他挺直腰桿，開始搖頭晃腦。

只聽他慢悠悠地吟。「不與人爭者，常得多利，退一步者，常進百步。」然後小大人般斷言。「舅舅這樣，以後肯定要吃虧！」

雖然文謅謅的，林卉也聽明白了。她既欣慰又好笑。「韓老教你什麼書？」聽起來不太像她在現代聽過的論語——雖然論語她也不記得幾句。

「我也不知道。」林川撓頭。「先生沒說，每天帶我到處晃，看到什麼教什麼。」

「……」這麼隨意的嗎？難道這就是古代版的因材施教？「那學字了嗎？」

「嗯嗯。」提起這個，林川立即挺起小胸膛。「我現在會寫好多字了，晚點我教妳。」他還記得姐姐說過要跟他學寫字來著。

「好好，晚點我跟你學寫字。」

堂屋裡頭雖然聽起來吵吵嚷嚷的，就林卉剛才瞅見的情況來看，張陽沒有惡意，蕭姑娘也是外強中乾，打不起來，自然就放心許多……況且，都吵了這麼久，來來去去都是那些幼稚至極的對話，林卉也就懶得搭理了。

買回來的肋排剁成小塊，去除血水，加油鹽醬糖抹勻醃製，待會兒再處理。

做紅燒肉時割了點肥肉下來，切成幾塊。入秋第一茬的蘿蔔洗乾淨切段擺在鍋底，把肥肉碼在上面，加點水，加點薑片，蓋上蓋子開始燉。

前些日子泡的豇豆已經好了。林卉抓了把出來洗乾淨，切成指節長短的小粒，剁上一點肉末，炒到斷生，加入豇豆翻炒，調味、出鍋，便是一道下飯的酸豆角炒肉末了。

盛好酸豆角，林卉把小灶上的燉鍋移到大灶眼，再放了個小砂鍋在小灶眼上。在砂鍋裡倒一點油，扔上幾瓣拍好的蒜瓣，將醃製好的排骨在醬汁裡拌了拌，全部倒進砂鍋，蓋上蓋子開始生焗。

兩口鍋在燒的時候，她趕緊去後院摘了點生菜，擇好洗淨，中間不時去翻翻排骨，省得黏鍋。

手裡忙活的時候，她的嘴巴也沒閒著。

林川離家多日，上回相聚都已經是中秋時候，還是在韓老宅子裡，什麼事都不方便問，這次回來，林卉自然有許多問題要問，這會兒人在跟前，她自然是不著痕跡開始問，諸如「什麼時辰起什麼時辰睡」、「日常吃什麼」、「清潔洗衣是怎麼安排」、「每天練多久字讀多少書」……等等，從生活到學習，想到就問上一句。

林川邊燒火邊幫著刮薑、剝蒜，同時乖乖做答。

隔著堵牆，一邊是吵架鬥嘴，一邊是其樂融融，倒是讓安靜了許久的院子生動了起來。

林卉這邊搗鼓得差不多的時候，堂屋裡罵戰的兩人似乎偃旗息鼓了，聽著都沒啥動靜。

突然安靜下來，她有點擔心，趕緊攆林川去瞅瞅。

林川蹬蹬蹬跑出去，扶著牆小心探了幾眼，又蹬蹬蹬跑回來，小聲彙報道：「姐，蕭姑娘進我那屋了，舅舅不知道跑哪兒去了。」

林卉挑眉。所以是孰勝孰負？咋都跑了？她看了看兩眼灶，想了想，道：「他可能是去熊大哥那兒了，這裡我看著火就行，你去把他們找回來，該開飯了。」

「哎！」林川蹬蹬蹬又跑出去了。

林卉撈出洗好的高麗菜瀝乾，擱在一邊備著，揭開小砂鍋裡的排骨，拿筷子翻了翻，確定差不多了，趕緊將小灶裡的柴抽出來，塞到大灶眼裡——藉著灶眼裡的餘溫再焗一焗，排骨就可以了。

蘿蔔鍋的火加大，揭蓋往裡頭加油、加鹽，再燉煮一會兒，差不多了就熄火，拿來帕子墊著手，端到一邊。

炒鍋放回去，熱鍋、下油，快速炒了盤高麗菜。剛把高麗菜裝盤，就有說話聲從前院傳來。

林卉聽著動靜，忙放下菜盤走出去，想看看是誰進來了，就看到熊浩初朝廚房走來，後頭是抱著林川的張陽，說話的正是這舅甥倆——瞧這兩人的笑模樣，看來相處還行。

不等她多想，熊浩初已經扶著她肩膀鑽進廚房。「要幫忙嗎？」

「啊不用。」林卉順勢轉回來，快步走到灶前。「你去擦桌子，把菜端出去吧，準備開飯了。」

「好。」熊浩初熟練地拿下掛在牆上的抹布——

「哎等等，」林卉猛然想起什麼，一把拽住他，先瞅了眼外頭，確定張陽幾個都沒有過來的意思，壓低聲音問道：「你前些日子說的，就是這個蕭姑娘吧？」

「嗯。」熊浩初點頭。「算是。」

林卉瞪他。「是就是，不是就不是，什麼叫算是？」

「一小姑娘，於我而言，並無太大干係。」即便在京城的時候，一小姑娘家家的他也見不上幾回，能給他搗什麼亂？熊浩初解釋道：「主要是她爹縱容。」否則，一個姑娘家的，怎麼能千里迢迢從京城到這種鄉下地方。

林卉聽明白了。「她爹看上你？」發現有歧義，連忙補了句。「是不是想要你做他女婿？」

熊浩初老實不客氣地點頭。「老蕭性子直，又比較拗，我不想跟他撕破臉，只能避著了。」

「你跟他交情很好？」

「嗯。」熊浩初想了想，補了句。「生死之交不為過。」

看來是戰場上打出來的生死之交。林卉理解地點頭，然後斜眼看他。「既然交情這麼好，怎麼不順勢應了？」
熊浩初眼底閃過笑意，道：「別擔心，我在京城都沒應下，現在更不會反悔。」
還是很奇怪啊……林卉歪頭。「你不喜歡這樣的？」
熊浩初莞爾，俯身在她唇上一沾即走，道：「我原來沒有喜歡的。」換言之，現在有了。
林卉頓時舒坦了不少，嘴上仍然要吐槽一句。「既然不喜歡，怎麼不趕緊讓人斷了念想，拖著讓人追過來好玩嗎？」
熊浩初無奈地看著她。「原來我的行蹤除了幾個朋友知道，旁人都不知道的。」
是上回跟縣令之子鬧了場牢獄之災後，他才寫信送回京城，暴露行蹤的。
林卉也想起這茬了，有些心虛地縮了縮脖子，嘴硬道：「那人家一個小姑娘追過來，你幹麼不自己解決，還扔給我？小姑娘家家的，你是對付不了還是捨不得對付了？」
熊浩初看著她。「我不打女人。」言外之意，他只會用武力解決。
林卉無語了，皺皺鼻子。「難不成就讓她一直住在這兒？」
不說吃用，光是那小姑娘的矯情勁兒，接下來的日子，她都能想到會是怎樣的雞飛狗跳了。
「不會很久，追她的人估計已在後頭，我讓符三派人去迎了。」
林卉挑眉。「她娘派來的？」既然是爹在後頭煽風點火，肯定不是爹派人來追。
熊浩初點頭。

「行，那我就等——」

「姐，」一顆小腦袋探頭進來。「飯菜做好了嗎？好餓。」

林卉咽下後半句話，朝他點頭。「可以了，把其他人都叫進來洗手。」

「好！」被她教得習慣飯前洗手的林川響亮地應了聲，蹬蹬蹬地進屋去了。「舅舅洗手，洗手才能上桌吃飯！」然後是「咚咚咚」的敲門聲。「洗手啦，洗手才能吃飯！」

連稱呼都不喊，可見是真不喜歡那蕭姑娘。林卉莞爾，收回注意力，朝熊浩初努嘴。「趕緊擦桌子端菜。」自己則轉回去，揭開蘿蔔的鍋蓋看了看，確定蘿蔔都變色綿軟了，滿意點點頭，熄火，裝盤。

「我的手乾淨得很！我不洗！」蕭晴玉那中性好聽的嗓音從廚房外傳來，語調中滿是忿然。

「咱們一個個都洗手，憑什麼你不洗？」張陽的聲音緊接著響起。「在我外甥女家裡，你就得聽我外甥女的，你還金貴上了，還想不洗手？德行！」

林卉跟熊浩初對視一眼。

後者輕咳一聲，低聲問：「舅舅不知道她是女的？」

「……看來是的。」

兩人再對視一眼，臉上都帶著幾分……奇怪。

# 第十六章

林卉兩人來回兩趟把飯菜上桌，那兩人也吵吵嚷嚷地洗好手了。

幾人分別落座，蕭晴玉雖然著男裝，畢竟是姑娘家，林卉便將其安排在自己跟林川中間，單獨坐一張條凳。

林卉的右手邊是熊浩初，左手邊是蕭晴玉，林川人小，直接跟張陽坐一邊。這樣一來，熊浩初跟蕭晴玉便是面對面而坐。

熊浩初也沒意見，坐下就眼觀鼻鼻觀心，對眼前頻頻掃過來的目光視而不見。

林卉暗哼一聲。算他識相。

四方桌子上擺著一大盆紅燒肉、一砂鍋的生焗排骨、一大碗公的燉蘿蔔，還有酸豆角炒肉末、蒜蓉炒高麗菜。五道菜分量都不小，加上各自碗筷，直把桌子擺得滿滿當當的。

張陽掃過桌上菜色，摸了摸肚皮，朝林川笑道：「託你的福，舅舅我又能吃頓好的了。」

「嗤。」一旁邊的蕭晴玉翻了個白眼。「沒見過世面的土包子。」不就五、六道菜嘛，看著也平淡無奇的，有什麼好大驚小怪的。

張陽眉毛一豎。「爺跟你說話了嗎？插什麼嘴？」

「呵，就許你說話不許別人說話了？德行！」蕭晴玉直接把剛才自己挨的罵扔了回去。

「你倒是——」

「舅舅！」林卉揚聲喊了句，同時夾了塊紅燒肉伸過去。「你嚐嚐這個，我剛才試了味兒，應該挺不錯的。」

「哎。」張陽一秒變臉，立馬扔下蕭晴玉不管，笑咪咪地捧起碗接過紅燒肉，抓起筷子，夾了就往嘴裡扔。

蕭晴玉撇了撇嘴，看了眼自始至終沒搭理她的熊浩初，不甘不願地抓起筷子——她也餓了。

張陽才不管她什麼表情，滿足地嚼著嘴裡的紅燒肉——湯汁濃稠，鹹香軟糯，油而不膩，好吃啊！

他雙眼放光，快速把嘴裡的紅燒肉咽下去，感慨道：「卉丫頭妳這做菜的功夫絕了。我看啊，妳做的肯定比酒樓做的還要好吃！」

蕭晴玉嗤笑。「別吹牛。你吃過酒樓的紅燒肉嗎？」筷子略過油光滑亮的紅燒肉，挑挑揀揀地撿了粒酸豆角回來。

林卉也夾了塊紅燒肉給弟弟，林川正心滿意足地吃完一塊，就聽到她吐槽自己姐姐的廚藝，登時不滿了。「我吃過，城裡的紅燒肉沒有我姐姐做的好吃！」

張陽連連點頭，對小外甥的話無比認同。

蕭晴玉愣了愣，看了他一眼，不服氣道：「這小破縣城能做出什麼好吃的，京城裡的那才叫好吃！」

「只有妳吃過，誰知道是不是真的。」林川嘟囔。
「就是。」張陽緊隨其後。
吃個飯而已，至於嗎……林卉無語，瞪向罪魁禍首。
熊浩初打動筷子起就目不斜視地專心吃飯，吃得又快，這會兒已經扒掉大半碗飯了。林卉看過去的時候，他正好朝紅燒肉伸筷子。
竟然還吃得下！
林卉氣不過，抬腳狠狠一踩。
熊浩初動作一頓，看了她一眼，再看另一邊火花四濺的三人，想了想，夾起一塊紅燒肉放她碗裡，先意思意思安撫了下她，再敲敲盤子，沈聲道：「好好吃飯。」
張陽還未說話，蕭晴玉先委屈上了。「熊大哥，他們欺負我，你怎麼也不幫幫我……」
熊浩初直視她。「受不了就離開。」
蕭晴玉噎住，脖子一梗。「我不走。」掃了眼林卉，硬氣道：「我可是交了銀子的，別想趕我走。」
銀子？熊浩初挑眉，看向林卉。
林卉面不改色。「啊，我收錢了，多退少補，看妳住多久。」她想到什麼，連忙朝蕭晴玉補充：「只是伙食費啊，別的我可不管。」
蕭晴玉瞪她。「妳怎這麼斤斤計較？」
林卉笑咪咪。「窮嘛。」

蕭晴玉。「……」
張陽卻聽出不對，皺眉看看幾人，問道：「他要住下來？住哪兒？」
蕭晴玉哼了聲，不搭理他。
林卉指了指腳下。「住這兒。」
什麼？張陽登時跳起來。「瘋了嗎？這裡就妳一個女娃娃，連川川都不在，怎麼能找個小白臉住進來？」不等林卉解釋，他扭頭又瞪向熊浩初。「兄弟，你這是嫌自個兒頭頂不夠綠嗎？」
林卉暗樂。
熊浩初卻巍然不動。「舅舅多慮了，姑娘家住一塊兒合適。」
「不許告訴他！」
蕭晴玉察覺他的意圖，嚷嚷著試圖打斷他，兩人的聲音幾乎重疊。
可惜，沒啥用，該聽到的都聽到了。
蕭晴玉懊惱不已。
那頭張陽還沒反應過來，甚至還有些嫌棄。「誰不知道姑娘家住一塊兒合適，你把一大老爺們放卉丫頭這──」
姑娘家？他心裡一咯噔，立即看向瘦巴巴沒幾兩肉顯得弱不禁風的蕭晴玉。
蕭晴玉色厲內荏。「看什麼看？」
心裡存了疑，這回再聽「他」說話，張陽就察覺到了幾分不同。這廝嗓音確實不嬌不脆，可也比普通男人的要柔和許多——這廝還是在嚷嚷，要是不嚷，豈不是……

張陽瞠目結舌。「你你你——」

事已至此，蕭晴玉撇了撇嘴。「你什麼你？不說話沒人當你是啞巴。」

張陽。「……」那就是說，面前這小白臉真是女的？他忍不住上下打量蕭晴玉。「我說呢，這小胳膊小腿的，怎麼看怎麼都不爺兒們，怪道是個娘兒們——」難怪要安排住在林卉這兒。

他的話還沒說完，蕭晴玉就炸了。「就你爺兒們！就你爺兒們！進門就對別人家的客人動粗、威嚇，可真夠爺兒們的。」

張陽。「……」得，就算是姑娘家，也不討人喜歡。

不過，剛才確實是他不對。他有幾分懊惱又有幾分尷尬。「我不就是不知道妳是姑娘家嘛……那個，抱歉啊。」要早知道這傢伙是姑娘，他怎麼也下不去手。

蕭晴玉重重一哼。「不是姑娘家就能動手了嗎？野蠻人。」

「我那是以為進賊了！」張陽辯解。

「你見過哪家的賊穿這麼好的衣裳？」蕭晴玉立馬懟回去。「賊眼看人賊。」

張陽。「……」好男不與女鬥，他忍了。

蕭晴玉見他不再說話，扭頭看向熊浩初，告狀道：「熊大哥，他剛才欺負我！」

「嗯。」熊浩初點頭。「此地不宜久留，我待會兒送妳去韓老那兒。」

蕭晴玉。「……」

林卉「噗」了聲，被她瞪了一眼，連忙捂住嘴，伸手示意。「你們繼續，繼續。」

蕭晴玉忿忿收回目光，憋屈地嘟囔了句。「我才不走。」

熊浩初不再管她，夾起一塊紅燒肉擱到林卉碗裡。「吃吧，妳忙活了這麼久，該餓了。」

林卉「哎」了聲，朝他笑笑。「你也吃，吃完留下來幫個小忙啊。」她還記得林川要吃肉丸呢。

熊浩初點點頭，繼續低頭扒飯，蕭晴玉委屈地看著他，他渾然未覺。

張陽看看左右，若有所思地瞇了瞇眼，問熊浩初。「她是誰，來幹麼的？」他口中的「她」，指的自然是蕭晴玉。

還沒等熊浩初說話，蕭晴玉就嗆聲回去。「要你管，你誰啊？」

張陽翻了個白眼，不跟小丫頭一般計較，繼續盯著熊浩初。

熊浩初隨口道：「友人之女，過來玩的。」

「哦……」張陽拖長調子應了聲，然後輕笑著點點頭。「那就是小輩了。」他看向蕭晴玉。「我是卉丫頭的舅舅，熊兄弟也得叫我一聲舅舅，妳既然是熊兄弟友人之女，那便是他的晚輩。這麼著，妳就叫我舅老爺吧。」

「噗——」

蕭晴玉瞪了眼捂嘴的林卉。

林卉輕咳一聲，不說話——張陽肯定是看出不妥了，只是他看破不說破，光拿輩分說事兒調侃呢！

林川正豎著耳朵聽他們說話，聽了張陽的話，眨了眨眼，興奮起來。「舅舅你是舅老爺的話，那我是不是舅舅？」

蕭晴玉的臉綠了。

林卉連忙轉頭，佯怒般教訓林川。「別瞎說，吃你的飯！」

熊浩初眼底也閃過抹笑意，摸了摸林川腦袋，朝張陽道：「關係遠，舅舅不用太講究。」

林川知道說錯話了，縮了縮脖子不敢吭聲，張陽倒是笑出一口大白牙。「行，咱就不照輩分稱呼了，省得晚輩不自在。」

晚輩指誰，一目了然。

蕭晴玉瞪他，張陽不痛不癢，還嘿嘿笑著招呼大夥。「吃飯吃飯，菜都要涼了。」說完揮筷開吃。

其餘幾人跟著動筷，憋屈不已的蕭晴玉看看左右，忿忿然把夾回來的豇豆扔嘴裡——唔？醃製的酸菜？她皺了皺眉，看了眼埋頭大吃的熊浩初，撇了撇嘴，繼續嚼。算了，味道不差，看在熊大哥的面子上，將就著點吧……

她不說話，飯桌上便安靜了下來。

林卉是因為多了客人，還是將軍府家的千金，目前來看還特愛找事端，她不想招事兒，便貫徹「食不言寢不語」的原則，默默吃飯。剩下幾個大小老爺們更是粗神經，吃得頭都不抬。

如是，除了林川、張陽偶爾嚷嚷兩聲好吃啥的，別的都沒了。

林卉邊分神照看林川，邊默默吃完碗裡的飯，起身打算再去盛一碗，面前就多了只乾乾淨淨的空碗。

「我也要。」蕭晴玉毫不客氣道。

被當成丫鬟的林卉。「……」

熊浩初冷眼掃過去，剛要開口，另一邊的張陽一拍桌子——

林卉眼皮一跳，搶在兩人說話前開口。「飯在廚房，要添飯，自己去。」

蕭晴玉不是傻子，看看不悅的熊浩初，再看怒目而視的張陽，她縮了縮脖子。「我、我又不知道飯在哪兒。」

林卉無語。這姑娘真是沒眼色，剛才張陽、熊浩初都是自己去廚房添飯的，這是沒注意還是特意為難？

算了，她也懶得跟這丫頭計較。

林卉扔下一句「跟我來」便轉進廚房，蕭晴玉忙跟上去。

林卉沒管她，逕自走到裝米飯的鍋前，給自己添了碗飯，放下飯勺，示意她自己動手，然後出去了。

蕭晴玉裝了飯，踩著重重的腳步出來，回座前還瞪了林卉，抱怨道：「來者是客，妳還收了錢，怎麼這樣對客人？」

林卉頭也不抬。「那也得是客人。」言外之意，不請自來的不算客人。

蕭晴玉啞口無言，忿忿然落座。

林卉卻想起一事，瞅了眼她碗裡那八分滿的米飯，隨口問了句。「菜還合胃口吧？」她是沒想到蕭晴玉竟然會添飯。愛美之心人皆有之，現代社會美女們為了保持身材只吃一點點的例子不少，而且她家的飯碗不小，一碗盛滿的話，可比現代社會的一碗結實多了，她也是到了這裡每天都要幹許多體力活，飯量見漲了才能吃下兩碗飯。

沒想到，蕭晴玉看著纖細苗條，吃得還不少。

好在蕭晴玉沒聽出來，她瞟了林卉一眼，不甚情願道：「勉強入口。」

林卉自然不會介意，只笑道：「不嫌棄就好。」衝這飯量就知道，這小姑娘就不是那種矯揉造作之人。

張陽倒是忍不住，撇嘴道：「剛才是誰還嫌棄這飯菜不如京城來著？」

蕭晴玉俏眉一豎。「說誰呢你？我愛吃就吃，不愛吃就不吃，你管得著嗎？」

「怎麼管不著——」

「舅舅！」林卉微微揚聲，夾了塊排骨放他碗裡。「吃排骨。」

張陽看了她一眼，咽下到嘴的話。

林卉才轉向微微有些得意的蕭晴玉，道：「妳別跟我舅舅一般計較，他偶爾會犯傻。」

可不是傻，就看出蕭晴玉是衝著熊浩初來的，這才一直跟她對著幹。

唔，蕭晴玉也是傻憨傻憨的，來了都沒跟熊浩初說幾句話，盡顧著對付她跟張陽……看來，她對大熊不見得有多深的情感。
蕭晴玉聽見她說張陽壞話，登時高興了不少，輕蔑地瞟了眼張陽，端起碗繼續吃飯。
張陽聳了聳肩，也跟著偃旗息鼓了。
接下來好歹是順順利利地把飯吃完，林卉起身收拾，其餘人都幫著端碗拿筷。
蕭晴玉愣愣地站在邊上，正想說話，外頭就有人喊門——她那幾名貼身侍女帶著家當尋過來了。
林卉忙警告她，下人不能留下來。她忿忿然，看了眼面無表情的熊浩初，跺了跺腳出去了。
林卉站在堂屋前張望了兩眼，眼睜睜看著蕭晴玉的下人搬下來一堆箱籠，登時咋舌，忍不住感慨了句。「這麼多東西，咱家放得下嗎？」
屋裡正在收拾的熊浩初聽見了，隨口道：「放不下她自己想辦法。」
跟著跑到門口看熱鬧的張陽摸了摸下巴。「她還真的要住下來啊！」
林卉看了他一眼。「舅舅可別再惹她了，一小姑娘家家的，你欺負人幹麼？」
張陽啞然，看了眼探頭探腦的小林川，眼珠一轉，一把將他拽起來。「川川走，陪舅舅出去轉轉。」
林川還沒反應過來就被提溜起來，一臉懵地看向林卉，後者笑咪咪朝他們道：「玩得開心點啊。」
張陽頭也不回，胡亂擺了兩下手，拽著林川到了院門，毫不客氣讓堵在門口的蕭家一行人讓開，然後在氣鼓鼓的蕭晴玉瞪視下，大搖大擺地離開。
林卉無奈地搖了搖頭。此間無事，她乾脆轉回去廚房忙活。
廚房裡，熊浩初已經將碗筷收回來，正準備舀水洗碗，林卉連忙接手過來，然後吩咐他。「幫忙把灶台上那塊肉剁成肉糜，我要蒸肉丸子。」
熊浩初自然沒意見，聽話地幹活去，兩人隔著牆有一搭沒一搭的聊起天，完全不在意外頭吵吵嚷嚷的動靜。
待兩人忙完出去，蕭晴玉還領著人在搗鼓她那些箱籠和丫鬟。
「姑娘，這屋子這麼小，放不下呀，要不咱去縣城裡頭住吧？」
「把箱子疊起來看看。」
「姑娘，疊起來了還怎麼拿東西啊？」
「哎呀我拿得動，別管了。」
……
林卉聽了幾句，無奈地搖了搖頭，轉頭看熊浩初也皺著眉頭，遂推他出門。「你不是說要去忙嗎？你去吧，這裡我看著。」
熊浩初「嗯」了聲，卻抬腳走向那間吵吵嚷嚷的屋子。
林卉眨了眨眼，好奇地跟上去。
熊浩初敲了敲敞開的房門，面朝房門的幾名丫鬟忙福身行禮。
正指揮丫頭掇飭行李的蕭晴玉也聞聲回頭，一看是他，立馬驚喜地奔出來。「熊大哥，你找我嗎？」

「把這些人、」熊浩初伸手指了指丫鬟們，再移向地上箱子。「這些箱子，」看著她。「該弄走的弄走。」

蕭晴玉臉一垮，苦著臉。「熊大哥，我這些都要用的，怎麼能送走……」眼角餘光一掃，發現站在廳裡看熱鬧的林卉，不服道：「是不是那傢伙在後頭煽風點火——」

「還是妳想住到韓老那兒？」

蕭晴玉登時不敢說話了。

「給妳半個時辰。」熊浩初冷著臉丟下一句。「沒弄好我親自送妳去縣城。」

蕭晴玉委屈得眼睛都紅了。

熊浩初無動於衷，轉頭，朝林卉道：「妳忙完了過來新屋一趟，廚房浴間都做好了，妳看看有沒有需要改動的。」

林卉眼睛一亮，連連點頭。「好好，我待會兒去看看。」

熊浩初捏捏她耳朵，轉身出門去了。

林卉目送他離開，轉頭對上淚漣漣的蕭晴玉，她乾笑兩聲，準備腳底抹油。

蕭晴玉卻一把抓住她，另一手胡亂抹掉淚花，毫不客氣道：「我也要去熊大哥新屋看看。」

看她彷彿耍賴要跟著大人出門玩的小孩兒似的，林卉輕咳一聲。「好好，待會兒帶妳一起去。」努嘴往屋裡示意。「妳先處理完這些。」

蕭晴玉懷疑地看著她。「不許偷跑啊！」

更像了。林卉忍俊。「不會的，我還得蒸肉丸。」熊浩初剛剛剁好的肉糜還沒處理呢。

蕭晴玉半信半疑，林卉拉下她的手，提醒她。「趕緊收拾東西哦，不然待會兒我去熊大哥那兒告狀了。」

「妳敢！」

林卉攤手。「妳看我敢不敢嘛。」

蕭晴玉敢怒不敢言。

林卉笑咪咪離開，回到廚房忙活。

剁好的肉糜加上鹽、胡椒粉、油開始攪拌，林卉豎起耳朵聽屋裡的動靜。

「姑娘，我們走了妳怎麼辦啊？」

「姑娘，這些都是妳平時得用的，我們都帶走妳怎麼辦？」

「姑娘……」

「哎呀哎呀，都別廢話了，趕緊的，都給我搬出去。」蕭晴玉的嗓音傳來。「再拖拖拉拉的，就全部給我帶回去。」

立馬又激起好一片勸說。

林卉搖了搖頭。看來蕭晴玉果真是個紙老虎，嘴巴說得再厲害有啥用，連丫鬟都不怕她……

將拌好的肉糜團成肉丸，放到盤子裡，再整盤擱到鍋裡蒸，不過片刻工夫，肉香便飄了出來。
林卉估摸著時間差不多，把火熄了，將鍋蓋打開，蒸汽噴湧而出，她揮了揮手，拿筷子戳了戳其中一顆肉丸，感覺差不多，便放下筷子，拿帕子墊著手將其全部端出，擱在灶台上，拿竹篾編的籠蓋蓋上。
肉丸蒸好了，外頭的動靜也小了許多。林卉也不著急，先出去外頭洗乾淨手，解下圍裙，還去後院把兩隻小狗的繩子解開——蕭晴玉一行全是生人，小狗們剛才叫個不停，就被她拴到後院了——放兩隻小狗四處蹦躂，她才慢悠悠走向堂屋，打算看看裡頭啥光景。
剛踏進堂屋，人影一晃，蕭晴玉不知從哪個方向竄出來。
「妳幹麼？是不是想偷跑？」她虎視眈眈地瞪著林卉。
林卉看看左右。「妳那些下人呢？」
「全被我趕走了！」蕭晴玉得意洋洋。「妳現在可沒藉口趕我了。」
林卉莞爾點頭。「好，那走吧。」
蕭晴玉眼睛一亮。「去熊大哥那兒嗎？」
「嗯。」林卉率先往外走。
蕭晴玉忙不迭跟上。
後院裡玩耍的兩隻小狗聽見動靜，撒歡般跟上來，其中一隻還從蕭晴玉腳邊竄過去。
蕭晴玉「啊」了一聲，一把抓住林卉胳膊，緊張兮兮地躲到她身側，嚷道：「妳快把這些玩意弄開。」

林卉腳步不停。「牠們不咬人。」瞅了她一眼，解釋道：「我們都出門了，家裡沒人，得放牠們出來看家。」

「看看、看看，我就說要有下人在！」蕭晴玉嚷嚷。「要是我家丫頭留下來，這會兒也不會沒人看家了。」

林卉翻了個白眼。

拖著個比自己高大半個頭的人形掛件，林卉艱難地走出大門，然後回身，把兩隻小狗攆進院裡，再把院門搭上。

在她攆小狗的時候，蕭晴玉就鬆開她往後躲了幾步，等院門一關，狗子不見蹤影了，她輕舒了口氣，抬手整了整衣襟袖口，單手往後一背，瞬間恢復初見時的風度翩翩。

林卉微哂，也不管她，逕自往前走。

蕭晴玉腿長，兩三步就追上她。

「哎，熊大哥的新房子蓋在哪兒？」

「村西邊。」

蕭晴玉「哦哦」兩聲，又問：「遠嗎？」

「我們村子小，幾步路就到了。」

這話蕭晴玉倒是認同。「真的太小了，還不如我家的別莊大。」

「……」炫富！妥妥的炫富！林卉暗自磨牙，有什麼了不起的，她家大熊不也包山頭了嗎！

蕭晴玉沒注意她神色，猶自左右張望，嘴裡連連低呼。「你們這的屋子好破啊，還能住人嗎？」

「那是誰家娃娃，好髒啊～～」

「嘔——這兒怎麼這麼多雞屎?!」

好嘛，這位祖宗在後院晃了一圈，雖然驚得雞飛狗跳的，好歹還是把雞屎的模樣給記下來了……

一個聒噪不停，一個心裡吐槽，兩人一前一後來到村西邊的新房處。

屋前堆成小山的青磚瓦片已經下去了一大半，大門、圍牆皆已成型，將裡頭的情形擋得嚴嚴實實。

大門是五檁硬山式的蠻子門，宅門、山牆、墀頭、戧簷處都做了磚雕裝飾，就連門枕抱鼓石上都刻了漂亮的魚蓮紋。

土包子林卉每回過來，看到這座大門都要驚豔一番——這些磚雕都是工藝品啊，在現代能賣很多錢呢！放到現在，竟然只需要付點工錢，每回想到這個，她就忍不住給老劉幾名工匠加菜。

誰知，這個在她眼裡豪華得不得了的大門，蕭晴玉看了就開始嫌棄。「熊大哥的宅門怎麼弄得這麼樸素？不弄個王府大門，好歹也要個廣亮大門吧？連個避雨的屋簷都沒有，瞅著忒小氣了吧。」

得，忘了這姑娘也是位有錢的主兒。林卉翻了個白眼，抬腳跨進半掩的院門。

熊浩初這新宅子的佈局其實跟村人的房屋佈局差不多，進門就是個院子，兩邊是低矮些的小間，以後挪來放雜物或者儲糧都是使得。

院子現在還是空著，林卉打算以後在這兒搭個葡萄架，架子下面放石桌、石凳，夏日可乘涼，冬日……冬天誰還跑外頭吃風呢？

正對院門的是堂屋，窗戶還沒打上，透過空蕩蕩的屋牆能看到另一邊院裡熱火朝天的忙碌景象。

這會兒農忙已經過了，冬小麥也下了地，村人都閒了不少。熊浩初給幹活的大夥各加了兩文，每天的工時增加一個時辰，這蓋房的速度一下便快了不少。

堂屋後邊的院子是生活院子，兩邊的廂房、正房都已經蓋起來了，周強幾人正在砌迴廊，看見林卉過來，正在忙活的幾人忙朝她打招呼，視線都忍不住飄向書生打扮的蕭晴玉——他們這兒難得見到書生，自然都好奇不已。

蕭晴玉沒注意，看到這麼多爺兒們也不緊張，湊過來裝模作樣地四處查看。

林卉卻看見了，她笑笑，解釋了句。「這是熊大哥的遠房親戚，過來住幾天。」

眾人「哦哦」幾聲，周強忙主動朝蕭晴玉打招呼。「兄弟，怎麼稱呼——」

「哦對了，你們別誤會了，她是姑娘家。」林卉看到蕭晴玉那身衣服，連忙解釋了句。

周強未完的話登時噎在嗓子裡，跟其他人一樣，忍不住盯著蕭晴玉直看。

蕭晴玉一個不防底子就被林卉抖了出來，頓時一蹦三尺高。「妳這人、妳這人，怎麼什麼都說?!」

這貨都要住進林家了，還想裝男人？她的名聲還要不要了？林卉暗地翻了個白眼，不搭理她，逕自問周強。「強子哥，熊大哥呢？」

「啊？啊，」周強艱難地把視線挪回來。「在廚房那兒呢。」

「嗯嗯，那你們先忙，我進去看看。」林卉擺擺手，繼續往裡走。

「喂！」蕭晴玉一跺腳，急忙跟上。「妳這人怎麼這樣，妳有沒有禮貌？我問妳話呢，妳幹麼不說話?!」

「妳想要我說啥？」林卉頭也不回。「要是想要我騙別人說妳是男的，那就免談。」

「……」

「哦對了。」林卉想到什麼，下意識回頭，目光直直看向她那長長的、垂到鞋履處的衣襬——果真如她所想。她「嘖」了聲，提醒道：「妳接下來還是別穿這些淺色長衫了，洗衣服會累死的。」

洗、洗衣服？蕭晴玉跟著低頭。她今兒穿的是白色深衣，衣長至踝，邊緣是繡有如意暗紋的灰色封邊，看起來大方又雅致，翩翩又倜儻——

當然，這是原本。

鄉村土路，走幾步鞋子都蒙一層灰，何況白衣服？蕭晴玉跟著林卉一路從村東頭走到村西頭，何止幾步，她身上這身深衣，早已不是原來的潔白模樣，灰撲撲、髒兮兮，連邊緣花紋都看不清楚了，哪裡還有剛來那會兒的翩翩模樣？

瞧見自己衣衫變髒，蕭晴玉撇了撇嘴。「髒了便髒了，回頭——」等等！她瞪大眼睛，不敢置信地看著林卉。「妳說什麼？妳的意思是，讓我自己洗衣服？」

林卉歪頭。「不然呢？」

蕭晴玉。「……」她咬牙。「我給錢——」

「不不不。」林卉朝她搖搖手指。「洗衣服自己來，給錢我也不幹。」做飯還說得過去，給她洗衣服，自己成什麼人了？

蕭晴玉。「……」

「過來了？」沒等她說話呢，聽見動靜的熊浩初從牆根一間小屋走出來，他掃了眼呆愣的蕭晴玉，朝林卉招手。「來，正好有事問妳。」

林卉回頭，「哎」了聲，麻溜過去。「怎麼了？」

「茅房有點問題……」熊浩初邊說邊領著她往他剛才出來的小屋走去。

剛回神的蕭晴玉本打算跟過去，一聽「茅房」這詞，遲疑了，再又想，這是新屋子，茅房應當也是乾淨的，她才磨磨蹭蹭跟過去。

剛鑽進那個門都沒有的小屋子，蕭晴玉就聽熊浩初如是道——

「……這是排糞便的溝渠，時間長了，應當會有糞便黏在溝裡，要是堵了，怎麼清理？」

蕭晴玉的臉裂了——

這跟她想的不一樣！

曾經馳騁沙場、令敵人聞風喪膽的熊浩初……怎麼開口糞便閉口糞便的？

熊浩初身上穿的是粗布藍衫，手肘處被林卉加了塊同色補丁，不細看看不出來，可到底是有補丁，再加上幹了大半天活，不說袖口、褲腳，連手指跟頭髮都沾了不少泥灰，整個人看起來髒兮兮的。

林卉是習以為常，蕭晴玉卻是第一回見——上午她見著熊浩初的時候，熊浩初除了黑了點，好歹還是乾淨的。如今一看，這貨除了比別人高、比別人壯，跟旁邊幾名匠人……似乎沒啥兩樣？

蕭晴玉心裡有點不得勁，正胡思亂想，眼角一掃，發現熊浩初跟林卉的腦袋都快挨在一起，她連忙扔開思緒湊上去，從兩人中間擠進去。

「說什麼說什麼，我也要聽。」

林卉。「……」

熊浩初。「……」

蕭晴玉左右張望，面前啥也沒有，往下看，牆根下有道溝溝，還是鋪了磚塊的，看起來一點都不髒。

她鬆了口氣，繼而好奇。「這就是那什麼溝？為什麼要加這個？」用恭桶不是更方便嗎？

熊浩初皺眉。「別添亂。」下巴一點，示意她讓開。

「她都能在這，怎麼我不行？」蕭晴玉不服。

熊浩初冷下臉——

「哎哎。」林卉見勢不對，連忙拉開她。「我來跟妳說說。這是排污道……」言簡意賅地把功能解釋一遍。

蕭晴玉似懂非懂。「聽起來不難嘛。」

「還是有點麻煩的。」林卉瞅了眼緩下臉色的熊浩初，朝等在邊上的匠人們招了招手。

幾名工匠忙湊過來，帶頭的老劉小心翼翼看了眼蕭晴玉，朝林卉拱了拱手，快速把問題說了一遍。

林卉邊聽邊點頭，還蹲下去看了看，然後問：「你們原本是打算封死這溝渠的？」

老劉點頭，然後解釋道：「我們以前沒做過，擔心自作主張把事兒給做壞了，就讓熊小哥找您問問。」

林卉擺手。「我也忘記這茬了，幸好你們提醒。這溝渠不能封死，得做成活動的封蓋，日常需要清理，不然……」她抿嘴笑。「不然時日久了，那味兒太衝了。」

幾人都笑了。

「還有化糞池，也得做成活動的，那個每年都得清理。」林卉提醒道。

老劉樂呵呵。「曉得曉得，有您這話，我們就知道怎麼做了。」

林卉點頭。「這是你們擅長的，我就不多嘴了。」然後又問：「拐彎處怎麼處理？」

另一匠人忙站出來解說。

林卉連連點頭。「走，去看看。」

匠人自然沒意見，邊引著他們往前走邊繼續說話。

林卉順勢跟上，還不忘拽上蕭晴玉——後者約莫是知道他們正在談正事，好歹是沒有找茬了。

蕭晴玉真是這樣嗎？不是的，她是在詫異。

在她印象中，熊浩初是說一不二的人，這會兒怎麼……匠人來問，他直接交給林卉，現在也是一聲不吭跟在後頭。

蕭晴玉看了他幾眼，再轉向跟匠人侃侃而談的林卉，心裡忍不住嘀咕起來。熊浩初這是……

問題不多，林卉只略待了片刻，把問題捋完了就準備回去，臨走還不忘去後頭找幫忙的田嬸，叮囑她待會兒回去取肉丸。

安排完瑣事，她便往家走，沒多會兒，她就覺出不對。

太安靜了。

蕭家千金似乎很久沒咋呼了？

林卉扭頭望去，對上一雙帶著深思的俊眸，她不解。「妳看著我幹麼？」

「妳是什麼人？」蕭晴玉瞇眼。

林卉詫異。「我？」頓了頓，隨口道：「梨山村人啊。」

「不可能。」蕭晴玉一口否定。「妳要是普通村婦，哪裡懂這麼多？」

村婦……林卉翻了個白眼。「那熊浩初也只是個普通村漢，妳覺得他懂多少？」

蕭晴玉啞然，半晌，她氣呼呼道：「不想說便罷。」

林卉樂了。「妳問我哪裡人，我答話了，妳自己不信，還倒打一耙，真是好沒道理。」

蕭晴玉瞪她。「妳要真是普通村婦，熊大哥怎麼會聽妳的？」

林卉「啊」了聲。「妳哪兒看出他聽我的？」她哼道：「他要是聽我的，會把妳帶回來嗎？」

蕭晴玉一窒。

林卉笑吟吟轉回來，腳步輕快地往前走。

蕭晴玉吃了一癟，沒再說話，不情不願地跟在後頭。

兩人一前一後回到林家，進門就看到張陽在院子裡劈柴，小林川在旁邊打下手。

林卉詫異，趕緊上去制止。「舅舅你怎麼在這兒劈柴呢？咱家的柴很夠的，別忙活了。」

他們家的柴以往都是熊浩初劈的，偶爾不夠了她自己也能動手，現在又多了田嬸，家裡壓根不缺啊。

張陽直起身，抹了把汗。「不礙事，閒著也是閒著。」

「那也不是——」

「別叨叨別叨叨，」張陽連連擺手。「怎麼跟妳娘似的，我幫我外甥幹點活怎麼啦？」

林卉哭笑不得。「舅舅！」

「別喊，我把柴劈好了就走，晚了路不好走。」
林卉張了張口，看看日頭，沒敢留他——這時代走夜路可不是鬧著玩的，林父就是個慘痛例子。
她想了想，轉身進了裡屋。
張陽也沒管她，頭也不抬繼續劈柴。
蕭晴玉還記仇呢，看他在幹活，左右望了望，從牆根下搬了張板凳過來，放在幾步外，坐下，還不忘把衣襬捋順。
然後，好整以暇地盯著張陽劈柴。
張陽瞅了她一眼，不吭聲。
蕭晴玉也不惱，眼珠子一轉，清了清嗓子開始指點。「哎，你怎麼幹活的？這麼大塊的柴怎麼燒？劈小塊點。」
張陽。「……」
不與小丫頭片子計較。他轉了個身，背對著蕭晴玉繼續劈柴。
蕭晴玉樂了，起身，搬起小板凳繞到另一邊，面對著張陽放下，再次落坐。
張陽。「……」
他虎眼一瞪，正準備把這丫頭教訓一遍，林卉就提著個籮筐出來了。
林卉奇怪地看了眼坐著的蕭晴玉，沒發現不妥，便沒細想，只朝張陽道：「舅舅，這是我前些日子做的紅薯粉，我留了些自家吃用，這些你帶回去。要是喜歡吃，我再給你勻一點。」

張陽停下手。「給我幹啥，我又不會做飯。我不要，妳留著自個兒吃。」

林卉解釋。「這個紅薯粉很簡單的，跟涼水一塊下鍋煮，滾一滾就能吃，愛吃軟的就多煮一會兒，乾撈、帶湯的都行，方便簡單得很。」

張陽撓頭。「聽著就很麻煩，還不如直接吃紅薯，拿水一煮就能吃。」

「紅薯吃多了燒心，不能天天吃，做成薯粉就不會。」

「那我也不——」

「嘖嘖，」旁觀的蕭晴玉插嘴進來。「你這也不會、那也不會，怕不是個傻子吧？」

張陽嫌棄地瞅她一眼。「說得好像妳會做一樣。」

蕭晴玉一窒。

「行了，我帶。」張陽示意林卉將籮筐放在邊上。「我待會兒帶走，省得有些人嘀嘀咕咕說我這也不會那也不會的。」

「哎！」林卉響亮地應了聲，然後朝蕭晴玉笑笑。「謝啦。」

蕭晴玉張了張口，嘀咕了聲。「我才不是幫妳說話……」

待張陽離開，蕭晴玉也在自己屋裡搗鼓行李，林卉忙完瑣事，趁天色早，趕緊鑽進廚房搗鼓晚飯。

午飯時還剩了些紅燒肉，加點芋頭燜燉一會兒，又是一道美味。再蒸上一盤肉丸，炒上一道素菜，燙個蛋湯，晚餐便好了。

期間田嬸回來了一趟，因著蕭晴玉在屋裡哐當哐當的，她沒敢多留，拿了菜麻溜地走了。

林卉也不在意，待晚飯做好，便讓林川把熊浩初喊回來吃飯。

熊浩初便罷了，蕭晴玉對菜色似乎還算滿意，拿起筷子就開始大快朵頤。

林卉則邊吃飯邊跟林川打商量。「川川，待會兒教我識字吧？」

這是他們早就說好的事，林川自然點頭。

林卉竟然不識字？蕭晴玉瞪大眼睛想說話，熊浩初冷眼一掃，她立刻不敢吭聲。

林卉沒注意到他倆的機鋒，正美滋滋地跟林川討論起待會兒的教學方式。

蕭晴玉撇了撇嘴。什麼做塊板子放沙土，在沙土上書寫；什麼炭筆在木板子上留書……竟然連筆墨紙硯都沒有，真是有辱斯文。

聽著林家姐弟的討論，晚膳很快就解決完。

林卉還記得蕭晴玉這位客人，刷完碗，先燒了一鍋水，讓她趁天色還亮趕早去沐浴。

這會兒熊浩初已經帶著林川出去了，兩人要去做塊小板子，好給林卉學字。

在屋裡收拾行李的蕭晴玉聽說可以沐浴，忙不迭跑出來。「我的浴桶還在房裡擱著呢，怎麼洗？」

林卉。「……」認命起來，把浴間裡自家用的又小又舊的浴桶挪到一邊，再幫忙把她自帶的推進去。

推好浴桶，蕭晴玉繞著浴間走了一圈，嫌棄道：「這浴間真小。」

「塞得下浴桶就夠了。」林卉不以為然。農村地界，哪裡能跟京城比，會吐槽是正常，只要不搞事，要嫌棄幾句隨便說。

蕭晴玉嘟了嘟嘴，回屋抱了一堆衣物出來，轉了一圈，又喊。「我衣服放哪？怎麼連個屏風、衣架子都沒有？」

剛鑽進廚房舀水的林卉無語，揚聲道：「屋裡條凳多，自己拿去放衣服。」

「……」

抱怨聲依稀傳來，然後是噠噠噠的腳步聲。

林卉微鬆口氣。

「水呢？沒水我怎麼沐浴？」蕭晴玉又跑過來，瞪著她。「不是說水燒好了嗎？對了，熱水要是太燙，我還要幾桶涼水配著調。」

林卉翻了個白眼。「不管冷熱水，自己提。」

「什麼？提水？」蕭晴玉跳了起來。「我像是幹這種粗活的人嗎？」

「難道我像？」林卉輕哼，再比劃了下兩人身高。「妳忍心讓我這個比妳還嬌弱的小妹妹幫妳提水嗎？」這丫頭比她還高半個頭呢！

蕭晴玉。「……」

不要臉！

雞飛狗跳了半個時辰，蕭晴玉終於沐浴完畢，換了身乾淨的衣裳——這回終於換下男裝，穿上正式的女裝了。

上好的料子，月白的裳裙，配上她略顯英氣的五官，頗有幾分高嶺仙子之感——

注意，是月白色的裙子。

月白、淺藍色，沾點啥都一清二楚的顏色。

林卉扶額。「妳打算穿成這樣？」

蕭晴玉低頭看看自己。「有什麼問題？妳不是大嘴巴把我的底都透出去了嗎？難不成我還穿男裝？」

「我不是這個意思……妳還有別的顏色的衣裳嗎？」

蕭晴玉眨眨眼，掰著手指數。「水綠、松花、竹月、若草、血牙……」她下巴一揚。「說吧，想要我換哪種顏色？」

林卉翻了翻記憶，登時無語。合著這丫頭帶過來的衣服全是淺色系？她嘆了口氣，又問：「妳剛才換下的衣服呢？」

「扔裡邊啊。」蕭晴玉隨口道。

林卉挑眉。「扔那兒幹麼？妳忘了嗎？妳自己的衣服得自己洗。」

蕭晴玉。「……」

「算了，那個明早再說。」林卉對她已經絕望了，乾脆直接挑明。「妳今天出去晃了一圈，衣服髒成啥樣還記得嗎？妳瞅瞅妳身上這身，這樣出去能撐多久？」

是啊，出門就髒了，還沒有下人給她洗衣服……

「那、那怎麼辦？」蕭晴玉呆住了。「我的衣服全是這樣的。」

林卉。「……」她長嘆了口氣。「算了，先這樣吧。」反正她家有肥皂，髒點就髒點了。

蕭晴玉撇嘴。「什麼都是妳說的。」

林卉懶得理她，恰好林川帶著熊浩初做的小板子回來，她便出去找林川學字。

韓老給林川啟蒙，用的是類似《千字文》的語句。

在縣城待了近兩個月，林川已經會寫不少字，現在拿著木板子教林卉，竟也有模有樣的。

他先拿炭筆在磨平的板子上寫下兩句話，然後搖頭晃腦地誦讀幾遍，每誦一遍，便要林卉跟著唸一遍，直到林卉記住了，才開始解釋其中意思。

那笨拙的童言童語聽得林卉忍俊不禁。雖然林川的解說有些粗糙直白，意思卻是差不離，可見韓老真的用了心，回頭她得多備些東西送過去。

字她都認得，也知道意思。讓林川給她講，只因為她要一個識字的藉口。

不過，林川既然講了，她權當給其複習，偶有偏差，或是有別的角度，她便裝作不懂，拋出各種問題引導他思考、解釋。

她跟林川坐在簷下學習，蕭晴玉則在自己房裡假裝忙碌，東摸摸西摸摸的，注意力卻一直放在他們姐弟身上，等到林卉說「今天暫時學到這兒」，她立馬竄出來，鄙視地看著林卉。「妳竟然連字都不認識。」

林卉挑眉，揚了揚手裡寫了不少字的木板，反駁道：「誰說我不會，這不是會了嗎？」蕭晴玉。「……」

林川一揚腦袋。「我姐姐可厲害了，唸一遍就記得。」

林卉摸摸他腦袋。「是川川會教。」再看向某人。「蕭姑娘也識字？」

「那當然！」蕭晴玉傲然。

「那正好，等川川走了，妳教我識字吧。」

蕭晴玉不服。「憑什麼？」

林卉笑咪咪。「妳要是教了我，是不是就算是我的先生？」

蕭晴玉眼睛一亮。「那我豈不是比妳高——」她急忙住口，喜笑顏開道：「好，那我教妳！」完了板起臉。「要是不好好學，我可是要打板子的。」

林卉笑著點頭。「應當的。」

蕭晴玉登時高興了。「正好我帶了筆墨，我去整理一下該講什麼！」說完便興奮地鑽進屋裡。

林卉莞爾。這丫頭性子還真單純。

第二天，林卉跟田嬸一起做了豇豆包，再餵了雞和狗，給菜地澆了水，田嬸還把水缸都挑滿了，蕭晴玉才爬起來。

林卉正在菜地裡除草，看見她揉著眼睛出來，笑問了句。「睡得還好嗎？」

蕭晴玉放下手，有些鬱悶。「沒睡好，妳家的床太硬了。」

「習慣就好了。」林卉頭也不抬。「趕緊洗漱，包子在鍋裡，餓了自己去拿。」

蕭晴玉看看左右，沒看到林川跟田嬸，遂問：「你們都吃好了？」

「嗯，都吃過了。」見她仍在四處張望，林卉好心解釋。「田嬸給劉叔他們送早飯去，川川也出去玩了。」

「哦。」

蕭晴玉轉回屋裡去拿她的洗漱用具。

片刻後，她捏著包子走出來。「只有包子嗎？羹湯呢？再不濟來點豆漿也行。」

林卉無語。「沒有。要嫌包子乾，屋裡有涼白開。」

蕭晴玉。「……」

「哦對了。」林卉直起腰。「妳趕緊吃，一會兒跟我一起去洗衣服。」

「……知道了。」

蕭晴玉撇嘴，一天唸叨好幾遍的，不就洗個衣服嘛，至於嗎。嫌棄地啃了兩口包子，慢吞吞走進屋。

林卉把剩下一點雜草清了，走出菜畦，順手給雞窩裡的碗換上乾淨水，才去舀水洗手。然後回廚房拿乾淨的鍋燒上一大鍋水，待水開了，熄火，拍拍手出去——等她們忙完回來，水應該就涼得差不多，到時再裝起來。

堂屋裡，蕭晴玉已經吃完早飯，正端著她自帶的茶甌啜飲。

林卉一進門就被她那宛如蓮花的精緻茶盞吸引，再看，桌上還擺著自家的粗糙水壺，那裡頭裝的是她早上灌進去的白開水。她登時無語——可以啊，這丫頭喝白開水都喝出大紅袍的味了，看來是個很講究生活情趣的小姑娘。

蕭晴玉自然聽不到她心裡的吐槽，看到她進屋，慢條斯理放下茶甌，道：「什麼時候出發啊？」

「現在。」

片刻，兩人各自端著一個木盆，一前一後出門去。

蕭晴玉一手端著木盆，一手把玩著手裡的肥皂，好奇道：「這不是沐浴用的澡豆嗎？」

「這就是洗衣的。」林卉解釋。「拿來沐浴的肥皂還需要多加點護膚的東西，直接這樣用，太乾了。」

「喲，妳還懂護膚？」蕭晴玉斜睨她。「我還以為妳就糙著過呢。」

林卉停住腳步，側過臉湊到她面前。「妳瞅瞅，我這樣還叫粗糙嗎？」

蕭晴玉被嚇了一跳，急退一步，反應過來登時氣笑了。「瞧把妳能的。」定睛一看，林卉臉蛋果真白皙通透，瞧著就粉粉嫩嫩的，便有些吃味。「妳這是底子好。」

林卉笑嘻嘻。「不啊，這是保養有方。」就算真是因金手指得來的好皮膚，她也會推到保養上。「妳要是不給我惹事，回頭我教妳怎麼保養肌膚。」

愛美之心人皆有之，她就不信蕭晴玉不想要。

「……妳真懂這些？」蕭晴玉半信半疑。

「妳沒看堂屋裡擺著一排小陶罐嗎?」林卉繼續往前走。「我對醫藥略有涉獵,那些都是我曬乾磨成粉的藥材。」

「醫藥跟肌膚有什麼干係——」

「卉丫頭來啦!」

說話間,兩人已經來到村裡婦人洗衣的溪流邊,強子娘瞅見林卉,忙朝她打招呼。

「卉丫頭早啊,這兒有位子,過來過來。」

「哎,謝謝嬸子。」林卉忙領著蕭晴玉塞進人堆裡。

溪流這處水勢平緩,岸邊有亂石,再有前人弄來許多平整的石板鋪上,整片岸邊搗鼓成適合洗衣的地方,夏日還會有頑皮小兒跳進水裡撲騰。

這會兒天氣涼了,自然沒有小兒戲水,可十幾號婦人聚在一塊兒洗衣說笑,場面也是熱鬧非常。

蕭晴玉第一次見著這樣的場景,跟在後頭四處張望。

殊不知,旁人對她這穿著不俗的生人也是好奇不已,頻頻往她身上掃。

林卉率先踩到溪邊一塊石板上,放下木盆,回頭一看,發現蕭晴玉還在左右四顧,登時嚇了一跳,忙回去拽住她。「妳看著點!」端著木盆在滑不溜丟的石板上走還這麼不當心。

蕭晴玉回神,順著她的力道走到石板上,把木盆放下,再笨拙地學她把裙襬掖起來。

「卉丫頭,這就是熊小哥的表親嗎?」有位嬸子笑咪咪地打量蕭晴玉。「長得可真水靈。」

「嗯。她姓蕭。」林卉掖好裙襬蹲下來，將髒衣服全倒出來，木盆放到一邊，抓了條褲子壓進水裡涮濕，再捋幾下褲腳，將上頭的泥土沖掉一些，然後拉起放到石板上。

蕭晴玉則朝那一位微胖的嬸子笑笑，道：「嬸子好啊，這段日子，我家熊大哥受妳們照顧，多謝了。」

這話說的，總覺得不太對……那位嬸子啞然，連忙看向林卉。

林卉毫不在意，拿肥皂在浸濕的褲子上抹兩下，然後開始搓，嘴裡還不忘指揮蕭晴玉。「別盡顧著說話，趕緊洗，家裡還有一堆事呢。」

可別說，自從村裡婦人都跟著做肥皂後，偶爾有做得不合格、賣不出價格的肥皂，大夥都留下自用。有肥皂，生活當然就講究起來，洗衣、洗手什麼的都會用，當然，沒敢跟林卉似的可勁地用，但遇到髒的、不好清洗的地方，拿肥皂抹兩下還是捨得的——這拿肥皂洗衣服的法子，還是林卉教的呢。

故而，她這般抹肥皂，大夥也沒奇怪，只是蕭晴玉剛說了那樣引人深思的話，她們不知道這位表親跟熊浩初啥關係，一時間便不敢再多話。

話說回來，蕭晴玉被催，撇了撇嘴才依言蹲下，將自己那身白色男裝翻出來，隨手扔進溪流裡。衫子是質地上好的緞子，吸水性比棉布差，下了水只隨著平緩的水流在水面上漂啊漂，半天都沒濕透。

蕭晴玉沒在意，晃了兩下便拉起來，然後學著林卉去摸肥皂。

「哎，妳這樣不行，衫子沒濕，打了肥皂也不起沫，多浪費啊！」強子娘忙喊住她，然後給她示意。「衫子得壓進水裡攪一攪、擰一擰。」

蕭晴玉也不嫌棄強子娘的指點，還朝她笑笑。「謝謝啊，我沒洗過，都不知道呢。」

強子娘以為她說的是用肥皂一事，笑道：「妳不知道也正常，咱們也是這些日子才開始搗鼓著用肥皂洗衣。」

蕭晴玉眨眨眼，低頭看看手上的肥皂。這玩意不是到處都有的嗎？

又有嬸子跟著插嘴。「可不是，以前拿洗衣棍洗衣服，對著衣服一頓敲，布料壞得快不說，還洗不乾淨，這肥皂還真是好東西，我娘家人都羨慕死了呢。」

「對對對，上回我姑子過來，還以為我們又做新衣服了，聽說我們拿肥皂洗衣服，都驚呆了。」

……

話題一展開，諸位嬸子登時激動起來，邊洗衣服邊熱火朝天的聊起各家用肥皂的好處。

蕭晴玉頗為新奇地聽著，邊依剛才強子娘的說法弄濕衣衫，抹上肥皂笨拙地開始搓。

林卉瞅了她一眼，見她乖乖搓衣服，略鬆了口氣，低頭繼續忙活自己的。

可惜，她放心得太早了。

蕭晴玉哪裡幹過這種活，只搓了幾下，便搓得手酸、蹲得腳麻，這還不算，她的繡花鞋也不知道什麼時候打濕了，連帶裡頭的襪子都冰冰涼涼的，難受得很。

她看看那些依然聊得熱火朝天的嬸子們，再看看埋頭搓衣服的林卉，想了想，挪過去。

「喂。」

林卉抬眸看了她一眼。

蕭晴玉舔了舔嘴唇。「我鞋子濕了，不想洗了。」

林卉看了眼她面前那僅有的兩件衫子，再看她手裡只搓了一個角的衣衫，無語。「誰叫妳穿繡花鞋過來。」

「我只有這種鞋子，怪我嗎？」蕭晴玉抱怨，然後又道：「要不，妳幫我洗了吧？」被林卉一瞪，她立馬縮了縮脖子。「大不了我給妳錢嘛。」

林卉無語，眼角一掃，看到旁邊堆著待洗的深藍色衣衫，靈機一動。「我幫妳洗也成，大熊的衣衫交給妳洗。」

蕭晴玉順著她的目光看過去，熊浩初那幾件衣服堆在那兒比她自己的衣服高了一倍不止，還髒多了。

她登時拒絕。「我才不要，這麼髒，妳要累死我嗎？」

林卉。「……」

為了熊浩初千里迢迢追過來的人竟然不樂意給他洗衣服？

是她太嬌貴還是熊浩初不配？

在林卉的淫威下，不樂意洗熊浩初髒衣服的蕭晴玉只能咬牙將自己的衣服瞎搓一通。林卉隨她咬牙切齒，一邊洗衣服，一邊還有閒心跟邊上的婦人閒聊。

或許是蕭晴玉前面不太靠譜的發言，也或者是因為她身上的衣著料子跟大家不太一樣，大夥都不太敢再找她說話，只不停地拿眼神往她身上飄。

蕭晴玉完全不在乎，林卉更是不管，只跟她們熱熱鬧鬧地聊村裡八卦，聽得被迫洗衣的蕭晴玉更是惱怒。

就這樣一邊是其樂融融地聊天洗衣、一邊是仇大苦深的被迫幹活，周圍洗衣服的婦人姑娘來來去去，走了幾批，又來了幾批，新來的看見蕭晴玉，見她是生面孔，又滿臉不愉，也不好當著人的面問啥，只忍不住多看幾眼。

至於她們離開後會不會嘀咕八卦……誰知道呢？

反正林卉是不管。為了等蕭大小姐，她還特地放慢速度，就這樣，還得不時停下來，將蕭晴玉試圖敷衍地扔進盆裡的衣服撿出來，翻出沒洗乾淨的地方扔給她重新搓洗——開玩笑，白色衣衫呢，一點點灰印子都清楚得不行，還想偷懶？回頭還要不要穿了？

這麼多人在這兒呢。蕭晴玉礙於面子沒好意思抗議，忍氣吞聲繼續搓。

這樣來回幾次，蕭晴玉才嘟著嘴認真洗衣，好歹是把幾件白衣裳給搓洗完又過了水——這時候林卉都已經洗完自己帶來的一大盆衣服了。

待她檢查完蕭晴玉盆裡的衣服，確認都乾淨了，兩人心裡齊齊鬆了口氣。

終於能回去了。

蕭晴玉氣鼓鼓地端著木盆跟在她後頭，待周圍沒人了，忍不住抱怨。「不就是幾件衣服嘛，至於這麼挑剔嗎？妳是不是特地為難我？累死我了。」

林卉白了她一眼。「誰讓妳要穿白色衣服。」農村地兒，她又沒幹活，除了泥塵就沒別的，若不是她的衣衫是淺色系的，哪至於這麼難洗？換了深色衣服，隨便弄兩下，別人也看不出來好吧。

蕭晴玉憋屈，低頭看看自己，發現方才濕了水的鞋子、褲腳踩到泥地上後，瞬間髒得不成樣，頓時更鬱悶了。「那怎麼辦？」她哭喪著臉。「難道我等會兒還要再來洗一回嗎？」

林卉跟著低頭看她的褲腳、鞋子，忍不住扶額。這樣確實不行，她想了想，道：「待會兒我找人給妳做雙皮鞋——靴吧。」

蕭晴玉皺鼻。「皮靴？」皮革做的皮靴可都是粗鄙人家才穿的玩意啊。

「當然啊。」林卉提起褲腳。「要是妳願意穿草鞋也行啊。」洗衣服、下地什麼的，她都喜歡穿草鞋。不過，過段時間天涼了，她也得跟著穿皮靴。

果然，蕭晴玉嫌棄了。「還是穿靴子吧。」好歹比草鞋好一點。

林卉聳肩。「成，待會兒幫妳量個尺寸。」然後看她褲腳。「倒是妳這衣服……」

蕭晴玉期待地看著她。

「這樣吧，明兒要送川川去韓老那兒，到時妳一起去，咱去縣城買幾身合適的棉衣。」

蕭晴玉連連點頭。什麼都好，別讓她再洗這些衣裳了，一點灰印子都清楚得不得了。

回到院子，幫著晾好衣服，蕭晴玉大大鬆了口氣。「現在好了吧，我要去熊大哥那邊看看了。」

林卉看了她一眼。「妳都不願意給妳熊大哥洗衣服，去那邊幹麼？」

蕭晴玉一窒，辯解道：「這是兩碼事，我不樂意做那是因為我能找下人做。」

「哦。」林卉不以為意。

「妳這是什麼意思?!」

「字面意思。」

「妳——別以為我不知道妳在笑我！」

「哦，知道就好！」

「妳——」

……

簡單的午飯過後，林卉就要開始忙活別的了——明天要送林川回縣城，她想做些點心給韓老他們。

聽說要做點心給韓老，蕭晴玉倒是主動來幫忙。

她這一幫忙，卻讓林卉刮目相看了。

家裡僅有的這麼點材料到了她手裡，彷彿有了千萬種搭配，切塊、蒸熟、拌泥、調味……蕭晴玉做得得心應手，林卉反倒成了助手，全程只需給她燒火、遞送廚具。

待成品出鍋，糕點香味撲鼻而來，林卉忍不住讚了句。「看不出來妳還有這一手。」

蕭晴玉瞟了她一眼。「哪家姑娘不會這些才會被人笑死。」

好吧，看來高門大戶的姑娘也逃不出這個傳統。林卉拈了塊糕點送進嘴，唔，香甜綿軟——

「哎妳怎麼這樣?!」蕭晴玉氣憤。「不是說要給韓爺爺的嗎?」

林卉咽下嘴裡食物，無辜眨眼。「沒說要全部給韓老啊，做都做了，咱家裡也得嚐嚐呀！」她不擅長做點心，尤其中式點心，現在成品就在她面前，怎麼能錯過？

蕭晴玉。「……」

「哦對了，妳的點心做得這麼好，做飯肯定不差吧？」

「那當然。」

林卉點點頭，接著問：「女紅呢？」

蕭晴玉察覺不妥，狐疑地看著她。「幹麼？」

林卉笑咪咪。「知道妳會做什麼，我才好給妳安排活兒啊。」

「……」

扔下氣憤的蕭晴玉，林卉將蒸好的糕點端到案桌上，先將要送韓老的部分單獨分裝——天氣涼了，這些糕點也能放了，倒是方便許多。

弄完糕點，她又領著蕭晴玉去村裡做豆腐的人家家裡買了點豆干、豆腐、豆漿，後兩樣是自家晚餐，豆干則是打算做滷豆腐，送去給韓老當零嘴。

晚飯自不必說，蕭晴玉見她只是把豆腐乾放進滷汁湯鍋裡滾兩滾就熄火不管，忍不住問：「就這樣？」

這回不需要林卉回答，在廚房裡舀熱水準備洗澡的林川就插話了。「還要浸一晚上呢，明天吃就很香了。」

蕭晴玉半信半疑。

# 第十七章

第二天一早，吃過早飯，他們就出發前往縣城了。

聽說要走著去，蕭晴玉都傻了，扭頭就罵熊浩初。「你怎麼吝嗇成這樣？仗著自己皮粗肉厚、身強力健，連個馬車都不捨得置辦，瞅瞅這兩人，一姑娘家一小孩子，你就這樣讓人每回進城走一、兩個時辰？」

她突然發作，還是對著熊浩初，林卉都傻了，再聽這話，眨了眨眼，連忙跟著瞪向熊浩初。「對啊，咱們怎麼不買車？」

熊浩初。「……」

他沒搭理蕭晴玉，只提醒林卉。「咱家的錢在妳手裡。」他還以為林卉不想買。

蕭晴玉立即瞪過來。

林卉呆了呆，傻眼了。「我、我沒想到這茬——」對上蕭晴玉的白眼，她果斷改口。「買，今天就去買！」他們家三天兩頭去縣城，還真是需要一輛馬車，畢竟他們家也不缺這點銀子。

話剛說完，她又想起另一個問題，忙又問熊浩初。「你會駕車嗎？」要是不會，買了也白買。

好在熊浩初點頭了。

蕭晴玉嗤笑。「他要是不會，這幾年不都白混了嗎？」

林卉舒了口氣。「那就好。」完了她忍不住看了眼蕭晴玉。「昨天我就想問了，妳怎麼突然對熊大哥橫挑鼻子豎挑眼的？妳不是為了他來的嗎？」

蕭晴玉一窒，繼而嘴硬道：「誰說我為他來的，我就是想看看別處的風俗人情不行嗎？」

林卉挑眉，看了眼無動於衷的熊浩初，又問：「咱大衍幅員遼闊，好地方很多，怎麼來我們這小村莊？」

「我、我……」蕭晴玉支吾兩聲，怒道：「他是我爹的好友，我來投奔他、他照顧我幾天怎麼樣？有什麼問題？」

「哦？是這樣嗎？」林卉拖長語調。是誰剛來那會兒還對她充滿敵意的？當時她還恨不得巴在熊浩初身上呢，這才兩天，熊浩初就變成只是她爹的好友了？她斜了眼熊浩初。「你做了什麼嗎？」

熊浩初挑眉。「與我何干？」

蕭晴玉冷哼一聲，拉過林卉，語重心長地跟她說。「要我說，妳長得不差，烹飪、女紅都可以，不愁找不到好兒郎，不要吊死在某些歪脖子樹上。」

某歪脖子樹。「……」

林卉忍笑。得，也不知道這丫頭怎麼想通了，現在倒好，竟然轉回來勸她了。

熊浩初自然不會跟個傻丫頭計較，揹起籮筐率先出門去，林川看看左右，蹦蹦跳跳地跟上。

蕭晴玉還想說什麼，林卉無奈，揹上背簍，拉著她出門。「好了好了，咱們邊走邊說。」

「真的，妳別不當一回事，我娘說了……」

嘰哩咕嚕，蕭晴玉彷彿打開了話匣子一般，又彷彿找到了來這兒的意義，逮著林卉不停遊說。

林卉頭都大了，甚至開始懷疑這丫頭是不是改變策略，表面踐踏熊浩初，實則是讓她丟開，再趁虛而入？

好在，走不到半個時辰，蕭晴玉就蔫了，開始喊累。

林卉便開始說話分散她的注意力，先說縣城裡好玩的，被嫌棄；接著說縣城裡好吃的，還是被嫌棄；最後只得好聲好氣地哄她——畢竟是嬌滴滴的大小姐，走不了遠路也是正常，哄哄就好。

「我好累。」她氣喘吁吁道：「還要多遠啊，我走不動了。」

林卉安撫她。「再堅持一會兒，快到了。」

蕭晴玉往前路張望一會兒，忿忿然轉回來。「哪裡快到了？連城門都見不著。」完了她看看左右，逕自挑了塊路邊大石一屁股坐下去。「我不管，我走不動了。」

熊浩初板下臉就欲訓斥，林卉忙朝他擺手，跟著過去扶她。「我扶妳走好不好？這前不著村後不著店的，總不能一直停在這裡吧？」

「蕭姐姐，」林川也跟著勸她。「真的快到了，走過這片林子就能看到城牆了。」只是這片林子大了點。

「對，妳看川川這麼小都能走，妳再堅持一會兒嘛。」

蕭晴玉哭喪著臉。「我真走不動了——我腿疼，還腳疼。」生怕他們不信，她乾脆彎腰脫下繡花鞋和襪子，然後自己先嚇一跳。「天啊，都磨出水泡了。」

林卉低頭一看，可不是……水泡還沒破，再走估計就會破皮出血了。以蕭晴玉這架勢，怕是不願意再走了。

現在怎麼辦？她看向熊浩初。

熊浩初皺眉，快速掃了眼蕭晴玉的腳，轉過身去，問道：「另一腳呢？」

蕭晴玉快速把鞋襪脫下來，鬆了口氣。「只是紅了點，還沒起水泡。」

熊浩初點頭。「那沒問題，只有一個小水泡，不妨礙走路，繼續。」頓了頓，又冷酷無情地補了句。「要是疼，單腳跳也行。」

蕭晴玉。「……」她看向林卉。「妳看看、妳看看，這都什麼人？連我家僕人都不如。」

這能相提並論嗎？林卉又好笑又無奈。「總是要走的，要不妳試試，我扶著妳？」她是說，跳著走。

「妳怎麼也這樣？」蕭晴玉瞪她。「就不能可憐可憐我嗎？」

林卉攤手。「我總不能揹著妳走吧？妳比我還高呢。」

蕭晴玉撇嘴。

正僵持，他們來時的方向傳來動靜——有輛驢車正往這邊走。

林卉眼睛一亮。「有車！瞧方向是順路的，咱給點銅板讓他載我們一程吧？」

那是一輛拉貨的驢車，除了車轅，後半部分只有一塊木板子，趕車的人戴著斗笠坐在車轅上，最重要的是，後邊板子上沒有載貨，帶上他們幾個應該是沒問題。

蕭晴玉也雀躍起來。「好好，就這麼定了。」說完趕緊低頭套鞋襪。

熊浩初、林川兩人自然沒有意見。

幾人站在路邊略等了等，遠處那驢車越來越近、越來越近，不等熊浩初或林卉將其攔下，那輛驢車就在他們前邊停了下來。

坐在車轅上的車夫鬆下轠繩，將斗笠往上扶了扶，露出一張清俊的臉，還笑出一口大白牙，只聽他道：「喲，這是在等我嗎？」

這清俊男子不是張陽是誰？林卉又驚又喜。「舅舅？」

林川則直接歡呼起來。「舅舅！」

熊浩初跟著打了聲招呼，蕭晴玉翻了個白眼，扭過頭去當沒看到。

張陽擺擺手，跳下車轅，將轠繩往手腕上套了兩圈，拽著驢子走過來。「你們怎麼在這兒呢？難不成真是在等我？」

林卉笑道：「應當是趕巧了。」然後打量他身後的驢車，問：「舅舅，這車……」

「我昨兒剛買的驢，」張陽拍拍驢腦袋，再豎起拇指往肩後一指。「昨夜剛打好的板車。」

「怎麼突然買驢、弄驢車呢？」林卉好奇。

「欸，我這些日子不是到處忙活嗎？攢了點小錢，就買了唄。」

「舅舅，我能摸摸嗎？」林川眼巴巴地看著，見他說完話，連忙扯了扯他衣襬。

「摸，隨便摸。」

林川雀躍地靠過去，小心翼翼地摸了摸驢子，驢子打了聲響鼻，把他嚇得連退兩步。

張陽哈哈笑起來。「別擔心，這驢子性情溫順得很。」說著，他的視線瞟了眼坐在大石上、轉過頭不看這邊的姑娘，發現有點眼熟，狐疑道：「那是……」

「那是蕭姑娘。」林卉解釋道：「今兒她換回裙裳了。」

聽到提及自己，蕭晴玉轉回來瞪了他一眼。

張陽怔住。

「你是要去哪兒呢？去縣城嗎？」林卉跟著林川一起好奇地去摸驢子，順口問了句。

「啊？哦。」張陽回神，急忙收回視線，掩飾地笑道：「我是來找你們的。我一大早就去了梨山村，結果聽說你們已經出門，只好又追過來了。哎，話說，你們怎麼停在這兒？難不成真的知道我過來，提前在這等著？」

林卉苦笑。「還真不是。」她示意地朝蕭晴玉努了努嘴。「蕭姑娘的腳磨出水泡，走不動了，我們正愁呢。」

張陽的視線似乎游移了一圈，回到她臉上，笑道：「那還真是趕巧了。」大手一揮。

「走，都上車，我送你們進城。」

「哎！」林卉欣喜。「謝謝舅舅！」

林川跟著興奮得蹦起來。「好嘞好嘞，咱們坐車進城。」

張陽嘿嘿笑著彎下腰，雙手托在他胳膊下，「嘿喲」一聲，把小林川托抱上板車。「坐好嘍！」

林川緊張地抓住車沿，垂在車板外的腳丫子縮了縮。「舅舅！」

「哈哈，別怕別怕，摔不著！」張陽拍拍他腦袋。

熊浩初跟著過來，把背後的籮筐卸到車上，跟張陽打聽。「這驢子在哪兒買的？」

「是跟我村裡的……」

另一頭，林卉已經回到蕭晴玉身邊。「還能走嗎？上車去，舅舅駕車送我們進城。」

蕭晴玉看了眼正在跟熊浩初說話的張陽，遲疑道：「他昨兒才買的驢，行嗎？」

林卉眨眨眼。「應該沒問題吧？」轉念一想。「沒事，這不還有熊大哥嘛。」

蕭晴玉撇嘴。「好吧。」起身，試探地邁出一腳。「嘶！」好疼啊！

林卉連忙攙住她。「我扶妳吧。」

蕭晴玉抿了抿唇，低低道了聲謝。

林卉搖頭。「謝什麼，舉手之勞而已，走吧。」攙著她慢慢往前走。

熊浩初那邊已經說完話，正看著她倆。林卉將蕭晴玉攙到車板前，後者小心翼翼地扶著車板坐上去，然後輕呼了口氣。

張陽聽到了，看看她那雙髒兮兮的繡花鞋，嗤笑道：「大小姐就是不一樣。」

蕭晴玉橫他一眼。「你管得著嗎？」

張陽愣了一瞬。

無人發現。

待所有人坐上車，張陽跳上車轅，韁繩一甩，驢子便噠噠噠地往前走，所有人開始隨著顛簸的車架搖晃起來，好在除了顛了點，走得還頗為順遂。

林川上了車便興奮不已，身體隨著一顛一顛，連垂在車外的小腳丫子也跟著晃動起來。

林卉擔心他玩過頭，忙訓了句。「腳別晃，當心摔下去了。」

林川笑嘻嘻。「知道啦。」

林卉這才轉回來跟張陽聊天。「舅舅，好端端的，你怎麼突然想到弄輛驢車呢？」

張陽甩了甩韁繩，笑呵呵道：「拿來拉貨，沒車怎麼成？」

拉貨？林卉忙問：「舅舅你要做生意？」

「唔，大概也算。」張陽抽空回頭瞅了她一眼。「託妳的福，找到條路子。」

「啊？」林卉茫然。

「我這些日子在你們村溜達了幾回，看到你們村家家戶戶不是都在做那什麼肥皂嘛，我跟你們村的里正商量了下，接下來專門給你們村拉草木灰和肥豬肉，我一車掙個幾文錢。」

林卉震驚。還能這樣做？

可別說，他們村現在家家戶戶都在做肥皂，草木灰缺得很，有些人家裡灶爐不停，就為了多燒點草木灰。張陽這做法，豈不是相當於材料貿易？不過……「幾文錢是不是太少了？」

張陽笑道：「也就掙個辛苦錢，多跑幾趟就是了。」他頓了頓，接著道：「我還要去城裡找那些雜貨鋪、脂粉鋪談談，看能不能以後定期、定價給他們送肥皂。」

臥槽，這是打算把他們村的肥皂生意全攬了去？這要是成了，他豈不是集中間商、材料商於一體？

林卉第一次認真打量這位舅舅，怪道他能在亂世落草為寇，還混出不小的名氣，就憑這份眼界、膽識，擱哪個世道都能混出頭。

連熊浩初都側過頭看他。「這條路子不錯。」

「嘿嘿嘿。」

林卉也連連點頭。「你還能找些常用的東西回去，開間小店什麼的，也是不錯。」

「小店？啥意思？」

林卉簡單解釋了遍，然後補了句。「就是個建議，舅舅您聽聽就行。」

「聽起來似乎不錯，回頭我再琢磨琢磨。」

林卉笑道：「好，有什麼地方想不明白的，可以來找我。」

一直沈默的熊浩初突然開口。「這個擱後再議，舅舅若是想把肥皂生意拿下來，我可以給您牽個頭。」

「哎？你有認識的雜貨鋪掌櫃？」

林卉也眼睛一亮。「符三家在這兒也有雜貨鋪？」

「沒有。」熊浩初搖頭，然後補充。「不過他家別處有。」他淡淡道：「肥皂能放，運送也方便，不必拘在縣城，往別處賣也行。」

「也對，也對。」林卉連連點頭，既然這樣……「趕早不趕晚，待會兒把川川送到韓老那兒，咱們就去找掌櫃大叔。」

熊浩初點頭。

林卉又轉頭看向張陽。「舅舅待會兒別亂跑，等我們一會兒。」

「啊？」張陽撓了撓頭。「不急啊，你們先跟那什麼先生坐會兒，我去找鋪子掌櫃聊聊，要是成了，也能多條路。」

蕭晴玉一直豎著耳朵聽他們說話，這會兒終於忍不住嘲諷。「眼皮子淺的！符三家的鋪子是那破縣城裡的鋪子能比的嗎？要是符三那邊願意把單子給你，就夠你掙得盆滿缽滿的，還管這些小破鋪子幹麼？」

張陽啞口，頓了頓，回頭瞅了她一眼，一聲不吭收回視線，半晌，忍不住還是補了句。「妳是擔心我掙太少錢了？」

蕭晴玉。「……」

不要臉，誰擔心他掙少了錢?!

許是察覺自己的話不太妥當，張陽連忙打了個哈哈。「開個玩笑，一下忘了妳是姑娘家了。」

蕭晴玉白他一眼。還不如別解釋。她忿忿道：「狗嘴吐不出象牙。」

張陽嘿嘿笑。

蕭晴玉撇了撇嘴，好歹是沒再追著罵。

林卉的視線在兩人身上來回轉幾圈，張陽的表情看不見，蕭晴玉面上還是那股子嫌棄的味道……應該是她想多了。

她家舅舅挺好的，但跟這位將軍千金可真不適合。

那廂張陽接著往下說。「我現在沒幾個錢，暫時無法搬到梨山村，搞輛車往你們村跑也方便。」他甩了甩鞭子，駕著車穩穩往前行。「我往你們村溜達得勤快點，別人也就知道你們還有舅家看護著，怎麼也比原來跟獨門似的好點。」

他跟閒聊似的，林卉卻愣住了，原來說到底，舅舅是一心為了他們姐弟著想。

也是，她是知道這種經銷代理模式，可張陽不知道啊！他出獄才多久，這麼短時間就掙到一頭驢，做什麼不好，何必來冒這個險？

熊浩初大概也想明白這點，側頭看張陽，道：「有心了。」

「去你的！你這話聽著跟我長輩似的。」張陽笑罵了句。「你跟卉丫頭還沒成親，擺的架勢倒挺足的。」

熊浩初唇角微勾。「舅舅說的是，我說錯了。」

張陽哼了聲。

林卉忙說道：「那舅舅要是來梨山村，記得到家裡來吃飯。」

「哈哈那當然，肯定要去妳那兒蹭吃蹭喝的。」張陽砸吧嘴。「妳做菜比我好太多了，怎麼能只便宜這頭大熊？」他也跟著林卉喊熊浩初大熊了。

林卉微笑，她喜歡這位舅舅的直爽。

說話間，縣城到了。

張陽把他們一行送到韓老府邸，跟他們約定碰面的時間，便駕著車顛兒走了。

林卉等人見了韓老如何寒暄，蕭晴玉又是如何跟韓老敘舊撒嬌，自不必詳述。

送了林川，又留了一會兒，林卉幾人便離開了。

蕭晴玉腳疼，走不動，林卉乾脆領著這丫頭去常去的布坊，一是給她買耐髒的棉布衣衫，二呢，是仗著掌櫃娘子好說話，直接把蕭晴玉安置在那兒，順便等衫子改出來。

然後她便拽著苦力熊浩初在街上轉悠採買。

買齊東西，再接上蕭晴玉，他們便到城門跟張陽會合。

甫一出城，張陽便迫不及待地跟他們報喜，說他已經跟幾個鋪子談好了，按照一塊肥皂二百文的價兒，定期給他們送貨。

林卉皺眉。「二百文？」

「嫌太低了？現在普通肥皂的價最好也就二百二十文，低一點的甚至不到二百文，定二百文差不多。」

林卉搖頭。「我不是覺得價格太低，我是擔心村裡人不一定願意賣給你。」

張陽擺手。「他們自個兒去賣，除了個別能說話的，哪個不被壓價？隔三差五跑一趟，既勞身又勞心……唔，反正嘛，他們要是賣我就收，不樂意我也不勉強。」

林卉自然明白其中道理，只是……她沈吟片刻，道：「行，回頭我跟里正說說。」

「哎。」張陽這回倒是不客氣，笑呵呵道：「舅舅吃飯喝粥就靠妳啦。」

林卉開始琢磨怎麼說服里正，熊浩初淡淡甩了句。「別忙活了，里正估計已經跟好些人家說好了，昨兒我就看到他在村裡到處晃。」

林卉啞口。合著她白操心了？

「嘿，你小子怎麼這麼快揭我的底？」張陽佯怒。

熊浩初只是斜了他一眼。

張陽喋喋不休。「你這人真是，卉丫頭回去一問就知道啦，用得著你多嘴嗎……」

隔天，張陽果真如他所說，一大早就拉來一車的豬板油。

他們坐過的板車被加了幾塊板子，豬板油是裝在籮筐裡的，每個籮筐底下還墊著寬大的葉片。也算是張陽心疼他新買的驢，車架沒有做得太大，架起來只能放四筐東西。

進了村，張陽也不含糊，直接駕著驢車到村子中心，扯開嗓子就吆喝起來。「賣豬板油嘍，新鮮豬板油，走過路過不要錯過～～」

這會兒不是農忙，各家婆娘大都待在家裡做針線活兒，聽見吆喝，紛紛走出來。

「這豬板油什麼時候的啊？」

「新鮮得很，早上剛殺的豬，妳摸摸底下的，還熱乎著呢。」

「喲還真是。」問話的嬸子樂了。「多少錢一斤？」

「二十二文一斤。」

「二十二文！你怎麼比縣城裡的還要貴啊？」

「嬸子，妳們現在去城裡買豬板油都要二十文，還得花一、兩個時辰過去，還不一定能買到，如今我都送到妳家門口了，多個一、兩文妳就當給我個跑腿費嘛。」這些日子梨山村的人常去縣城買豬板油，豬板油的價格老早高了不少，平日也差不多是二十文上下，偶爾買的人多了，還會漲到二十三、四文呢。

可有人依然嘟囔。「一、兩文也是錢——」

「咦？」有人多瞅了張陽幾眼，越看越覺眼熟，一拍手。「你是卉丫頭的舅舅吧？我昨兒還見到你來著。」

「喲，這位大姐眼睛厲害啊。妳看，我姐嫁到你們村，我外甥女、外甥都是梨山村人，這麼算，我也算是半個梨山村人了……大姐妳買不買？多買幾斤的話，我算妳便宜點！」

婦人微詫，繼而笑開顏。「那我要個五斤，小哥給我便宜點啊。」

「得勒，」張陽從車板上拿出砧板、菜刀，刷刷兩下切了幾塊豬板油，掛到秤桿上，秤墜瞬間翹起來。「大姐妳瞅清楚了，五斤足足的。」

婦人點頭。「成，小哥實誠。」

「五斤一共一百一十文，大姐妳是我開張第一位顧客，我給妳抹掉零頭，一百文就夠了。」

這一抹，就跟縣城的價格一樣了。婦人大喜。「謝小哥啦！你等會兒，我回家拿銅板去，這肉你給我留著啊。」

「好的放心，給妳擱這呢。」

婦人喜孜孜回家取錢，其餘人面面相覷，皆有些意動。

「那，我也來五斤的話，能抹零頭嗎？」有人問道。

「哎呀哎呀，不行啊，都抹掉這麼多，我可虧大了。」張陽狀似猶豫。「要不，給我掙兩文成嗎？五斤一百零二文，成嗎？」

五斤掙兩文？那就是一百零二文？跟平日去縣城買也沒甚差別了。「成，那我也來五斤！」

「好勒！」

瞬間又成了一單。

其他人見狀，忙圍攏過來。

「小哥我也要，我要十斤！」

「我我，我也要五斤！」

「別慌別慌，都有都有。」張陽眉開眼笑，快手快腳地給各位婦人秤肉。

他們這邊熱熱鬧鬧的，住遠些的人家聞聲出屋，又見到有人提著白花花的豬板油回家去，便有人上前詢問，一問，忙不迭地就帶上銅板湊過來，不多會兒，四籮筐的豬板油便賣完了。

張陽將沈甸甸的錢袋小心翼翼紮緊、收好，喜孜孜地趕著驢子去林家。

林家的院門半掩著，依稀可聞雞鳴狗叫聲。

張陽將驢車拴在籬笆上，抓著錢袋子跳下來，隔著門喊。「卉丫頭？卉丫頭在嗎？」然後側耳細聽。

沒有回應。

張陽奇怪，自言自語道：「這一大早的跑哪兒去了？人不在還不關門。」他撓了撓頭，乾脆推門進去，順腳從牆根踢了塊還沒劈的木頭過來壓著門板，確定院門不會合攏，從外頭能一眼看到裡頭，才放心往裡走。

「這丫頭，回頭得說說她才行。」張陽邊嘟囔邊往堂屋走。「仗著家裡有兩隻小奶狗就敢這樣——」餘光一掃，堂屋裡鑽出一端著木盆的人，正背對著他往後院走。

赭色裙子、緗色短襖，是尋常的婦人著裝。

他未及細想，揚聲就打招呼。「大姐妳在啊？我剛喊門咋不應呢？」他以為是田嬸。

「你喊誰大姐？」那人腳步一頓，倏地扭頭瞪過來。「我還沒喊你大爺呢，臭不要臉的。」

張陽登時卡殼。面前這位赭色裙子、緗色短襖的婦人……呃，姑娘，竟是前一日還穿著鮮嫩妃色裙裳的蕭晴玉。

得，又得罪這母老虎了……

林卉抱著一籃子芋頭回來的時候，蕭晴玉已經開始捋袖子，一副準備幹架的模樣，可憐的張陽都被逼到牆角了。
林卉嚇了一跳，顧不得放下籃子就奔過去，擋在兩人中間。「幹麼呢幹麼呢？」
蕭晴玉見是她，忿忿放下手，率先告狀。「妳知道這混蛋說我啥嗎？他說我老氣！」她氣憤。「也不看看自己幾歲了，好意思說別人老氣！」
張陽站直身體，辯解道：「我都說了是看走眼，妳怎麼盡抓著不放？身為姑娘家，不能稍微溫柔點嗎？」
「我怎麼不溫柔了？我那是對著你不樂意拿出來！」
張陽嫌棄。「是拿不出來吧？」
蕭晴玉大怒。「你說誰拿不出來?!」
眼看兩人又吵起來，林卉忙推開兩人。「好了好了，一人少說兩句吧。」然後先說張陽。「舅舅你幹麼招惹人，哪個姑娘家樂意被說老氣的？再說，人家蕭姑娘是為了幹活方便才換衣服的，你不能少說兩句嗎？你還是長輩呢。」
張陽張了張嘴，有些心虛地撓了撓頭。
蕭晴玉瞪他。「聽到沒有，說你呢。」
林卉轉回來，跟著勸她。「我舅舅就這副嘴損的德行，他說妳妳也不會少塊肉，別搭理他就好了。」
張陽嘖了聲，頓時收到自家外甥女的瞪視，連忙抱拳拱手。「對對對，是我錯，都是我嘴損，姑奶——姑娘別搭理我啊。」

蕭晴玉可沒聽漏他那半句稱呼，怒火蹭地又冒起來。「你喊誰姑——」

「哎哎哎，好了好了。」林卉連忙扯開話題。「妳不是要做香芋點心嗎？我找邱嬸拿了一籃子，妳看看夠不夠。」

蕭晴玉的注意力頓時被拉走，她低頭扒拉了下林卉籃子裡的芋頭，點頭。「夠了，品相挺不錯的。」指揮她。「先去洗一洗。」

「哎。」林卉爽快地應了，順勢拉著她往後院走。「走，一起去，這麼多芋頭要削皮呢。」

「好吧。」蕭晴玉勉為其難。

林卉特意走在她身後，邊推著她邊回頭朝張陽無聲說了句「等著」，張陽擠眉弄眼。

林卉笑瞪了他一眼，再然後，她就跟蕭晴玉進後院忙活了。

張陽呼了口氣，左右看看，走到牆邊桌子，熟練地翻出乾淨杯子，提壺給自己倒了杯微溫的白開水，一口氣灌下去，完了猶覺不夠，又灌了一杯。

忙活了一早上，渴死他了。

「舅舅。」

張陽忙放下杯子轉回來，小心翼翼往她身後瞄，問：「妳咋出來了？」不是說要削芋頭嗎？

林卉白了他一眼，道：「舅舅，你幹麼總招惹蕭姑娘啊，你明知道她脾氣就那樣，還招惹她。」

張陽喊冤。「我哪有招惹她，是她不依不饒好嗎。」

「那只是個小姑娘，你讓讓她唄。」

「……」張陽瞅著眼前這個還不如別人高的外甥女。「妳說這話不覺得怪嗎？我看妳也沒比她大多少。」

林卉瞪他。「我比她懂事！」

張陽詫異。「這麼說，她真的比妳大？」

「……有什麼問題？」

「這麼大年紀還沒嫁人，肯定是因為太兇，沒人敢娶。」張陽撇嘴。

林卉嚇了一跳，急忙推他一把。「你怎麼說話的！」她緊張地回頭看，確定話題主角沒有過來才鬆了口氣，然後道：「你小聲點，生怕她不過來吵你一頓是吧？」

張陽撓頭。「實話實說嘛……妳都十五快十六了，她既然比妳大，怎麼還沒嫁人？她哪裡人啊，他們那裡的官不管嗎？」

林卉心裡一頓，仔細打量他面上神色，問道：「舅舅，你是不是……」

「是不是啥？」張陽再次給自己倒了杯水。

林卉小心翼翼、壓著嗓子問：「你是不是……看上蕭姑娘了？」

「噗——咳咳。」張陽急忙放下杯子，狼狽地擦掉臉上身上的水。「妳怎麼會這樣想？就她那潑婦樣，我看得上嗎？」

林卉微微鬆了口氣。「那就好。」想了想，猶自不放心，忙又提醒他。「你記得這話啊，可別再招惹她了，她……」頓了頓，她隱晦道：「她身分不一般，咱們這種尋常百姓鐵定配不上的。」

張陽怔了怔。「不一般？」他有些不得勁。「還能怎麼不一般？」

「反正你別招惹她就對了。」林卉不肯多說，只如是道。

張陽摸了摸鼻子。「知道了，妳舅舅我吃過的鹽比妳吃過的米還多，心裡有數。」

「那就好，那我進去忙——」

「哎對了。」張陽想起什麼，忙喊住她，然後跑到另一邊，將他適才隨手扔在凳子上的錢袋子拿起來，先掏出一把銅板擱在凳子上，想了想，又掏了一把，然後回身，把錢袋子遞給跟過來的林卉。

後者茫然地看著他。「舅舅？」

「接下來我要常常在妳這蹭飯，先給妳這點，回頭我多掙點再——」

林卉哭笑不得地推回去。「你過來吃飯交什麼錢，不就多張嘴的事嘛。」

「那不一樣，我是長輩，怎麼能占晚輩的便宜呢？再說，妳那飯菜又是下油又是下醬的，多費錢啊，讓妳拿著就拿著。」

這掰扯下去，指不定能扯到明天。林卉想了想，道：「你現在才剛開始做生意，買豬板油、買草木灰都要錢，收肥皂也不是當天就能賣出去，處處都要錢……這樣吧，你要是真想給，咱乾脆定個章程，一個月給一次，如何？」

張陽一聽，連忙點頭。「行，這樣好，估計得吃個一年半載的，這點可不夠。」

林卉笑了。「那就這麼定了。」不等他接話，她立刻搶道：「我看月底適合，就月底給吧。」

今兒初四，到月底還早著呢。張陽無語。「妳這丫頭……」

林卉狡黠。「說好了的啊。」努嘴。「都收好，家裡不缺你這點錢，你安心掙錢去。」

張陽嘆了口氣。「行吧，我聽妳的。」

事情說好，時辰還早，張陽解了渴又跑了出去——既然林卉不收他的錢，他就有本錢開始收肥皂了。

這跑出去就是一個上午，直到飯點，他才頂著滿頭大汗回來，肥皂也只收了十來塊。

林卉安慰他。「往常大夥都是做一點賣一點，還都是自己去賣，零零散散的，當然沒有存貨賣給你，等過幾天新的一批肥皂曬出來，你就能多收點了。」

「不用安慰我，我早預料到這種情況。」張陽不以為意，樂觀道：「剛開始嘛，有人不捨得低價賣給我是正常，過些日子就好了。」

他不放在心上就好，慢慢總會步入正軌的，林卉鬆了口氣。

「哦對了。」張陽彷彿想起什麼。「早上我在城裡的時候，聽到一個消息。」

張陽看看左右，確定屋裡就林卉、大熊他們仨，才壓低聲音道：「南邊的峸阜，鬧匪亂了。」

峸阜？林卉有些茫然。她對這邊的地理分佈不熟悉，乍一聽這地名，壓根沒有任何概念。

熊浩初卻微微皺眉。「現在就開始鬧？不是剛秋收嗎？」

「聽說前些日子發大水，糧食幾乎沒有收成，朝廷發的賑災糧又全進了當官的跟地方勢力腰包裡，百姓沒活路，不就……」

林卉一聽不得了，忙問：「峸阜離我們這兒遠嗎？」

「還算挺遠的吧。」張陽撓頭。「坐車也要五、六天的。」

「……」換成現代交通工具，那算得上近了。林卉有些擔心。「很嚴重嗎？會不會影響我們這兒？」

張陽攤手。「我也不清楚，就聽了那麼幾句。」想到什麼，他急忙提醒。「這消息估計還沒出來，你們自個兒知道就好，可別走漏了風聲。」

「……那你咋知道得這麼清楚？」

張陽嘿嘿笑。「以前一塊兒混過的兄弟，有些出來走鏢，他們走南闖北的，消息最是靈通了，我是沾了光——對了，接下來糧價可能要漲，你們可別把糧給賣了。」

開玩笑，這年頭糧食才是根本，現在又聽說不知道多遠的峸阜水災缺糧……她肯定不會賣掉！故而林卉連連點頭。「這是自然，大熊你說對吧——哎，你發什麼呆呢？」

陷入沈思的熊浩初驀然回神，點頭。「嗯，不能賣。」頓了頓，他搖頭。「不，應該說，我們得買糧了。」

「……」林卉愣住。這麼嚴重嗎？

或許比她想像的還要嚴重，因為熊浩初跟張陽還連袂去找鄭里正，讓他提醒村民今冬別賣糧。所幸今年託林卉、熊浩初兩人的福，大夥手裡都有幾個錢，不賣糧也沒什麼。

辭了鄭里正，兩人又驅車前往縣城，這一走，便是半天。

直至傍晚，兩人才風塵僕僕地趕回來——也沒空手回來，他們帶回來了上百斤的麵粉，林卉看到還嚇了一跳。

這幾年因著戰亂，遷來許多北地人，也帶來了小麥。

北地人多種小麥，每年四、五月播種，七、八月便能收，這時候，他們就會搶種一茬大豆。有些套種厲害的，二月份還會在麥壟背間先種上大豆，既能肥田，又能多一點糧食，這樣，一年光大豆都能收兩茬。

他們村裡唯一一家磨豆腐、點豆漿的人家，原先就是從北邊遷居過來的，兩、三年光景，便從原來的茅草屋換成了磚瓦房。

有些本地人眼熱，便跟著種了起來，一來二去，他們這邊的小麥便慢慢多了起來，故而林卉剛來的時候，買麵粉也只比大米貴一點。

即便麵粉不貴，也不用買這麼多吧？他們剛收了六畝地的水稻呢！再說，他們家才幾口人，即便包了劉師傅幾人的飯，糧食也不缺呀！

……這是情勢非常嚴峻的意思嗎？

沒等她發問，熊浩初兩人已經將話題拐到新宅進度那兒了。

熊浩初打算多招些人，儘快在這個月內把宅子建好。張陽點頭贊同，還給他提建議，說家具、門窗啥的可以慢慢安排，先搞定房子才能騰出手幹別的。

林卉聽著不對，還沒等問，他倆就說到了落霞坡那兒的安排——兩人竟然打算趕在入冬前把落霞坡開墾出來，種上糧食。

看來，瞅皇那邊的情況定然是不甚樂觀了。現在剛過秋收，瞅皇就算水災，秋糧應該還能撐一個冬天，估計真正難過的是明年開春青黃不接的時候。

眼見兩人為了那山坡地栽種什麼而發愁，她想了想，搭了句嘴。「要不，試試種紅薯吧？」紅薯產量高，又耐旱，不種它種啥？

從這兒的氣候來看，潞陽的地理位置應該類似長江流域一帶，冬天不至於太冷，紅薯應該可以過冬。

今年朝廷大力推廣紅薯，除了有部分膽大的直接騰出一、兩畝地種紅薯，大部分人只是在自家屋前院後、田壟等地加種，量不多，也更談不上熟悉。

故而聽說種紅薯，張陽第一個皺眉。「使不得吧？我聽村裡人說了，紅薯可是四、五月份栽種的，現在都十月了，如何種得了？」

林卉解釋。「咱們這兒比較暖和，應當還能育苗。」頓了頓，她補充了句。「等天冷了，可以蓋大棚保溫。」

熊浩初疑惑。「大棚？」

林卉比手畫腳。「用稻稈、茅草啥的，搭個低矮的棚子，可以給薯苗保溫，要是實在太冷，就在棚裡燒個爐子烘一烘。咱們這兒冬天真冷的時候不多，搭棚子應該就能過了。」

張陽摸了摸下巴。「聽起來不難？」

林卉點頭。「確實不難的，就是耗點工夫。」可種田哪有不耗工夫的？

熊浩初盯著她。

林卉心裡一突，正想找理由解釋自己為什麼知道這些，旁邊的張陽掰著手指算了下時間，一把跳了起來。「要是這樣的話，那豈不是得趕緊行動起來？」

那山坡地只翻了一點，想要全部翻完，再加上育苗，豈不都入冬了？

林卉微鬆了口氣，連忙接話。「是的，如果要種紅薯，得趕緊把地翻了，同時開始育苗，等地翻好，直接扦插進去。」算了算時間，她補充道：「得趕在冬月前讓薯苗定根。」

熊浩初跟張陽對視一眼，異口同聲道：「人。」

可不是，若是要搶種紅薯，現在最缺的就是人。

兩人遂開始討論起安排。

林卉見狀，假裝看看前後，道：「啊，蕭姑娘怎麼不見了？我去找她。」

話未說完，已腳底抹油開溜，出了堂屋才徹底鬆下心神，然後四處看，還真沒見著蕭晴玉的身影，她登時皺眉。

「還真跑了？跑哪兒去了？」

小姑娘家家的，在村裡人生地不熟，性子又嬌，可別出去被人欺負了或惹事了。林卉這般想著，趕緊抬腳去找。

屋前屋後轉了一圈，都沒發現人，她頓時急了，忙不迭往外跑，差點跟進門的人撞個正著。

「跑這麼快幹麼？差點撞上了。」來人嫌棄地退後兩步。

林卉定睛一看，不是蕭晴玉還有誰？她皺眉。「妳去哪了？找妳半天了。」

蕭晴玉隨口道：「上午做的芋子糕不是沒吃完嘛，我剛才看見豆豆，便端了一盤給他，讓他拿去跟小夥伴們分一分。」

林卉詫異。「妳認識豆豆？」

蕭晴玉沒好氣。「昨天川川才跟他一塊兒來家裡，怎麼就不認識了？」

「……呵呵，是嗎？」林卉乾笑。

蕭晴玉瞥了她一眼。「找我幹麼？」

林卉撓撓臉。「我這不是擔心妳跑丟了麼……」

蕭晴玉翻了個白眼。「妳丟了我都不會丟。」扭頭進屋去。

好吧。林卉聳了聳肩，跟了上去。

屋裡，熊浩初兩人似乎已經聊完，張陽起身，看了眼蕭晴玉，朝林卉打了聲招呼，便往外走。

林卉追出去。「哎，不吃了晚飯再走嗎？」

「不了，忙著呢。」張陽頭也不回，擺擺手走了。

然後熊浩初也出門了，他要去找里正多要些人，打算加快進度把新宅子快點弄妥。

蕭晴玉還沒反應過來，就被林卉拽進倉庫。「來，幫我把這些紅薯抬出去。」

「幹麼？」

「南邊水災了，大熊說要趕緊把落霞坡的地翻好，再種一茬紅薯備糧，咱們得把這些紅薯弄出來。」

蕭晴玉畢竟出身高門，一聽這話，她很快便琢磨過來，面色嚴肅地問道：「朝廷呢？朝廷知道嗎？」

「應當知道吧。」林卉不以為意。「大熊跟舅舅去過縣城找韓老說這事了，韓老應該會給縣衙遞帖吧……」她不確定道。

蕭晴玉鬆了口氣，點頭。「那便好。」

看林卉鑽進稻穀堆裡艱難地把紅薯筐子推出來，她翻了個白眼。「瞧妳那樣……我來。」

林卉手上力道一鬆，抬頭一看，蕭晴玉已經拽著筐子往外拖。

林卉鬆了口氣，忙從後頭使力幫忙，隨口道：「妳力氣不小啊。」

「那當然。」蕭晴玉輕嗤。「將門無犬子，我也是打小練武的。」

林卉側目。「看不出來啊，昨兒是誰走路走出水泡，死活不願意走的？」

「那是一樣的嗎？」蕭晴玉惱羞成怒。

林卉暗笑。估計是只練力氣跟招式，沒練腳力，畢竟她只是姑娘家，誰也不會對她要求過高。

兩人聯手將幾筐紅薯拉到前院，林卉直接把所有紅薯倒在籬笆牆跟前下，均勻鋪開，再去後院裝了盆水，拿瓢將所有紅薯都澆上一點水，然後拍拍手。「好了，現在就等著吧。」

「……就這樣？」

「這樣就夠了，有水有日頭，還不冷，過幾天就能發芽了。哦，對了，妳看到紅薯乾了就給澆點水，保持紅薯表面濕潤就夠了。」

「……哦。」

之後的幾日，薯苗還沒長出來，日常只需要灑灑水、曬曬太陽，林卉倒是閒了不少。而張陽卻忙碌了起來，每天早上拉豬板油來梨山村賣，賣完再去收草木灰，完了開始收肥皂。

剛開始觀望的人多，買賣的量少，他一車還真的只掙幾文錢。

慢慢的，有些人瞧出方便，也跟著找他採買代售，他的進帳才多了起來，然後開始添加各種東西一併售賣，都是日常得用的，比如林卉建議的調料、針線什麼的。進的數量不多，就是收肥皂的時候順嘴說一句，偶爾有哪家急用的，便會順手拿一個。

一來二去，他進的東西便越來越多，賣不完的，他乾脆擱在林家。再加上他每日都在梨山村混，跟大夥兒都混熟了，大家都知道他是林卉舅舅，偶爾有些人缺點啥，還會專門往林家跑，倒把林家當成了個臨時小店。

林卉哭笑不得，卻樂見其成，還特地問清楚了各類貨品的價格，偶爾舅舅不在，她便幫他把貨賣出去，收好錢，等他過來再交給他。

但誰也想不到，蕭晴玉竟喜歡搗鼓這些，還特地學林卉裁了冊本子，將所有東西登記造冊，把品類、價格、庫存分門別類列得清楚了然。

有誰來買東西，林卉還沒翻庫存呢，她張口就能道出一二，人家若是要，她隨手就能翻出來。

目送又一名顧客離開，林卉看向蕭晴玉，後者正要將收來的銅板遞給她，見狀嫌棄道：「妳這什麼眼神？」

林卉。「……」她抹了下臉，問：「妳喜歡算術？」

蕭晴玉莫名其妙。「誰說的？」

林卉朝她手上的銅板努了努嘴。「看妳挺喜歡的。」

蕭晴玉乾咳一聲，把銅板塞她手上。「好玩而已。」

「以後妳做了管家娘子，家裡肯定帳務明明白白、井井有條的。」林卉打趣道：「也不知哪家有福能娶到妳。」

蕭晴玉怔住。

「怎麼了？」林卉不解。

蕭晴玉回神，扔下一句「反正不是妳家大熊」扭頭就走了。

林卉。「……」

她不再盯著自家男人是好事……可這態度是什麼意思？

# 第十八章

天氣涼下來後，林卉給全家人都備好了裌衣。所謂裌衣，其實就是一層密實的面料，內裡加上一層舒服柔軟的布，外層擋風，內層保暖貼身，算是古代版的風衣了。

可古代衣衫、褲子全是寬寬鬆鬆的，雖有裌衣，卻也不夠，尤其是農人要幹活，裌衣長不及膝蓋，褲子又是鬆垮垮的繫帶袴褲，雖是合襠，出門的時候還是覺得風直往衣服裡兜，吹得人涼颼颼的。

絮棉的棉衣她都給家裡人提前做好了，連張陽的也都順手做了——可現在穿薄棉衣，似乎依然有點太誇張，林卉便想念起現代的保暖衣、保暖褲了。

雖然這兒的布料不如現代的有彈性，勝在棉布是真材實料的，做保暖衣、保暖褲……也不是不可以嘛！古代衫子她都做了好幾身，沒道理現代衣服她做不來，對吧？尤其是現在她還有蕭晴玉幫忙——她不是說自己針線活不錯嗎？

說幹就幹！林卉也不跟蕭晴玉直說，只是將棉布翻出來、鋪開，開始描尺寸、裁布。

蕭晴玉閒著沒事正在逗弄小狗——林卉除了剛來那會兒意思意思了下，其餘時候都是把小狗繩子鬆開，由得小狗四處撒歡。幾天下來，蕭晴玉都習慣了小狗老是在腳下轉悠，偶爾無聊還會逗弄幾下，比如現在。

她正拿著自己的小香囊逗小狗，看到林卉刷刷刷地開始裁布，她隨口便問了句。「不是說連棉衣都做好了嗎？怎麼又開始裁布？」

林卉頭也不抬。「做幾身秋天適合的保暖衣、保暖褲。」

保暖衣、保暖褲？這是啥衣裳？蕭晴玉坐直身體，好奇道：「秋天穿的？」

「嗯。」

蕭晴玉見她也不多解釋幾句，心裡好奇，乾脆擱下東西湊過去。「保暖衣、保暖褲是啥模樣的？是不是切合季節，穿上會有秋風颯颯之感——哎，妳這模子……」林卉裁剪的這尺寸鐵定是熊浩初的，她一眼就看出來了。不過，這不是重點，重點是……她嫌棄道：「妳的模子是不是不太對？」

林卉笑笑。「模子沒錯，尺寸也沒錯，保暖衣、保暖褲就這種款式，不過，合不合適還得上身才知道。」

蕭晴玉半信半疑。

林卉也不管她，先裁剪出上衣各部分，穿好針線便開始縫製。

蕭晴玉好奇她這衣衫樣式，看了一會兒便不耐煩，摸了根針開始幫忙。袖子、軀幹、縫合、收邊……兩人一起縫製，成品很快便出來了。

蕭晴玉抖開衣衫，問她：「這似乎太緊了吧？」

林卉笑咪咪。「貼身一點不是更暖和嗎？」

「是嗎？」蕭晴玉半信半疑。

「妳要是不信，可以做一件上身試試。」林卉激她。「還有褲子呢，妳不想試試嗎？」

蕭晴玉撇嘴。「總覺得妳在打什麼餿主意。」

林卉一臉無辜。「我能打什麼主意？」

蕭晴玉看了她兩眼，沒看出端倪，這才作罷，然後道：「那我做一身試試。」頓了頓。「先說好啊，我就用妳多的布料做，不給錢。」

「……反正我囤的布料多。」林卉假裝嫌棄。

蕭晴玉彷彿占了大便宜般，立刻高興地開始翻布料，然後怒道：「妳怎麼連個好看些的顏色都沒有？」

林卉掃了眼，選了疋鴨蛋青的料子扔給她。「穿在裡面的，誰管妳什麼顏色，挑個素色的便成了。」「完了嘟囔。「不要錢的妳還嫌？」

蕭晴玉撇了撇嘴，扯開布料開始描模子。

林卉提醒她。「妳要是做給自己的話，可得注意胸圍跟腰圍的差別，得做個收腰，不然不貼身。」

「用得著妳提醒嗎？我看一眼就會了。」蕭晴玉白了她一眼，轉過身去繼續搗鼓。

林卉暗笑，這才不說話，接著裁剪褲子，褲子更為簡單，不到一個時辰，成品便出來了。

林卉看了眼專心做針線的蕭晴玉，輕手輕腳去了後院——她該準備晚飯了。

晚飯前，蕭晴玉給自己做的保暖衣出爐，甚至已經套上身，在院子裡來回走動幾圈，喜孜孜地湊到林卉面前，驚喜道：「真的挺舒服的，一點都不透風，很暖和，」她動動手腳。「都不用穿裌衣了。」

多穿了層布料呢，當然暖和了，林卉暗笑。

「裌衣還是要穿的，可別著涼了。」然後開始表揚她。「妳這針線活果真不錯啊，這才一會兒，竟然就做好了。」

蕭晴玉洋洋得意。「那當然。」

林卉接著懊惱。「唉，真羨慕妳，我還得等幾天才能穿上這保暖衣保暖褲呢……」

「想穿就做啊，幹麼要等？」

「我這不還得給熊大哥、給川川各做兩身替換嘛？」林卉懊惱。「回頭還得找韓老拿個尺寸，他一人孤身在此，也得給他做兩身……這排下來，等輪到我，估計都能直接做棉衣了。」

蕭晴玉想了想，道：「這保暖衣保暖褲好，韓爺爺要是穿上鐵定舒服。這樣吧，韓爺爺的我來做。」

「這不太好吧？」林卉假裝遲疑。

蕭晴玉大手一揮。「韓爺爺跟我爹是舊識，算是我的長輩，做兩套衫子算不上什麼。」

「好吧，那就麻煩妳了。」林卉一副感激不盡的模樣。

第二天，吃過早飯，林卉開始描畫林川的保暖衣保暖褲的模子——熊浩初那身已經給了他並勒令他穿上身，第二套便不急著趕工。

開始縫製後，她一會兒去餵餵雞，一會兒去給紅薯澆點水，過了會兒又去搗鼓菜畦，蕭晴玉看得不耐煩，加上韓老的尺寸還沒拿到，她閒著也是閒著，乾脆把林川的料子拿來開始縫。

林卉瞅見她上鉤，登時扔開手裡活計，洗乾淨手走過來，假裝驚訝。「啊，這是川川的衣服。」

蕭晴玉頭也不抬。「看妳那拖拖拉拉的樣子，什麼時候才能做好啊？我來。」

林卉假裝委屈。「家裡活計多嘛……」

「行了行了，林川的交給我，忙妳的去吧。」

林卉偷笑，欣喜道：「那就麻煩妳了啊……哎，有妳幫忙，我就能騰出手給舅舅也做兩身了。」

蕭晴玉頓了頓，察覺有什麼地方不對，瞇眼看她。「妳詐我？」

林卉無辜眨眼。「什麼？」

蕭晴玉狐疑地打量她兩眼，沒發現不對，皺了皺眉，嘟囔了句「算了」，繼續低頭幹活。

林卉抿了抿嘴，差點沒笑出來，趕緊鑽進屋裡翻庫存布料。

有了蕭晴玉幫忙做秋衣，全家上下包括張陽，很快便穿上了貼身舒適的保暖衣保暖褲。

張陽摸了摸胸腹，樂得見牙不見眼。「哎，還是我外甥女心疼舅舅，知道舅舅每天起早摸黑趕車冷得很。」說起來，他身上的衣服現在也都是林卉幫著打理的，他每天還在這兒吃早午飯。「我現在也算掙了點錢，可以付錢給妳了吧？」

林卉無語。「不是說好月底才給錢嗎？」

張陽皺眉，道：「總覺得妳是搪塞我……親兄弟明算帳呢，我總是白吃白拿的，時間長了，有多少情分都得熬沒了。」他想了想，乾脆道：「這樣吧，咱也別定什麼月底月初的，我的錢都交給妳打理吧。」

林卉哭笑不得。「舅舅，你不是正在物色媳婦兒嗎？最晚明年估計就得成親了，你把錢給我，回頭我那未來舅媽有意見了怎麼辦？」

張陽嘖了聲。「也是，我得對我媳婦好。」他撓頭。「所以嘛，這話題又倒回來了……」他解下錢袋子遞過去。「我給妳錢，收著。」

林卉不想收。「你還得攢錢娶媳婦呢——」

「哎，我說，你們倆這麼磨磨唧唧的幹麼？」旁觀的蕭晴玉不耐煩了，推開張陽，站在兩人中間，叭叭叭地就開始算帳——

「林卉幫你做了兩身秋衣，料子沒用多少，照城裡鋪子的價格給你打個折扣，算二百五十文一身，兩身共五百文。每天早飯一頓、午飯一頓，早飯沒啥葷腥，頂多攤個雞蛋，算你三文錢一頓；午飯也算不上好，也就味道算得過去，還管飽，一頓算你十文錢。那些個點心啊、糖水啥的，舅甥倆的就不計較了，這麼合計下來，一個月總共……」蕭晴玉默算了遍。「八百九十文，嘖，看你窮不拉幾的，給你免去零頭，八百文得了。」

算完猶覺不足，她還一把拽過張陽手裡的錢袋子，嘩啦一聲倒出大半袋，纖細的手指就這麼在銅板堆上邊扒拉邊數數，來回幾下，便麻溜算出八百文，再將銅錢堆推到林卉面前。

「吶，收好了。」然後將錢袋子往張陽身上一扔，嫌棄不已。「這麼點事推來推去的，煩不煩人啊？」

被小半袋銅板砸了個正著的張陽。「……」

驚呆了的林卉。「……」

被兩人彷彿看怪物般的視線盯著，蕭晴玉不滿。「看我幹麼？我好心幫你們算帳呢。」

林卉回神，忙安撫她。「沒有沒有，我是沒想到——」

「沒想到妳這丫頭還會算帳啊……」張陽也反應過來，搶話道。

蕭晴玉「切」了聲。「我會的東西多了！」

張陽第一次正眼打量她。「我還以為妳除了撒潑什麼都不會呢。」

蕭晴玉捋袖子。「是不是找罵？」

張陽忙擺手。「開玩笑，開玩笑！」好男不與女鬥，再說，被個女娃娃罵多難看啊。

蕭晴玉輕哼了聲。

林卉無奈，忙岔開話題。「舅舅，蕭姑娘算的這帳——」

「有什麼不對?!」蕭晴玉立即瞪眼，大有她說自己錯了就要狠狠理論一番的意思。

林卉擺手。「沒有不對，只是這帳，不能這麼算。」

蕭晴玉挑眉。「那要怎麼算？」

林卉笑笑，將面前的銅板一分為二，推回張陽面前，道：「舅舅是家人，除了棉布，吃的都是家裡的米糧，哪需要這麼明碼標價的，收一半便夠了。」

蕭晴玉撇嘴。

張陽撓頭。「這不是讓我佔便宜嘛。」

「才看出來嗎？」蕭晴玉嘟囔。

林卉失笑。「舅舅可別再跟我爭了，等你以後有餘錢了再幫襯我們也不遲。」

「行吧。」張陽妥協。「來日方長。」

林卉鬆了口氣。

「哎，對了。」張陽想起什麼，往外頭指了指。「給妳拉來了一車紅薯，妳看看夠不夠，不夠我回頭再給妳帶一點。」

林卉反應過來。「拿來做種的？」

「對。」

「那你待會兒幫我鋪到院子裡，多少錢？我給你。」

張陽裝作沒聽到。「直接鋪在院子裡就成了？那我現在去弄進來。」說完便撒腿跑出去。

「哎——你的銅板還沒收好呢！」

張陽已經跑沒影了，林卉無言。

「算了啦，一車紅薯才多少錢。」蕭晴玉不以為意。

林卉搖搖頭，低頭將桌上兩堆銅板分開收好，留一份在桌上便出門去幫忙。

蕭晴玉撇了撇嘴，跟著出去。

外頭，張陽正抬著一筐紅薯進門，門口還有名微胖的婦子在張望，看到林卉出來，她笑咪咪地打了聲招呼。

是前些日子幫她做薯粉的唐嬸。

「唐嬸，準備去挑水嗎？」他們家在村東頭，再過去些就是山溪上游。村裡人多在這邊挑水飲用，然後去下游洗衣，故而，看到唐嬸，她隨口便問了句。

「對啊。」唐嬸晃了晃手裡的水桶跟扁擔，問她。「妳這是又要收紅薯了？」上回跟著林卉幹了幾天活，很是掙了一大筆，她心裡還惦記著呢。

林卉知道她想問的是什麼，擺手。「沒有，買這一批就夠了，這些是拿來做種的，不做薯粉。」

唐嬸詫異。

林卉已經走到門口，索性將院門拉開，讓她看清楚院裡的情況。

唐嬸定睛一看，半院子亂糟糟的紅薯，還有那張陽，剛搬進去的紅薯筐子也不好好找個地方收著，找了個空隙就這麼隨意一倒，滿筐的紅薯全給倒出來，完了還踢幾腳，將堆成一堆的紅薯踹散開來。

「哎——」唐嬸驚怒。「你怎麼這樣放東西？你是不是欺負卉丫頭？」說著還揚起左手扁擔做威嚇狀。

林卉忙攔住她。「那是故意的。」

「我瞅著他就是故意的——」

「不是的。」林卉哭笑不得。

跟著晃出來的蕭晴玉似笑非笑地斜睨張陽，氣音道：「瞧你那流氓樣，別人都覺得你不幹好事。」

張陽翻了個白眼，扭頭出去搬下一筐。

「唐嬸妳誤會了，這是我特地讓他這麼放的。」林卉還在給唐嬸解釋，她指了指別處的紅薯。「我是要讓紅薯在這兒育苗呢。」

「育苗？」唐嬸大吃一驚。「哪有這樣育苗的，是哪個王八羔子跟妳說的？」怒目直往蕭晴玉、張陽身上掃，一副護犢子的模樣。

林卉忙安撫她。「不是別人告訴我——不是舅舅告訴我。這紅薯賤生，不管是種地裡，還是扔牆角，天氣適合，有水就能發芽的。屋裡涼，這些紅薯放院子裡曬曬太陽，再澆點水，過幾天就能出芽了。」

唐嬸不信。「都不用伺候嗎？」

「誰說的？每天早晚還得給它們澆點水呢。」

「這、這麼簡單嗎？」唐嬸驚住了，看看她又看看紅薯，還去看張陽兩人。

張陽擺手。「我不知道，別看我。」完了又怕她不信，又補充道：「卉丫頭這是打算育紅薯苗種到後山去的，肯定靠譜。」

唐嬸當然知道他說的後山是哪兒，熊浩初燒山那會兒，大夥都去看過熱鬧呢。

「這時節還能種紅薯嗎？」唐嬸更不信了。

「能種，就是會比春播麻煩些，趁這幾日還暖和，得趕緊催芽長根。」林卉說完，想了想，問她。「唐嬸，妳不也存了些種薯嗎？冬日閒著也是閒著，要不要跟我一起試試？」

唐嬸張大嘴。「真、真的能成嗎？」

林卉微笑。「妳自己試試不就知道了？妳要是擔心，可以少種點。不過，紅薯冬日產量會略低一些，這個可得先說。」

就紅薯那產量，就算略低些，那也是實打實的糧食，唐嬸有點遲疑了。

林卉也不再多勸，轉去幫忙抬紅薯。

唐嬸站在旁邊一直看著，直到他們把一車紅薯全卸下來放在地上，然後再往上灑水。

最後張陽拍拍手。「搞定！卉丫頭，今兒吃啥？」

「今天蒸的包子都在鍋裡溫著呢，你去吃吧。」端著盆的林卉正往紅薯上面潑水，聞言頭也不回道。

「得嘞。」張陽麻溜進屋去摸包子。

唐嬸看他們就這樣扔著滿地紅薯不管，驚疑不定地看看林卉，再看看閒著無聊逗狗的蕭晴玉，撓著頭離開了。

唐嬸走了之後，蕭晴玉在院子裡晃了一圈，也往外走。

「妳去哪？」林卉聞聲回頭。

「太無聊了，出去溜達溜達。」蕭晴玉隨口道。她來到這裡好幾天了，除了早上跟著出門去洗衣服，別的時候不是做針線活就是做吃的，悶死她了。

林卉皺眉。「妳在這兒人生地不熟的，別亂晃吧！要是實在無聊，可以幫忙做點針線活——」

「就這麼點大的村子，我還能走丟了不成？」蕭晴玉冷哼。「妳就想我多幹活，我才不傻。」

林卉無奈，只得軟下聲音勸她。「小村子沒啥好看的，除了屋子就是山水，連屋子也沒啥好看的，別出去磕了碰了。」

「我又不需要吟詩作對，看什麼山水屋子？我只是出去玩玩。」

「玩什麼——」

「走了走了。」不等她問完，蕭晴玉便不耐煩地往外走了。

林卉無奈，揚聲補了句。「記得回來吃飯。」

蕭晴玉捂住耳朵跑了。

林卉忍俊不禁，搖了搖頭，轉回來繼續灑水。

過了一會兒，張陽咬著半個包子走出來。「卉丫頭，大熊在哪兒呢？找他談點事。」

林卉隨口答道：「在新屋那邊呢，你直接過去找他便行。」

張陽嗯嗯兩聲，將剩下的包子塞進嘴。「那我去找他。」完了麻溜出門。

林卉給院裡紅薯澆了水，進屋裡晃了一圈，端了碗、拿了蒜出來，坐在簷下邊曬太陽邊剁蒜。

秋日的太陽暖烘烘的，曬得人直打瞌睡，她再次打了個哈欠——

「卉丫頭在家嗎？」

是唐嬸，她怎麼轉回來了？

隔著虛掩的院門，林卉也沒仔細看，聽到她喊門，以為她是改變主意來問細節，隨口便揚聲應了句「進來吧」，沒想到院子裡頓時呼啦啦湧進一群人。

率先進來的唐嬸讓開路，讓出後頭的鄭里正。

正在屋簷下剁蒜的林卉嚇了一跳，窩在她腳邊搖尾巴的兩隻小狗也立刻站起來，朝著門口狂吠。林卉忙安撫地拍拍牠們，讓牠們安靜下來，完了趕緊站起來。「鄭伯伯？」然後再看他身後男女老少一大群人，不解道：「怎麼了這是？」

鄭里正朝她擺擺手，話也顧不上說，小心避開地上紅薯，四處查看。進來的諸人亦是如此，壓根沒給她一個眼神，視線直往地上瞟。

被無視的林卉。「……」

好不容易，一群人終於把院子繞完。

鄭里正走回來，先問她。「要育苗的話，妳這點紅薯是不是不太夠？」也不問她是不是可行。

林卉點頭。「足夠了，只要育苗足夠，可以扦——」她頓了頓，直白道：「紅薯賤生，只要有苗就能長，不拘多少紅薯種，苗出來後，剪出來分苗插地裡就行了。」

眾人震驚，鄭里正連忙問了句。「當真？」

「真的。」

鄭里正沈吟片刻，點頭。「那行。」轉身面對大夥。「還有什麼想問的？趕緊問清楚。」

大夥登時七嘴八舌問了起來。

「唐嫂子說要放在日頭底下曬，為什麼呀？」

林卉看過去。「紅薯要暖和一點的環境才能出苗，現在屋裡開始涼了，就擱在日頭底下曬著正好，只要記得經常補水。」

「對對，我瞅著這些紅薯都濕漉漉的。」

「就這樣灑點水就夠了嗎？」

「這也太簡單了吧？稻子可不敢這樣啊。」

又有人問：「這會兒出苗了，天氣該冷下來了，到時紅薯還能長嗎？」

林卉點頭，再次把蓋暖棚的法子說了一遍。

眾人半信半疑。

鄭里正拍拍手。「好了，都聽清楚了嗎？誰要是想再種一茬的，可以回家去試試。」然後，他沈下臉。「你們看清楚了，卉丫頭自個兒正在弄，她也把法子都說開了，回頭要是有誰家沒種好，只往自己身上找毛病，不許來找卉丫頭麻煩，聽到沒有？」

眾人面面相覷，林卉卻著實鬆了口氣。

「那、那若是遇到問題，能來問嗎？」有人弱弱問道。

鄭里正看向林卉，林卉自然點頭。

「好了，事兒都清楚了吧，散了散了，別擾了卉丫頭幹活。」

眾人也聽話，亂糟糟湊過來，你嚷一句我吼一聲，七嘴八舌地跟林卉打了招呼，眨眼便散了個乾淨，除了濕潤的泥地多了一大堆亂七八糟的濕腳印，別的啥也沒留下。

林卉抹了把臉，認命地拿來簸箕掃帚，打算稍微清理一下——雖說都是泥地，滿地泥巴印子看著實在不舒服，正掃著，「砰」地一聲巨響，她家的院門被用力推開，撞到門後邊的雜物筐上，直接把筐子震開幾寸。

林卉的小心臟差點被嚇出來，正準備發作——

「咻」地一下，一道身影捲著風擦過她身邊往屋裡跑。

「快點過來！」張陽焦急的嗓音傳來。「這丫頭摔著了，妳趕緊過來看看她摔著哪兒了。」

誰摔了？林卉定睛望去，雖然看不見人影，可那身衣服……

舅舅抱著的人，是蕭晴玉?!奇怪的感覺一閃而過。

「卉丫頭！」張陽大吼。

林卉回神，抬腳追上去。

張陽已經把人抱進堂屋，他小心翼翼把蕭晴玉放在板凳上，然後手足無措地看著她。

「妳、妳摔著哪兒了？」

蕭晴玉紅著眼睛抽抽噎噎的。「疼……嗚嗚……肯定傷到骨頭了。」

張陽急了。「那我帶妳去城裡找大夫！」說著就要俯身去抱她——

林卉一個箭步衝上來「啪」地一聲打開他的手，斥道：「外頭路況如何你不知道嗎？一路顛過去，骨頭沒事都得顛散架了。讓開，我看看。」

張陽忙不迭讓開。「對、對，妳快給她看看！要是不妥當，我立刻駕車進城把大夫接回來。」

林卉沒搭話，蹲下來仔細打量蕭晴玉。後者今兒穿了身青蓮色的棉布衣裳，現下除了肘部多了些擦痕，臀部後腰沾了不少泥灰，旁的看不出有什麼異狀。

林卉皺眉，不敢輕忽，遂輕聲問她。「傷著哪兒了？」

蕭晴玉抬手揩了揩眼淚，哭道：「後背、胳膊、屁股……哪兒都疼。」

哪都疼？看她眼紅鼻子紅的，連嘴唇都咬出紅彤彤的氣色，不像是骨折模樣啊……林卉挑眉，問張陽。「怎麼傷著的？」她得先評估情況。

張陽有些懊惱。「我去找大熊，剛出門幾步呢，就看見她爬上老張家後頭那棵大榕樹，後頭還跟著幾個孩子，我嚇了一跳，就吼了她一聲，沒想到卻嚇著了她，她一個沒抓住便從樹上摔下來了。」他給了自己一巴掌。「是我犯傻了，我不應該吼那一嗓子的。」

蕭晴玉紅著眼睛瞪他。「本來就怪你，要不是你嚇著我了，我哪裡會摔下來！」

眸光瀲灩，似有萬般委屈，又含千種風情。張陽怔住了。

林卉沒注意，聽完他倆的話，算是明白了。她無語地看向蕭晴玉。「妳竟然領著一幫孩子去爬樹……」

蕭晴玉撇嘴。「我又不是第一次。」言外之意，她以前經常爬樹。她嘟囔。「誰想到會出意外啊……」

林卉搖頭，扶上她左胳膊，從腕關節慢慢往肘關節捏，問她：「疼嗎？」

蕭晴玉遲疑了下，搖了搖頭，抽噎道：「不是很疼。」

林卉換了隻手再捏一次。「這邊呢？」

蕭晴玉這回肯定了些。「有一點點疼。」

林卉改握住她雙臂，輕輕上下移動。「這樣呢？」

「啊！」蕭晴玉立刻掙脫她的手，交叉雙手捂住胳膊低叫，眼眶也蓄起淚花。「疼啊！」

張陽有點著急。「妳輕點。」

「沒事，我看著呢。」林卉這會兒已經淡定下來，看來胳膊沒傷筋骨，會疼應該是擦傷了。她轉去摁蕭晴玉後腰。「這兒疼嗎？」

蕭晴玉整個人往後縮了兩寸，半個身子懸在椅子外，又怒又委屈地道：「妳幹什麼？我受傷了啊！」怎麼還盡往她身上捏？生怕她不夠疼是嗎？

張陽也有點著急了。「卉丫頭！」

林卉朝他擺擺手，然後站起來，繞著蕭晴玉轉了一圈。

蕭晴玉緊張兮兮地看著她。「是不是要趕緊找大夫——啊——」她彷彿被針扎般站了起來，怒瞪她。「妳做什麼？」竟然拍她屁股！無恥！

張陽。「……」

林卉淡定收回手，道：「看來沒啥事。」攙住蕭晴玉胳膊。「走，進我屋裡，可能有擦傷，我看看有沒有出血，有的話給妳上點藥。」

蕭晴玉仍然不敢動，囔囔道：「要是傷了骨頭怎麼辦？」

「妳要是骨頭折了，還能坐能站的嗎？」林卉不管她，逕自用力，直接把她往裡屋帶。

蕭晴玉又痛又擔心真有什麼問題，下意識求助地看向張陽。

後者微怔，繼而安撫般朝她點了點頭。

「走了。」林卉再加了幾分力道。

蕭晴玉委屈兮兮地嗚咽一聲，屈服於她的淫威之下，轉眼便被帶了進去。

「砰」地一聲，房門被關上，然後是落閂的聲音，再然後，便只聽到蕭晴玉不時的痛呼和林卉冷靜的嗓音。

張陽怔了片刻，終於反應過來，輕舒了口氣，渾身緊繃的神經慢慢放鬆下來。

放鬆下來後，腦子裡不期然便回憶起方才那雙水光瀲灩的眸子……再往前，是柔軟的……

「啊——疼啊，妳輕點！」裡屋響起蕭晴玉帶怒的嚷叫。

張陽的神思瞬間回籠。他定了定神，走到桌邊，摸了杯子給自己灌了兩杯涼白開。

「……她身分不一般，咱們這種尋常百姓鐵定配不上……」

腦海裡突然響起林卉先前的提醒，張陽愣愣地盯著手中杯子。

「舅舅。」

門口響起叫喚聲，張陽收攏心神，聞聲望去。

幾顆小腦袋擠擠挨挨地排成一豎，蹲在最底下的是劉嬸家的大孫子豆豆——他跟林川年紀相仿，又玩得來，便跟著林川一塊兒喊張陽舅舅了。

張陽忙朝他們走過去，蹲下來。「怎麼了？」

看到他過來，其他幾個小孩乖覺地走出來，齊刷刷蹲在門口。

豆豆小聲地喊了聲「舅舅」，然後緊張兮兮地望了望裡屋方向，問他：「蕭姐姐怎麼樣了？」

剛才張陽一聲吼，蕭姐姐便尖叫著摔下樹了，他們還沒反應過來呢，蕭姐姐便嚎哭出聲，他抱起人就往林家跑，他們在後頭追都追不上。

張陽摸了摸他腦袋。「沒事，蕭姐姐就是擦破點皮，過兩天就好了。你們林姐姐正給她敷藥呢，下午……不，估計明天就能繼續跟你們玩了。」然後挨個去摸其他小朋友的腦袋。「你們呢？有沒有摔著？」他剛才吼那一嗓子，也不知道有沒有嚇到這幾個小的，萬一也有摔下來的，可得趕緊看看。

小朋友們連忙搖頭。

豆豆煞有介事道：「我們天天爬，怎麼會摔著呢？」

張陽鬆了口氣，微笑點頭。「嗯，還是你們厲害，你們那蕭姐姐太不中用了！」

「嘿嘿。」豆豆剛咧開嘴笑了兩聲，立刻被另一個小朋友推了下，他忙閉上嘴。

「蕭姐姐也厲害。」那小朋友脆生生道，他比手畫腳。「她爬上去可快了，滋溜一下就上去了。」

張陽望過去，認出這是鄭里正的小孫子。他笑道：「是我的錯，都怪我嚇著她了……」他頓了頓，道：「這兒有你們林姐姐呢，放心，都去玩吧。」

豆豆幾個有些遲疑，張陽作勢抬手。「再不走就要打屁屁嘍……」

小孩子們登時嘻嘻哈哈地跑遠了。

張陽嘆了口氣，站起來，屋裡「吱呀」一聲開門輕響，他立馬轉回頭。

林卉眨了眨眼，隨口道：「舅舅你還在啊，我以為你……」頓了頓，忙改口。「蕭姑娘沒什麼事，就是有點擦傷、後背也有點瘀青，這兩天抹點藥就好了，藥我也有現成的，別擔心。」

張陽瞅了眼再次被關上的房門，道：「我累她摔著，擔心也是應該的。」

林卉抿嘴笑。「蕭姑娘心大，回頭你給她服個軟、賠個不是，估計就好了。」

想到蕭晴玉那性子，張陽莞爾。「行，回頭我親自給她賠不是。」又看了眼房門，他朝林卉告辭。「那我先出門了。」他還得去拉貨送貨呢。

「去吧。」

林卉送他出去，轉回來，就看到穿好衣服的蕭晴玉慢吞吞地移步出房，她揚眉。

「妳不是說要躺著養傷嗎？」

蕭晴玉乾咳一聲，顧左右而言他道：「妳舅舅呢？」

林卉隨口道：「忙去啦。」

蕭晴玉微惱。「跑了？害我受傷也不道個歉、賠個禮啥的？」

林卉忙安撫她。「這不是有事嗎……等他回來，我跟妳一塊兒罵他。」

蕭晴玉輕哼，這才按下不提，坐在廳裡悶悶不樂的。

她兩隻手肘都有擦傷，動一下就疼，做什麼都不方便，林卉看她沒事做，乾脆拿了筐帶莢黃豆讓她剝著玩。

蕭晴玉不敢置信。「我都這樣了，妳還要我幹活？」

林卉眨眼。「那妳乾坐著不是沒事嗎？」

「……」

下午，熊浩初找張陽一塊出門，回來時牽了兩大一小三頭黃牛，梨山村頓時轟動了。

這麼些日子下來，熊浩初家底之豐厚，大夥是有目共睹的，按理說，村民們也應該習以為常了。可這牛不一樣啊，哪家種田的不希望攢點錢買頭牛呢？那牛就好比是現代人對賓士、對瑪莎拉蒂的嚮往。

他們一口氣帶回來三頭牛，大夥自然激動不已，嘩啦啦全跑出來圍觀。

熊浩初完全沒想到大夥這麼大反應，甫一進村，被村口遇上的老叔嚎上一嗓子……好傢伙，那圍觀的人就開始從四面八方湧過來——他從來不知道梨山村有這麼多人——連張陽的驢車都沒法前進了。
熊浩初沒法，跳下車，將三頭牛的轠繩全從車架上解下來，繞在自己胳膊上，靠著自己的冷臉在前邊開路，拽著牛往前走。
眾人絲毫不懼他的冷臉，紛紛跟上來。
「這牛真壯實……」摸摸牛肩。
「這毛色真好啊……」摸摸牛腰。
「這腿有力啊……」摸摸牛腱。
「這小牛也不小了，過兩年也能犁地了……」摸摸小牛角。
你一下我一下，饒是黃牛老實，也被擾得煩躁不安。
熊浩初心累，這些人怎麼都不怕他了……
另一頭，正在院子裡給紅薯挪位置的林卉，聽到外頭響起的喧譁聲，下意識回頭看蕭晴玉。後者也聽到了，皺著眉頭站起來。
林卉擺擺手。「我先去看看。」
她三步併作兩步走到院門口，透過門縫往外看。
蕭晴玉緊張地盯著她。
「是舅舅！」
林卉打開院門，蕭晴玉鬆了口氣，然後張陽的聲音傳來。
「哈哈哈，巧了！我正要喊門呢。」

林卉望著外頭。「大熊那邊怎麼回事？不是去拉牛回來嗎？」

「大家圍著他看熱鬧呢。」張陽語氣揶揄。「他那幾頭牛被圍住，走不動了。」

蕭晴玉扶著桌子往外望，卻看不到啥東西，正想問，就見張陽提著個布袋子竄進來。

「這個給妳。」張陽一進屋，顧不上抹把汗，直接將那布袋子遞到她面前，眼神躲閃道：「早上害妳摔傷……這個給妳當賠禮。」

蕭晴玉望向院門，林卉還等在那兒，沒注意這邊，她收回視線，狐疑地看著張陽。「真是賠禮？不是什麼奇奇怪怪的東西？」

張陽啞然，看了她一眼。「妳對我有什麼誤解——不是，妳是不是不敢收？放心，不是什麼亂七八糟的東西。」

「我有什麼不敢收的？」蕭晴玉嘟囔了句，一把拽過那布袋子，順手打開——「……你送我這個當賠禮?!」布袋裡的，是魯班鎖，一袋子形狀各異的魯班鎖！

張陽不解。「怎麼了？」

蕭晴玉瞪他。「你知道這是什麼嗎？」

「魯班鎖啊。」張揚撓了撓頭。「妳不喜歡啊？」

蕭晴玉無語。「都是小孩子玩的東西呀，你給我這個幹麼？」不是說賠禮嗎？一點誠意都沒有。

張陽嘿嘿笑。「妳不是摔著了嘛……妳這兩天別出去瘋了，待在屋裡好好休息，要是無聊就搬弄搬弄唄，我聽說這玩意最好打發時間了。」

蕭晴玉沒好氣。「誰出去瘋了？爬樹怎麼啦？難不成你小時候沒爬過樹嗎？」

「……妳不是姑娘家嘛。」張陽辯解。

「姑娘家怎麼啦？姑娘家就不能爬樹嗎？」蕭晴玉放下布袋開始捋袖子。「敢不敢跟我打一架？指不定誰輸誰贏呢！」

袖子一捋起來，瑩白雪膚晃得人眼花，張陽忙移開視線，低喝道：「妳這丫頭怎麼這麼……趕緊把袖子放下來！」

換了往常，他鐵定要跟自己吵，這會兒他怎麼不說了？竟然怯場般地不敢看過來。蕭晴玉正想嘲諷兩句，定睛一看，扭過頭去的人整隻耳朵都紅了……

不知怎的，她自己也覺得彆扭起來，竟聽話地將袖子捋下來，同時嘟囔道：「幹活不都要捋袖子？這會兒怎就不能捋了？」

張陽無奈。「我再怎麼說也是個外男，妳好歹避著我點。」

「什麼避著點？」林卉走進來，隨口搭了句。

「沒什麼。」見蕭晴玉準備張口，張陽忙搶了句，然後問：「大熊呢？」

蕭晴玉瞅了他一眼，撇了撇嘴不吭聲了。

林卉沒發現異常。「在外邊拴牛呢，吃完飯才要把牛帶過去新宅那邊。」

張陽詫異。「不養在這兒？」

林卉擺手。「外頭鋪了滿地紅薯呢，要是出苗了，豈不是先餵了這些牛？」雖然她也不知道牛吃不吃紅薯苗。「新宅地方大，拴那兒好一些。」

這話也沒錯，張陽倒是贊同。

「好了，舅舅你去收拾收拾，我去把青菜炒了，一會兒就能開飯了。」林卉說完便鑽進廚房。

「好。」

張陽目送她離開，轉回來，看蕭晴玉還站在那兒，想了想，問她。「要不要端盆水過來給妳洗洗手？」

蕭晴玉彷彿看瘋子般看著他。「你要幫我倒水？你今天發燒了？」

「……」張陽扭頭就走。

蕭晴玉吐了吐舌頭，看看左右，面帶嫌棄地將桌上的布袋拎回自己房裡——暫居的房。

吃飯的時候，幾人閒聊起來，林卉便隨口說了鄭里正帶人過來問紅薯苗的事。

熊浩初聽了頗贊成。「讓他們跟著種也挺好，回頭咱們缺苗了，還能找他們勻一點。」

林卉笑道：「你倒是跟我想到一塊兒了。」

熊浩初看著她。「育苗的事就辛苦妳了。」

林卉莞爾，朝院子努了努嘴。「辛苦我每天澆水嗎？」

熊浩初神情柔和。「若不是妳，一切哪會這麼簡單？總歸還是妳的功勞。」

林卉抿嘴。「那我就收了你的謝了。」

「行了啊！」張陽敲敲碗。「我們還在這兒呢，你們兩口子收斂些啊。」

「就是。」蕭晴玉難得跟他同仇敵愾。

林卉微窘，忙低頭做扒飯狀。

熊浩初臉皮厚，彷彿沒聽到似的，轉頭說起正事。「舅舅這段日子能否暫時住到梨山村來？」

「啊？」張陽詫異。「住是沒問題，但怎麼突然要我住過來？」

「我想去趟喊阜，家裡就兩個姑娘，我不放心。」

「你要去喊阜？」

「你這時候去喊阜幹麼？」

張陽、林卉異口同聲問道，連蕭晴玉也抬起頭來，茫然地看著他們。

熊浩初淡淡道：「我去買幾個下人。」

「……」

「……」

兩舅甥對視一眼。

林卉遲疑。「那邊……已經這麼艱難了嗎？」已經到了賣身為奴只為混口飯吃的地步嗎？

「不知道。」

「……那你怎麼突然要去那兒買？」林卉無語。

「不是。」張陽聽著不對，忙插嘴。「問題難道不是在買人嗎？」他咽了口口水。

「你、我——大兄弟啊，你這什麼家底？這才剛蓋了房子買了牛，你、你……竟然都開始打算買下人了?!」

林卉這下倒是能解釋。「舅舅，我們家弄了一座山頭呢，今年是先應付著種一茬紅薯，倒沒什麼，來春要是種上果樹之類的，總得有人看著。這麼大片地，光靠我跟大熊可看不來，買人是鐵定要買的。」前兩日大熊跟她商量過了。

張陽摸摸腦袋。「好像也是……」繼而咋舌。「就是聽著忒……嚇人的。」

蕭晴玉忍不住嗆他。「瞧你那窮酸樣，買些下人怎麼了？」扭頭朝熊浩初道：「熊大哥，我支持你，買！」

「……」張陽瞅了她一眼，咽下到嘴的話，低頭扒了口飯。

蕭晴玉疑惑地掃他一眼。「你怎——」

林卉見機不對，忙打岔道：「那也不用去嶠阜買人吧？城裡不也有人牙子嗎？」

「若水災真有這麼嚴重，那田地被淹掉的人家必定有許多，咱們的錢也不多了，得緊著用，去嶠阜直接買，可以省了人牙子這一道。」

張陽了然。「那倒是，牙行宰人最狠了。」

真的嗎？林卉卻深抱懷疑。原本這傢伙是怎麼打算的她不知道，可這時間點踩得太巧了，前幾天剛聽說嶠阜水災，他便說要買人，現在還打算直接去嶠阜……

這兒還有其他人，不方便說話。林卉斜了他一眼，算是暫且放過他。

相處這麼久，熊浩初自然看得明白她那眼神的涵義——那分明是要秋後算帳啊。他乾咳一聲，躲開她的視線，轉向張陽。「舅舅，你那走鏢的朋友可靠嗎？」

張陽了然。「你想跟鏢一起走？」

熊浩初點頭。「不知道那邊情況如何，多些人多些助力。」

「對對。」林卉連忙接話。「可不能一個人跑那麼遠。舅舅，你那些兄弟若是可靠，便問問他們去不去唄？」

張陽點頭。「可靠的，都是過命的交情。」他笑道：「最近鹹阜不太平，往那邊的鏢都多了起來，你要是跟著一塊兒走，指不定他們還得感謝你呢。」會打獵還有一把力氣，放哪兒都是吃香的人物。「下晌我還得進城一趟，幫你去問問。」

「煩勞你了。」

張陽擺擺手。「一家人不說兩家話。」

熊浩初心領了他這份情。

吃過飯，張陽便奔去縣城找他那些走鏢的弟兄，申時不到便又回來，急急忙忙告訴熊浩初，說恰好他們明天就有趟鏢要去鹹阜，要是趕得及，明天辰時就到南城門跟他們會合。

熊浩初心裡一合計，直接應下。「成，家裡就煩勞舅舅了。」

張陽一拍大腿。「那我得趕緊回家去拿換洗衣物了。」顧不得多說，急急忙忙便駕車離開。

林卉擔心不已。「真的要這麼趕嗎？」

「趕早不趕晚。」熊浩初摸摸她腦袋。「早點買回來，妳也能鬆快些。」

「……我也沒幹什麼活。」林卉嘟囔了句。

「洗衣做飯這些呢？」熊浩初無語。「我把田嬸找過來，妳倒好，自己把活幹了，她還閒得跑去新宅幫忙。」

「那不是就請這一段日子嘛，我怕由奢返儉難，回頭適應不了。」

熊浩初淺笑。「嗯，所以我決定買人。」

林卉佯裝嫌棄地推了他一把。「甜言蜜語。」嘴角卻忍不住勾起。

兩人只黏糊了一會兒，想到熊浩初明兒趕早就要出發，林卉很快就將注意力移開。

衣衫便罷了，吃用的得備上。

她沒出過遠門，可韓老說過、她自己也在梨山村跟縣城之間來回過多次，這時候的路況如何，便能大概猜出幾分。

縣城周邊的路是前朝打的，加上周邊村落經常有村民來去，這些路才沒有荒廢，即使如此，路上也是坑坑窪窪、塵土飛揚。離縣城遠一點的地方，因著前些年戰亂，走的人少了，路上便慢慢長起了雜草，久而久之便沒了路。

這還是有人的地方，若是到那荒山野嶺，別說馬路，能不能找著方向都是問題。

熊浩初此行去峸阜，來回少說要七、八天，她得多準備點東西。

熊浩初會打獵，還會燒烤，得給他備上火石和調料——萬一沒吃的，打隻獵物啥的好歹能將就一下，火石便罷了，調料得弄幾個竹筒裝，輕便又防水。

野生動物病菌多，沒事還是儘量少吃，她得趕緊烙些耐放的餅子給他帶出門……哦對了，還得帶點藥，她前些日子採回來曬好磨成粉的藥都得給他帶上一點。

零零碎碎，事情多得很。

在心裡將要準備的東西過了一遍，林卉便將熊浩初趕去砍竹子做竹筒，自己轉身鑽進廚房——她得抓緊時間和麵揉麵了。

# 第十九章

大下午的，蕭晴玉已經睡過午覺、發過呆，還繞著院子轉了好幾圈，著實悶得快瘋了——要不是她傷著了胳膊肘一動就疼，她恨不得撿起掃帚掃掃地，或是給滿地紅薯澆澆水……

閒得無聊，她猛然想起張陽帶回來的魯班鎖，回屋裡翻出一個，她邊坐到屋簷下，摸著粗糙不已的魯班鎖慢慢解起來。這雖然是小時候的玩物，記憶久遠，不過午一玩，竟也玩出幾分意趣，很快她便沈浸其中。

「蕭姑娘，在玩什麼呢？我在外頭喊了好幾聲妳都沒聽到。」

蕭晴玉回神，抬頭望去，見是劉嬸，忙站起來。「劉嬸，妳找林卉嗎？她在廚房。」

「嘿，這大下午的她又在忙啊。」劉嬸隨口道，繼而笑咪咪。「沒關係，我這事嘛……問妳也成。」她笑咪咪地湊過來。

蕭晴玉下意識往後避了避，她不太習慣這些大娘大嬸們自來熟地接近。

劉嬸沒注意，先朝裡屋張望了下，再回頭看看大門外，確定沒旁人了，便看向她，壓低聲音問：「我前些日子聽卉丫頭說，她那舅舅還在託人相看人家，我就是想問問，不知道找著有意的人家沒有？」

蕭晴玉一愣，這事她沒聽說過，也不知道有什麼消息，便老實跟劉嬸說了，送走劉嬸後，她想了想，面色詭異地走進廚房。

「喂。」她叫林卉。

林卉往灶裡丟了根柴，瞅她一眼。「幹麼？要幫忙嗎？」

蕭晴玉掩唇咳了咳，道：「剛劉嬸來找了。」

「嗯？她說啥了嗎？」林卉頭也不抬，忙著往燒熱的鍋裡貼麵團。

蕭晴玉三言兩語把劉嬸的來意說明白，然後八卦兮兮地問：「妳舅舅怎麼一大把年紀還沒成親啊？」

「他這不是剛出獄嘛。」林卉隨口道：「當年也沒來得及成親，就拖到現在嘍。」

出獄？蕭晴玉震驚。「他犯過事？」

林卉詫異。「妳不知道嗎？當年他……」嘰哩呱啦，她一邊烙著餅，一邊把張陽的事情說了一遍。

蕭晴玉咋舌。「真看不出來吶……」然後她就回過味來。「所以他這會兒在相看人家？有沒有看中哪家了？」

「他才出來多久啊，哪有這麼快。」林卉不以為意。

蕭晴玉捏著下巴。「縣裡不管嗎？」

「管啊，怎麼不管？」林卉解釋道：「只是我舅舅情況特殊，他想娶也得別人願意嫁。陳主簿通情，早跟他說好了，給他一、兩年時間，讓他先站穩腳跟。」

蕭晴玉眨眼。「那是一年還是兩年？」

「……管他呢。」林卉給鍋裡的餅子翻了個面。「對了，嬸子說的是哪家姑娘來著？」

「說是她娘家姪女，那什麼什麼安村的。」

「姚安村。」林卉點頭。「我知道了，回頭我去找劉嬸問問實際情況。」

蕭晴玉撇嘴，不再多說，在廚房裡轉了一圈，便出去了。

林卉也沒管她，繼續忙自己的。

沒多會兒，熊浩初就扛著竹子回來了。他先不忙做竹筒，鑽進廚房看林卉，順手摸了個烙餅咬一口。

林卉斜了他一眼。「剛才沒吃飽啊？」

熊浩初莞爾，嚼了兩口，看她專心烙餅，快速咽下食物，湊過去在她頰上印了下。

林卉避之不及，忍不住啐他一口。「髒不髒啊你！有口水啊！」

熊浩初勾唇。「怎麼會？」舉了舉烙餅，調侃道：「乾得能噎死人，哪有口水？」

林卉忙解釋。「這樣耐放些——」

「我知道。」熊浩初摸摸她腦袋。「辛苦妳了。」

林卉抿唇笑。「這麼客氣做甚？」低下頭繼續忙活。「你要不要帶點紅薯粉出門？舅舅那些朋友經常出門，說不定會帶鍋呢。」

熊浩初搖頭。「不了，輕便些方便趕路。」

「好吧。」林卉早有所料，開始囑咐他。「那我給你多做點燒餅。餅子乾，這天氣能放好幾天，你留著當儲備糧。要是路上遇到人家，就花點錢去吃頓熱的，別捨不得錢。」

「嗯。」熊浩初邊啃烙餅邊點頭。

「我知道你打獵厲害，但是能不去打野物就別去了，野生動物不比家裡養的，身上髒得很，不知道吃了會有什麼毛病。」

「……好。」

「出門在外也別老板著臉，多個朋友多條路，多跟人說說話——」

「等會兒。」

林卉抬頭，熊浩初卻轉身出了廚房。

林卉茫然，熊浩初又轉了回來，手裡拉著幾根竹子道：「我在這兒幹活，妳繼續說。」

林卉。「……」

這算是直男式的陪伴嗎？

當天下午，林卉做了一堆烙餅，不光熊浩初能吃幾天，還能勻些給同行之人。

除了吃的，她還準備了其他必需品，比如止血、消腫、清毒的常用藥粉，比如磨得細細的鹽——若是在荒郊野外，不拘野菜、野物，加點鹽烤一烤，總比餓著肚子好。

最後便是錢。窮家富路，出門在外，錢肯定不能少。銅板雖然沈，但小商小販多用銅板，加上熊浩初力氣大，林卉還是裝了一大袋，再往他錢袋裡塞幾塊銀子，最後還連夜把他的貼身保暖衣加一層裡襯，用油紙包了銀票縫進去。

……

第二天天還沒亮，林卉便爬起來，煮了滿滿一鍋熱湯麵，讓踏著露水過來的熊浩初、張陽兩人吃得渾身暖烘烘的，然後他們便得出門了。

林卉往熊浩初手裡塞了一大袋水煮蛋，吩咐他會合後記得要分給張陽的那些朋友吃。

熊浩初明白，然後也開始叮囑她在家要注意安全、要好好休息。

張陽翻了個白眼，走過去拍他。「嘿兄弟，平日怎麼不見你這麼能說？」

熊浩初閉上嘴。

林卉忍笑，推了推他，輕聲道：「去吧，可別去晚了讓別人等著。」

雖有不捨，終歸還是送走了熊浩初。

家裡少了一口人，日子還是得繼續。

熊浩初出門後，張陽暫住在熊浩初那間茅屋裡，白天依然各個村子、縣城跑，晚上在林卉這兒吃晚飯，完了再回去休息。

至於家裡的那幾畝地，熊浩初走前花了錢請人照料著，林卉日常只需要往田裡走一走，看看情況便夠了，剩下的都是日常做慣的活兒，林卉一如往常的忙著。

蕭晴玉則繼續悶在屋裡搗鼓張陽送的魯班鎖，林卉也不管她——只要她不折騰，愛幹啥幹啥。

如此這般，日子一下便過去了幾天。

這天晚上，照舊忙了一天的張陽洗漱完便早早歇下。再次睜眼，天還是黑的。

他翻了個身準備接著睡，卻聽見外頭細細碎碎的說話聲。

「……燒了……」

「……不在……打草驚蛇……」

「……正事要緊……」

「……趕緊的……」

人影晃動，聲音漸漸遠去。

張陽瞇了瞇眼。這是有賊？

他掀開被子，輕手輕腳從床上下來，摸到窗邊悄悄往外察看。

朦朧月色下，一行人鬼鬼祟祟地往前走。得益於今晚月色還算明亮，他們手上拿著的棍子，被張陽看得一清二楚。

熊浩初這茅屋在村西頭，他們往東走……

他心裡打了個突，不及多想，迅速抓起袷衣，貓兒般輕巧地翻身出去，套上衣服，順手拿了根扁擔便無聲無息地追了上去。

那些人許是不熟悉路，走得慢吞吞、磨蹭蹭的。這不，走到半路，他們又停下來低聲商量了。

張陽悄無聲息摸到他們後邊，藉著路邊屋子陰影的遮蔽，他豎耳聆聽這些人說話。

「……找哪家啊？」

「聽說梨山村家家戶戶都做肥皂，隨便哪家都成。」

「那，咱就隨意找幾家？」

「成。這樣，三個人一組，每組挑一家。」

「好。」

「對了，聽說姓熊的未婚妻很有錢啊，肥皂方子啥的都是她弄出來的？」

「對對，聽說她還是自個兒住，家裡沒男人！」

「嘿嘿，中，那我們去探探！是在東邊對吧？老李跟我來。」

「嘿嘿嘿，老大你們可別耽誤事啊……」

……

張陽越聽越心驚，覷見兩人往東邊去了，其他人則三三兩兩散開，各自執行任務，有三人正好往他這邊走來，他連忙躲閃著退開。

對方少說三、四十人，憑他一人之力，要是吼一嗓子，絕對把自己折在這兒——卉丫頭那兩名嬌滴滴的姑娘家，還等著他去救呢！

林卉家那兩條狗子晚上都是鬆了繩子的，應該能擋一會兒……

想到這裡，張陽咬了咬牙，沿著牆根飛快往熊浩初新宅跑去——他記得新宅那邊，有他想要的東西。

片刻後——

「咣咣咣——有賊進村啦——著火了——出人命啦——咣咣咣——有賊進村啦——著火啦——出人命啦——」

村民接二連三被驚醒，很快便有人反應過來。

「有賊！他爹快起來！」

「啊啊——哪來的賊人，看爺爺怎麼收拾你！」

「關門，別讓這傢伙跑了！」

村子裡接連亮起火光，抓賊聲、追趕撞倒物品的動靜、怒罵聲混雜在一塊，進村的賊人有如過街老鼠，被追著四處躲藏。

敲鑼大喊的正是張陽。

為熊浩初幹活的人越來越多，每十日便要結一次工錢，他乾脆找鄭里正借了村裡的銅鑼，到日子一敲，大夥便知道該排隊發錢了。張陽見過一回，剛才正是想起這面震天響的鑼。

言歸正傳，他一路敲鑼大吼，一邊飛快跑向林卉家，還未近前，犬吠聲、男人怒罵聲便響起。

張陽心一緊，一腳踹開院門衝了進去——

「兔崽子哪裡跑，吃姑奶奶一棍！」蕭晴玉嬌斥。

「嗷——這是哪裡來的潑婦——」

「啊——老大，這情況不對，咱們——啊——趕緊走吧！」

院子裡，兩名賊人滿院子的亂竄，每人小腿上還拖吊著隻緊咬不放的小狗，加上地上四散的紅薯，這兩人跑兩步就踉蹌一下，然後吃一記蕭晴玉的扁擔，疼得他們嗷嗷亂叫。

說好的嬌滴滴的姑娘家呢？

張陽。「……」

站在屋簷下嚴陣以待的林卉看到他，揚了揚手裡匕首打招呼。「喲，舅舅來了啊。」看到他手裡的銅鑼，還打趣。「大老遠的，就聽見你練嗓子了，這愛好挺特別的啊。」

張陽。「……」

調侃歸調侃，林卉心裡還是鬆了口氣的。

那邊的蕭晴玉聽到說話聲，下意識停下望過去，未料到就這麼一閃神，兩名賊人便伺機反擊。

蕭晴玉還在嚷嚷。「你來晚了，看我打得他們——啊！」黑影襲來，她下意識抬手遮擋，「砰」地一聲悶響……

咦？不疼？蕭晴玉愣住。

飛奔過來的張陽咽下到嘴的痛呼，順手將她推到一邊去，轉身迎上兩名賊人。

蕭晴玉不等站穩就想衝上去幫忙，林卉急忙拉住她。

「快跟我去找繩子。」她低喝道：「待會兒給舅舅搭把手，把他們綁了送官府去。」

蕭晴玉猶豫地看向張陽，只見他一手揮拳一手揮棒，已經跟那賊人打成一團。

張陽那可是連朝廷軍隊都敢劫的人，也不知道蹲大牢的時候是怎麼混的，出來之後匪氣更重，區區兩名小賊，哪裡是他的對手？這不，不過幾下工夫，那兩人便被張陽揍得抱頭鼠竄。

蕭晴玉放心了。「走，趕緊的。」可別讓人跑了。

兩人剛進屋，田嬸就哆嗦著將麻繩遞過來，林卉忙安撫她。「嚇著了吧？沒事了，妳別出去，外頭交給我們。」

田嬸提醒她們小心點，林卉便又拽著蕭晴玉回到院子裡接應張陽。

張陽全心對付兩賊人，沒多久這兩名賊人便被打趴在地，他接過林卉繩子，三兩下便把人捆成粽子，連嘴巴也給堵住——省得這兩人在小姑娘面前噴糞。

完了他拍拍手，問兩丫頭。「嚇著沒有？」

林卉拉著蕭晴玉走過來，聞言搖頭。「沒有，他們剛進門，小黑小灰就叫了。」小黑小灰就是他們家的兩條細犬，雖然還沒長成，還是有攻擊力，也幸虧牠們示警，否則她們也無法迅速應變。

「那就好。」張陽藉著月色打量她倆一遍，確認兩人都是好好的，暗鬆了口氣，然後踢了踢其中一名漢子。「這傢伙似乎是領頭的，妳看看認識不。」

林卉仔細打量眼前唉叫個不停的人，心裡一跳，遲疑道：「我瞧著，像是富陽村的里正。」

「富陽村？」張陽摸摸下巴。「我記得這個村風評不怎樣呀。」

林卉搖頭。「且不說這個了。」她往村裡方向看了眼。「我們把他們捆到祠堂那兒吧？」

就這麼會兒工夫，村裡面已經多了許多火光，放眼看去，彷彿家家戶戶都點上燈，還有吵吵嚷嚷的人聲傳來。

張陽卻不同意。「這事妳們別管了，待會兒妳們鎖上院門，我去——哦！妳幹麼？」他瞪向拍了自己後背一巴掌的蕭晴玉。

後者收回手，皺眉道：「看來你被揍得不輕。」

「……」還不是託妳的福。張陽以為她在笑話自己，忍不住朝她齜牙。

蕭晴玉咬唇，張陽愣住。

林卉被他那一嗓子嚇了一跳，這會兒才醒過神他也挨了好幾拳，忙道：「舅舅你受傷了怎麼不說！你等會兒，我拿藥給你搽搽。」

張陽回神，擺手。「這個不急，都是皮外傷，我先把人帶出去，看看你們村裡要怎麼處理。」

蕭晴玉哼道：「我看是逞強，剛才誰還嚎了一嗓子的。」

「妳這麼用力，死人也會叫好吧！」張陽沒好氣。「不過，沒想到妳還真的會兩下子啊，我還以為妳只會嘴上功夫呢。」

蕭晴玉嘟囔道：「我打小練武的好嗎……」

「什麼？」張陽沒聽清。

林卉擺手。「先不忙著聊天，回頭再說。」她轉向張陽。「我待會兒找個叔伯來幫你——」

此時匠人老劉氣喘吁吁地奔過來，看見她們，有些著急。「姑娘，我、我家媳婦兒呢？」

「我在這兒呢！」田嬸急忙奔出來。

老劉抓著她上下打量。「妳沒事吧？」

「沒、沒事，蕭姑娘厲害著呢。」

蕭晴玉登時得意地斜了眼張陽，後者無奈至極。

「好了，現在劉叔也過來了，劉叔在家守著，我跟你一塊兒送人過去。」林卉道，不等張陽再開口，她又補了句。「這些人應當是針對大熊來的，我去一趟看看情況比較好。」

「好吧。」張陽看看蕭晴玉。「既然這樣，妳也一起。」這老劉看著就不中用，護著一個還行，再護一個姑娘家，可就夠嗆。

這下大家都沒異議了，老劉留下陪著田嬸，張陽帶著兩丫頭去里正那兒。

張陽也不廢話，拉住捆賊人的繩子拖著就走。那兩人應當是沒受過這樣的委屈，激動不已地掙扎，被麻繩勒住的嘴巴不停發出含糊不清的怒罵。

張陽聽而不聞，要是那兩人掙扎得狠了，他就倒回去踹兩腳。「安靜些，不知道我拖得很累嗎？」他沒有熊浩初的神力，拖著兩個大老爺們夠累了，他吐了口唾沫。「一點階下囚的自覺都沒有。」既然是階下囚，那就好好被拖著，還有臉掙扎?!

「你怎這麼髒！」蕭晴玉登時叫了起來。「竟然吐口水！」

「……」張陽翻了個白眼，還未說話，外頭火光大亮，一群人舉著火把奔過來。

「是卉丫頭她們！」

「她們沒事。趕緊告訴里正，卉丫頭她們沒事！」

「嘿，不是張陽嗎？看來剛才是張陽過去了。」

吵雜聲中，村民們湧了過來，漢子們還好，除了有兩個氣性大的朝地上兩粽子踹了兩腳，其他人皆鬆了口氣，夾在其中的嬸子們一把拉著林卉、蕭晴玉好生查看。

「嚇死我們了，這幫賊人說來了多少人，咱一數，竟然還少了兩個，可把咱們嚇死了！」

「哎呀，沒事就好，這幫天殺的，要是被他們——」

「哎行了行了，這不好好的嘛，真是謝天謝地啊！」

林卉心裡熨帖，忙安撫他們。「沒事，我家裡養了兩條狗呢，這兩人一進門就被狗咬了，再然後，舅舅就過來了。」

「好樣的。」有人拍拍張陽。

「兄弟不錯啊，一個人打兩個！」

「今晚多虧你了，不然我都睡死過去了。」張陽那嗓子，每天早上都要在村裡吼幾聲，大夥都聽熟了，自然知道是誰。

張陽嘿嘿笑。

「走！帶上這兩人一塊去里正那兒。」

呼啦啦一群人連帶林卉幾個一起到了鄭里正家。

鄭里正家門口這會兒已是人頭攢動，好些人舉著火把將整片空地照得燈火通明的，好些人已經認出這些賊人是誰，皆是滿臉激憤，嚴肅著臉的鄭里正迎過來，仔細打量地上粽子，眉頭皺得更緊。

「里正，要把他們鬆開來問話嗎？」

鄭里正嘆了口氣。「不用問了，明兒直接送官吧。」

「送官！」

「對，送官！讓他們全部坐牢！」

眾人異口同聲。

鄭里正看了眼面帶不屑、神情倨傲的曹里正，壓下心中那一絲疑慮，朝人群道：「今晚把他們鎖在祠堂裡，大東、強子……你們幾個辛苦一點，連夜把守著。」

「好，放心吧！」

完了鄭里正轉回來，拍拍張陽肩膀。「多虧你了！」不然今晚也不知道會發生何等慘劇。

張陽齜了齜牙，笑道：「舉手之勞而已，是個漢子都會挺身而出的。」

擠在女人堆裡的蕭晴玉看著他。

鄭里正再次看了眼被捆成一堆的富陽村人，嘆了口氣。「人和人還是有不同的。」

張陽摸了摸鼻子。

明兒還得幹活，大夥說完話，留下守夜的人後便各自散去。

林卉那兒，張陽不放心，跟老劉一塊兒留下來，老劉跟田嬸住一屋，他則直接在堂屋打地鋪，將就著過夜。

明天一早，鄭里正便會帶著人將富陽村一夥拉到縣城，這回證據確鑿，這夥人被關大牢裡是板上釘釘的事兒。村民們都是這麼想的，故而一覺睡醒，大夥情緒穩定，作息正常——甚至因為昨夜裡一番折騰，今早比往常起得還要晚一些。

但沒想到事情出乎意料之外，鄭里正一行人是黑著臉回來的。

回到村子後，鄭里正直接在祠堂敲響銅鑼，把大夥都召集過來，大夥興奮莫名地集合，期待聽到大快人心的好消息。

「嘿嘿，是不是富陽村那些人被判了？」

「說不定還被罰銀子了。」

「哎呀，真想看看當時的場景。」

七嘴八舌、議論紛紛，鄭里正讓大夥安靜下來，嚴肅道：「縣令大人說，富陽村諸人，既無盜取贓物，也無傷人，只給他們定了個尋釁挑事的罪名，一人罰了兩板子，便全放了。」

眾人。「……」

怎麼會這樣？一時群情激憤，連蕭晴玉都氣得不行，跟著大夥激動地嚷嚷起來。「這縣令徇私包庇！狗官——唔！」

林卉一把捂住她嘴巴。「別嚷嚷，聽鄭伯伯說完。」

果不其然，鄭里正敲響銅鑼，讓大夥安靜下來。

「冷靜些。」鄭里正神情嚴肅。「這事情我們不會就這麼算了，若是這樣輕輕放過，咱村豈不是人人可欺、戶戶可搶？」
「對！不能就這麼算了！」眾人大吼，連林偉光也在人群裡激動大吼。
鄭里正冷笑。「我看他們這幾年安穩日子過多了，忘了我們村也不是好惹的。這事，咱們沒完！」
眾人齊聲應和。「對，跟他們沒完！」
林卉深吸了口氣，站出來。「鄭伯伯，算起來，這件事是熊大哥招惹回來的。他現在不在，我先代他給大家賠個不是——」
鄭里正擺擺手。「沒妳什麼事，私怨不過是他們的藉口，行竊盜財才是他們的目的，我們村這些日子掙了不少錢，他們眼熱罷了。」
「我瞅著像。」拄著枴杖出來的林氏一位族老沈聲道：「看他們的行徑，進了村便分散開來，兩三人一戶行竊，根本就不是尋仇，就是衝著錢來的。」
族老這時候站出來說話，幫的是誰，林卉心知肚明，她心裡承了這份情。
「大家都不是不講理的人，冤有頭債有主，昨夜這事不能怪熊大哥跟林家丫頭，說到底，還是富陽村的人太可惡。」
「對，這事不能怪卉丫頭他們。」
眾人紛紛應和，林卉暗吁了口氣。
「說起來，我們還得謝謝一個人。」鄭里正將目光移到張陽身上。「昨夜裡要不是張陽警醒，咱們村可就遭大禍了。」然後朝眾人道：「回頭你們找張陽買東西，可不好給人砍價了。」

眾人哄笑，張陽擺擺手。「別別，該砍價就砍價，都是自己人，價格好商量。」

一時間，氣氛緩和了不少，鄭里正順勢擺手。「行了，這事我們幾個老傢伙商量商量，看看怎麼處理。你們先回去，別為了這些人耽誤大家吃飯。」

眾人這才慢慢散去。

回去的路上，蕭晴玉問林卉。「你們村以前很厲害嗎？怎麼你們村長說話如此硬氣？」

林卉搖了搖頭。「這個我——」

「這個我知道。」張陽搶過話頭。「前些年戰亂，死了很多人，妳們知道吧？」

林卉、蕭晴玉點頭。

張陽又問：「天災人禍，死什麼人最多？」

蕭晴玉瞪他。「賣什麼關子，趕緊說。」

張陽莞爾，笑道：「老弱婦幼。」

林卉兩人對視一眼。

「但這是別村的狀況，全潞陽縣老人小孩跟婦人最多的，我不敢說梨山村是第一，卻絕對是在前列的，偏偏梨山村老人小孩死傷算是少的，想想妳們剛才看見的族老們，」他略頓了頓。「還有我姐就知道，她的身體一直不好，卻從未被村人丟下過，大夥兒躲到山上還會彼此照顧。」

蕭晴玉眨眨眼，看向林卉，後者點點頭。

「當然，梨山村那些年也死了不少人，不過大都是因為生病或是餓死的，跟其他村狀況大不相同，妳們若是有機會去富陽村看看就知道，半個村子全是五大三粗的男人，好些至今還是光棍。」

「朝廷不管嗎？」蕭晴玉不解。「不是說到了年紀便得成親嗎？」

張陽嗤笑。「姑奶奶，妳不也到了年紀未成親嗎？」收到蕭晴玉一瞪，他立馬將話題拉回來。「那也得有人願意嫁啊，就富陽村那一村歪門邪氣的，哪家好姑娘會想嫁過去？主簿若是硬逼，便有那被選上的跳河、上吊，他們也是要報丁口上去的，這丁口未增加，反而還減少了，哪個受得了？一來二去，縣裡便不怎麼管富陽村那塊兒了。」

蕭晴玉狐疑地打量他。「你不是蹲了幾年大牢嗎？怎麼知道這麼多？」

「……」張陽無語。「我這些日子天天到處竄，有眼睛看、有耳朵聽。」

「哦。」

林卉皺眉。「大家都是躲進山裡，別的村為何不把老弱婦幼帶上？」

「來不及。」張陽淡淡道：「打仗的時候可沒有人會先過來通知的。」

林卉這下更不明白了。「那梨山村怎麼就……」

「早年還是死了些人的。」張陽嘆氣。「要不然大熊他娘也……」他改口。「多虧梨山村的族老跟老鄭有遠見，我曾聽姐夫說過，他們在戰亂開始的時候，便組織了村民巡邏放哨，亂軍未到，他們提前得到消息便躲起來。還有糧食，別村村民都是各顧各的，梨山村的卻是一起收糧、一起打獵……」

說起過去，張陽一改平日吊兒郎當的模樣，正經中又帶著股說不出的味道，似是遺憾，又似是惋惜，蕭晴玉側頭看著他。

「……別看梨山村有些人自私無比，全村在老鄭跟族老們的帶領下，還是很團結的。」

林卉深有體會。「這個確實。」她那肥皂方子一教出來，不過兩三天工夫，全村的婦人都學會了，連她那叔叔一家都被強押著過去學……想起這個，她好笑地看向張陽。「舅舅說的自私無比的人，是哪個？」

「嘿嘿，妳知道我說哪個。」

兩舅甥對視一眼，神情皆有些揶揄。

「你們在打什麼啞謎？」蕭晴玉不悅。

林卉挽住她胳膊。「說我那些無良親戚呢。」

好吧，這個她一點兒興趣都沒有。蕭晴玉哼道：「總之今天這事太不公道了，我現在就去寫信給我爹——」

「別。」林卉忙打斷她，道：「還是等大熊回來再說。」

擔心她太急切反而惹麻煩，恰好到了家門口，林卉佯裝驚訝。「哎呀，都這個點了，得趕緊做飯了。」順手把蕭晴玉拽走。「走，給我搭把手去。」

張陽看著她倆進屋，自己又被丟下了，嘆了口氣，隨手在籬笆下拽了根野草葉子叼在嘴裡，一屁股坐到屋簷下，望著敞開的大門，怔怔然回憶起那段兵荒馬亂的日子。

一姑娘抱著籃子走進來，張陽下意識往旁邊挪了挪，讓出道兒，以為她是來找林卉的。

結果那姑娘二話不說走過來，把籃子遞到他面前。「張大哥，我娘讓我給你送點雞蛋，謝你昨夜裡敲的那幾下銅鑼。」

張陽忙起身避開。「不用了，我一日三餐都在卉丫頭這混飯吃的，你們給我雞蛋也沒用，拿回去吧。」

那姑娘笑了。「我娘說要給你，我可不管你能不能用。」瞅了他一眼，又湊近兩步，笑咪咪道：「張大哥，我也姓林，家裡是老大……聽說你正在相看人家，你瞅我還順眼不？」

「……」張陽驚呆了。

「我娘說你年紀大了點，但我倒不介意，你若是看我還順眼……」林家姑娘再怎麼大膽，畢竟還是姑娘家，說到這裡便不好意思再往下說了。

張陽張了張口，眼角一掃，熟悉的青蓮色布料在門後邊一閃而過——他不知怎的陡然心虛起來，忙輕咳一聲，道：「我連自己的日子都沒扯順呢，這成家之事，日後再說，日後再說。」

林家姑娘頓時失望，微惱地瞪了他一眼。「看不上我就直說。」一跺腳，跑了。

張陽輕呼了口氣。

「呵呵。」蕭晴玉手指捲著一小撮髮尾慢吞吞走出來。「豔福不淺啊，大白天的還有姑娘家跑來表情意——」

張陽連忙噓她。「別說了別說了，壞了人家姑娘家的名聲就不好了了。」

蕭晴玉瞪他。「有啥不好說的？事無不可對人言，那丫頭——」

「哎喲哎喲。」張陽突然伸手扶住左後肩。「我這傷怎麼越來越疼了，哎喲，疼死我了。」

蕭晴玉一怔。那個位置不就是……想到他昨夜裡被鄭里正拍一下便變臉，她跨步上前。「別不是傷了骨頭吧？我看看。」

見她伸手，張陽急忙後退。「妳看什麼，男女——」

蕭晴玉走出堂屋，一個不防，被台階上的雞蛋籃子絆了下，整個人頓時失重前撲，剛要往後退的張陽下意識伸手去接。

「啊——」

蕭晴玉整個人摔到張陽身上，帶得他往後踉蹌兩步，「砰」地一聲坐倒在地，順帶壓扁了一根紅薯。而張陽也不知是胸腹被砸，還是屁股被硌著，頓時悶哼出聲。

這些都不是重點，重點是他情急之下把人抱住……哦不對……重點是蕭晴玉腰肢太纖細，他一手圈過去……

唔……真軟……

他下意識捏了捏。

「啪！」

「流氓！」

蕭晴玉尖叫一聲，甩了他一巴掌，飛快起身跑進屋裡。

等林卉做好飯喊了半天，連個人影都沒見著。

她把飯菜端出來，擦了擦手，走出堂屋找人，一出來就看到張陽捂著臉蹲在屋簷下。

「舅舅？怎麼了？吃飯了。」

「啊？哦哦——」張陽扭過頭去，支支吾吾道：「妳們、妳們先吃——我有點事——給我留飯！對，給我留飯！」話音未落，他已經撒腿往外跑，轉眼不見人影。

林卉皺眉，這是在搞什麼鬼？

低頭一看，台階上不知何時多了籃雞蛋。

林卉呆了片刻，她一頭霧水轉回來，將雞蛋籃子放進屋裡，再走到蕭晴玉房前，敲了敲。「晴玉，吃飯了。」

屋裡沒有聲息。

林卉疑惑，再敲。「晴玉？」

「幹麼？」蕭晴玉躲在門後，只拉開一道縫看她。

「……吃飯啊。」

「……哦。」蕭晴玉不情不願地慢慢拉開門。

「哎我說你們倆怎麼了？我喊吃飯喊了半天，一個說有事跑得不見人影，一個磨磨蹭蹭的，怎麼啦，不想吃飯了？」

蕭晴玉頓了頓，「咻」地一下開門跳出來。「誰說我不吃了！」

臉色紅潤、身手矯健……看來不是不舒服，林卉無語，轉身走向飯桌。「那就趕緊的。」心裡卻忍不住嘀咕。

張陽跑了，林卉給他留了一份菜，然後跟蕭晴玉坐下開吃。

期間蕭晴玉一直走神，扒兩口就停下，扒兩口就停下。

林卉忍不住了。「妳是不是跟我舅舅又吵架了？」

「啊？」蕭晴玉回神，支吾道：「誰要跟他吵架啊。」

「那你們怎麼怪怪的？」

「……我哪有。」蕭晴玉嘟囔了句，低頭佯裝扒飯，差點沒把臉埋進碗裡。

沒問出個所以然，看起來也沒什麼大問題，林卉便擱下不提。

她們吃完許久，張陽才磨磨蹭蹭回來，林卉還沒說話呢，他便「咻」地鑽進廚房，拿大碗裝了飯菜蹲到後院，一頓狼吞虎嚥，把碗一扔，轉頭又跑得沒影了。

林卉無語，轉頭問蕭晴玉。「妳說他怎麼了？」

蕭晴玉臉一扭，丟下一句「關我屁事」便進了屋。

林卉。「……」

看來是吵架了。

不管了，林卉翻出抹布準備擦擦灰，宋泰平和江氏便來喊門了。

他們是聽說了昨夜裡梨山村被夜襲之事，特地趕過來看看情況——雖然上回雙方鬧得頗為不愉快，但畢竟是親戚，生死大事面前，什麼矛盾都是小事。

林卉有些尷尬又有些感動。

瞭解了情況，宋泰平夫妻鬆了口氣，完了便要辭行。

「既然妳沒什麼事，我們該回去了。」

林卉忙道：「表舅，來都來了，留下吃頓飯再走吧。」人家為了她的安危急匆匆過來關心，她怎麼也得表示一二。

「不成不成，」江氏先說話了。「年底正是忙的時候，哪有工夫吃飯。」

這表舅夫婦是在縣城開了家紙紮鋪子，入秋後婚喪喜慶多了起來，他們也忙。

宋泰平也是這意思。「回頭再吃飯也成，我們得趕回去了。」

他們堅持，林卉也不勉強，想了想，她道：「那你們等會兒吧，我去找舅舅過來，讓他送你們回去。」

宋泰平詫異。「張陽在這兒？他上回來我們家坐了會兒就走，怎麼今兒——哦他也收到消息來看妳嗎？」他四處張望。「怎麼不見他人？」

林卉避重就輕。「他剛出去呢，估計就在村裡溜達。」

「也成，那我們先坐。」宋泰平將江氏拉下來。「先歇會兒，有車就不急在這一時半會兒的。」

江氏順勢坐下。

林卉走到蕭晴玉房門前，敲了敲。「晴玉。」

「幹麼？」蕭晴玉打開一絲門縫。

「勞妳幫忙跑個腿，幫我把舅舅找回來。」林卉壓低聲音。「這會兒他不是在大熊家裡，就是在新宅那邊。」

蕭晴玉。「……」

林卉雙手合十。「拜託啦，我這有客人走不開呢。」

蕭晴玉。「……」

一盞茶後。

蕭晴玉終於在村裡一角堵到張陽，怒罵道：「你屬耗子的啊，怎麼到處亂竄的？」要不是她讓村裡相熟的孩子們幫忙，這會兒還找不到人呢。

張陽後背緊貼牆壁，視線絲毫不敢亂飄，游移片刻，停在她裙角上，苦笑道：「姑奶，我就是不小心——」

「閉嘴！」蕭晴玉臉冒熱氣，掃了眼旁邊幾個小豆丁，她咬牙道：「林卉那死丫頭找你有事，趕緊回去！」

張陽眨了眨眼，反應過來她不是尋仇，立即點頭。「好好好，我這就回去。」說著，他貼著牆壁一點點往外挪，待離得遠了，立刻撒腿就跑。

蕭晴玉。「……」

臭流氓！她這個受害者都沒怎樣，他倒擺出這副小媳婦兒模樣……看著就手癢！

此時的林家——

「……妳家裡沒個男人，我心裡懸得慌。」宋泰平沈吟片刻。「也別拘著什麼規矩了，趁年底大夥都得空，把親事給辦了吧。」

「啊？」林卉怔住，提前成親？「那個，沒必要吧？」

江氏也是皺眉。
「我看可以。」張陽甫一進門就聽見這個，連忙接話。
「喲，可把你找回來了。」宋泰平站起來。
張陽擺擺手，同時打招呼。「泰平哥，嫂子好啊。哎，你坐你坐。」他大步進屋，接著往下說。「卉丫頭平日一個人在家，我總擔心著，正好大熊那宅子也快好了，泰平哥這主意不錯。」
江氏愣怔了片刻，最後還是嘆了口氣，道：「反正這些年亂糟糟的，什麼東西都是從簡，不差這一單的。」
既然幾位都沒意見，宋泰平便問林卉。「擇日不如撞日，姓熊那小子呢？把他喊上，跟我們一塊去找鄭里正。」
有必要這麼急嗎？林卉看看左右，見事情似乎無轉圜餘地，乾笑道：「他這兩天不在村裡呢。」
宋泰平「啊」了聲，然後擺手。「好吧，那也沒關係，我先去找鄭里正商量商量。」頓了頓，他有些猶豫，問張陽。「要不要找林偉光一塊兒去？」
「不用。」張陽哼道：「有我們幾個夠了，走，趕早不趕晚的。」進屋到現在，屁股還沒沾上板凳，轉眼就把宋泰平夫婦給帶走了。
林卉沒轍，心裡又有幾分竊喜——不不，是複雜。她過了年才十六歲呢，這麼早成親好嗎？

慢騰騰走回來的蕭晴玉一進門就看到她杵在門口發呆，推了她一下。「幹麼呢？當望夫石啊。」

林卉回神，啐了她一口。「妳才望夫石，我是在想大熊這兩天應該就能回來了吧？」

「我怎麼知道？」蕭晴玉無語，還說不是望夫。

好吧，她就是隨口一說。林卉撓撓臉頰，拉上她。「走，來幫我摘點菜。」

「啊？」

待宋泰平一行回來，林卉已經跟蕭晴玉收拾了一籮筐菜瓜、一籃紅薯粉，還有一麻袋的稻穀，準備給他們帶回去。

「怎麼裝這麼多？」江氏嚇了一跳，虎著臉道：「我們來都空著手，還帶一堆東西回去，不知道還以為我們來佔便宜、打秋風的。」

林卉笑笑。「沒事的，都是家裡種的。你們在城裡吃用都得花錢買，難得來一趟，帶些回去。」然後指著稻穀。「這穀子上月剛收下來，我還沒來得及脫粒，你們回去還得去打一下。」

剛開始他們確實鬧了點不愉快，但一出事，人家能摒棄前嫌急匆匆跑過來，她也沒必要把那點誤會掛在心上。當然，就算知道這家人沒有那麼討厭，她也不可能跟宋向文成親的——近親結婚沒有好結果。

江氏遲疑了下。不說別的，他們在城裡花銷是真的大，每日的吃用都得買，他們家開的紙紮店也就節假日能多掙點，還要供給兒子讀書，日子過得都是緊巴巴的。林卉給的這一堆，確實能替他們省好多錢……

思及此，她用手肘撞了撞宋泰平，後者撓頭。「要不，就都帶回去吧？」

江氏直接給了他胳膊一巴掌。「你這沒臉沒皮的！」扭頭朝林卉道：「這麼多東西，我也不好意思全拿，這樣，我給妳錢。」同時掏出錢袋子，摸了一把銅錢放桌上，想了想，又一臉心疼地摸了把銅錢。

林卉無奈。「舅娘，這些都是家裡種的，我沒花錢買，妳給我錢幹麼？」

江氏冷哼。「妳是不是想讓我們被別人說話，說我們占小輩便宜。」

「沒事的，真的都是自家種的。」林卉強調。

「不也是辛苦種的？還有妳這個，」江氏指著那籃子紅薯粉。「這總不會也是種的吧？這要怎麼吃？」

「這是紅薯做的粉絲。」林卉給她詳細講了幾樣紅薯粉的做法。

江氏點頭。「知道了，跟麵條差不離唄。」

林卉笑道：「所以啊，不能拿妳的錢。」

看她倆在這邊推來讓去，張陽不耐煩。「嫂子妳就收著唄，要是覺得拿了不好意思，年節的時候再給他們姐弟送厚點不就得了？」

宋泰平也笑呵呵。「就這樣決定了。」他撓撓頭，跟林卉道歉。「妳舅娘氣性大，中秋還生妳氣沒給你們送禮，妳別放在心上。」

林卉搖頭。「不怪舅娘，是我不好。」陰差陽錯罷了。

「好了好了。」江氏老臉掛不住。「店裡還要忙活呢，既然這兒沒什麼事，趕緊回去了。」

「哎哎。」宋泰平連聲應道。

將東西搬上車，三人便在「轆轆轆」的車聲中離開。

蕭晴玉好奇地跑出來問她。「妳舅舅說妳跟大熊要提前成親了，真的嗎？」

林卉打了個哈哈。「這不得等他回來再說嘛。」不等她再問，急忙溜進廚房。「我得看看豆腐壓好沒。」

蕭晴玉忙追上去。「哎妳別躲啊，我就好奇問問。」

「有啥好問的，等他回來再說。」

鄭里正接連兩天都去縣城裡周旋，完了跟村裡幾位族老商量了許多次，最後一致決定——繞過縣令，直接去富陽村討個說法。

再轉天，鄭里正組織起來的壯丁隊伍便人手一根棍子或扁擔，直奔富陽村。

林卉大吃一驚。這是要……直接打上門去？而且連張陽都去了，她擔心得不行，村裡諸人也是懸著心。

林卉想了想，拖著蕭晴玉回家去。

「幹麼？」蕭晴玉語氣不太好。

林卉沒注意，皺著眉頭低聲道：「他們這樣過去，指不定會有傷——」後面那個字她壓下去了，她接著道：「跟我回去一趟，我得點點家裡的藥，要是不夠咱們得趕緊準備起來。」

蕭晴玉眉心緊皺。「真的會有危險嗎？」

「不知道。」林卉鬱悶道：「舅舅真是，他不應該去的。」張陽一不是梨山村人，二是家裡獨苗，怎麼也輪不到他。這傢伙仗著自己身手好，竟然不顧勸阻。

打群架，身手再好有個屁用啊！

「他就是逞兇鬥勇！」蕭晴玉罵道：「欠揍！」

林卉非常贊同，跟著一塊罵。「對，這種事情是可以隨便摻和的嗎？沒有外公外婆管著，他這是要飛上天了！」她哼了聲。「回頭我得找個厲害的姑娘當我舅娘，看他還怎麼蹦躂！」

蕭晴玉。「……」

林卉沒發現身後人的異樣，繼續憂心忡忡往家走。

將前些日子儲備的藥物翻出來，再裁上一批適合包紮的布條，兩人又急匆匆跑回祠堂那邊。

到了才發現，好些人家都帶了藥物布巾，更多的是帶跌打酒。也對，村裡人都是經過戰亂的人，怎麼可能忘了這些……

村裡這麼多人出去打架，大夥都沒心思幹活，一起集中在這塊空地上等消息。

好在富陽村跟他們梨山村比鄰，來回不到一個時辰，大夥彷彿只是聊了幾句，在村口守著的人便嚷嚷著跑過來。
「回來了，回來了，里正他們回來了！」
大夥登時精神一振，紛紛聚上去問情況。
報訊的半大小夥子撓頭。「沒、沒看清，就看到有人回來了。」
「去！」
大夥噓他。
既然沒看清，大夥乾脆自己去看。一群人嘩啦啦全向村口湧去，林卉跟蕭晴玉也不例外，緊張兮兮地跟著眾人往村口奔。
所有人眼巴巴地瞪著遠處那小黑點。
「近了近了。」
「衣服對了，是男人，肯定是里正他們。」
過了會兒——
「不對，人怎麼少了？」有人驚叫。
「……別的人是不是在後面？」有人遲疑問道。
為什麼不一起回來？眾人面面相覷，臉色都有點不好看。林卉混在人堆裡，瞇眼看著遠處，心裡卻有了某種猜測。
大道上的人群越發接近了，看到帶頭那位高大的男子身影，眾人卻有些失望。
「竟然不是……」

「唉，還以為他們回來了。」

很快，一行人走到近前，領頭的高大男人摘下草帽，掃視眾人一圈，挑眉問道：「我只是離開幾天，何必如此勞師動眾？」

眾人。「……」

以前竟然沒發現，熊浩初的臉怎麼這麼大呢？

# 第二十章

熊浩初帶回來的人，男女老少皆有。這些人面容消瘦，衣衫破舊，整體還算乾淨，但頭髮、指甲、套著草鞋的腳……靠近了依然能聞到些許異味。

眾人想八卦，又沒敢上前——跟熊浩初混得來的，大都是青壯年，這些人現在都去了富陽村呢。加上現在時機不對，大夥心裡都懸著，更沒心思搭理，故而眾人只是多看了幾眼，便撂下不管。

林卉按捺下擔心，託別人幫忙看著——若是鄭里正他們回來，找人去通知她一聲，然後她便隨熊浩初一行前往新宅——這麼多人，她家可安置不下。

蕭晴玉不情不願地跟上去。

自然沒人發現，熊浩初正在問林卉發生什麼事。

林卉剛起了個頭，熊浩初的臉便冷了下來。「富陽村？」他停下腳步，仔細打量林卉，確認她沒事，才冷聲問道：「妳那院子也進了人？」

林卉忙搖頭。「我沒事。家裡有小黑小灰，還有晴玉，再然後舅舅就過來了。」

蕭晴玉撇了撇嘴，熊浩初轉回來朝她點點頭。「辛苦妳了。」

蕭晴玉眨眨眼，擺手。「說什麼廢話呢。」

熊浩初也不再多說，朝林卉道：「繼續。」

林卉沒法，只得將事情的前因後果簡單複述一遍，熊浩初瞇了瞇眼。「所以大夥都在等里正他們回來？」

「嗯。」

熊浩初想了想。「妳先把人領回去，我去看看——」

「哎！」林卉趕緊拉住他。「都這個點了，他們差不多該回來了，你還去幹麼？」

熊浩初停下。

「這事還有得耗呢。」林卉示意地看向他後頭那群人。「先把人安置好吧，有什麼事都等里正他們回來再說。」

熊浩初神色依然難看，林卉推推他胳膊，熊浩初視線移到她臉上，眉心緊皺。他想了想，沈聲道：「不能再等了，等宅子弄好，我們立刻成親。」這次有張陽和蕭晴玉，下回呢？他絕對不能再讓她一個人獨居了。

林卉一時不知該回什麼，怎麼一個兩個的關注點都拐到這裡？

蕭晴玉似有同感，翻了個白眼道：「還用你說，張陽跟她表舅已經找里正提過。」

熊浩初神色微斂。「好。回頭我找他們商量日子。」

林卉哭笑不得，然後催他。「現在能走了吧？」

熊浩初莞爾，摸摸她腦袋。

「別動。」林卉忙躲開他的手，低聲道：「大家看著呢。」她瞅了眼後頭那群人，除了幾個小孩兒在偷偷摸摸地好奇張望，年紀大些的都低著頭，偶爾偷覷他們一眼。

許是發現她回頭打量，有名婦人趕緊把身邊一孩子的腦袋壓下去，小孩也乖覺，立即鵪鶉般躲進人群裡，然後那名婦人小心翼翼地朝她賠笑。

林卉暗嘆了口氣，朝那婦人安撫地笑笑。

村裡宅地不值錢，熊浩初一口氣買了一大片，建的屋子大、院子也大，不說別的，站上這幾十號人不是問題。

一行人剛進門，還沒站穩腳跟，熊浩初便扶著林卉肩膀，朝眾人道：「這是林姑娘，你們的主母。」

林卉。「……」

蕭晴玉翻了個白眼。

眾人齊齊跪下，結結巴巴、參差不齊道：「林姑娘好。」

林卉做為一個平凡的小老百姓，壓根沒見過這種場面，只覺得尷尬又不自在，但依然擠出微笑，儘量溫和道：「都起來吧。」

眾人有些遲疑，小孩不說，大人都去看熊浩初。

熊浩初板起臉。「沒聽到林姑娘叫起嗎？」

眾人忙不迭起身，然後大家眼觀鼻鼻觀心，安靜了下來。

林卉看向熊浩初，想著他應該給彼此介紹一下，哪知後者無辜地看著她，沒有要說話的意思。得，這位甩手掌櫃……林卉認命，轉回來，溫聲開口。「以後大家得一塊兒生活，總不能自家人不識自家人吧？咱們先介紹一下自己吧。」

眾人似有些膽怯，林卉面帶鼓勵地看著他們，熊浩初只站在旁邊當定海神針。

一名清矍消瘦的中年人看看熊浩初，又看看她，垂下眼瞼，恭敬地走前兩步，有些笨拙地拱了拱手，道：「奴才辛遠，今年四十六，會算會記帳，也算識得幾個字，以前在峸阜縣當帳房……」

雖帶了點口音，卻清晰明瞭，有辛遠開場，接下來便順利多了。

這是別人的家事。蕭晴玉待得無聊，心裡又記著事兒，索性輕手輕腳溜了。

另一邊，聽著眾人介紹的林卉正在心裡列著小本本。

熊浩初帶回來的人有些多，共五戶十八人，年紀上了四十的只有辛遠夫婦，五到十一歲的孩子有六個，剩下皆是二十五歲到三十五歲的青壯年。

除了辛遠識字會算帳，其他的都是這次受災村莊的災民，家裡的房子田地都被洪水沖走了，連身換洗的像樣衣服都沒剩下。

待所有人，連帶小朋友都認識一遍後，林卉跟熊浩初商量。「咱家的房子都是套間，剛好一戶一套，就分一分，兩戶住倒座房，剩下三戶住後罩房，你看如何？」

熊浩初想了想，搖頭。「倒座房留著，我有用。都安排到後邊去吧。」

林卉微訝，此刻卻不是詢問的時候，遂點頭。「也行，反正咱們房子蓋得多。」

熊浩初點頭。

定好住處，林卉便要帶他們到後頭去。「走，領你們去看看住處，歸置好——等等。」想到什麼，她急忙扭頭，仔細打量身後諸人，完了不抱希望地問熊浩初。「你們回來的時候買東西了嗎？」

熊浩初不解。「還需要買什麼？米麵家裡都有。」他順著林卉視線掃向眾人，恍悟。「妳說衣衫？她們不都會針線嗎？買布回來自己做便得了。」他指的是那些婦人們。他跟林卉相處久了，整日聽她叨叨，自然知道買布自己裁製，比買成衣要便宜。

林卉無語。「除了衣裳還需要別的啊！碗筷呢？盆桶呢？梳洗用具呢？」

熊浩初懵了。

林卉嘆了口氣。「行了，所幸家裡有車，待會兒進城一趟，一次買齊——」

「回來了！」有人在門外喊。「他們回來了！」

林卉一驚，提起裙就跑出去。

熊浩初朝辛遠諸人擺擺手。「稍等。」然後跟著出去。

來報訊的是村裡半大的小孩，只見他扶著膝蓋，氣喘吁吁朝林卉幾人道：「我爹、我爹、他們、回來了……」

「怎樣，有沒有人受傷？」林卉急忙問道。蕭晴玉也不知道從哪兒竄出來，緊張兮兮地盯著他，生怕從他口中聽到什麼不好的消息。

小孩擺擺手，喘著氣道：「我娘、我娘說，都沒啥大事，都是皮外傷……」

林卉兩人登時鬆了口大氣，熊浩初卻皺著眉問了句。「里正呢？」

小孩似乎終於喘勻了氣，他站直身體，搖搖頭。「沒回來，好些人沒回來，只回來一半多。我爹說，里正和好幾位叔伯被趕來的衙役給鎖了，全都帶走了！還有張陽叔叔，也一道被鎖走了。」

林卉大驚。「怎麼回事？」

蕭晴玉一跺腳，罵道：「就知道這傢伙除了找事屁用沒有！看吧，多管閒事不說，還把自己搭進去！」

林卉點頭——等等，蕭晴玉為什麼這麼著急？

這念頭一閃而過，想到被抓的里正和張陽，林卉又急忙扭頭去找熊浩初。

熊浩初適時說道：「別急，妳先在家裡安排辛叔他們，這事交給我。」

「哪還有什麼心思安置，我跟你一塊兒去。」林卉急道。

「冷靜點。」熊浩初按住她腦袋。「有我在。他們不會有事的。」

林卉瞪他。「就算你——」哦對哦，她家大熊不是尋常人！城裡還有韓老……她舒了口氣，點頭道：「好，我在家裡等你消——」

蕭晴玉已經在嚷嚷了。「你們別黏糊了！人都被拉走了，你們還在這裡拖拖拉拉的！」

林卉推了推熊浩初。「車在後頭，去吧。」新宅有個車馬廄，他們家的牛、張陽的驢車都在那兒。

熊浩初掏出一遝契紙遞給她。「這是辛叔他們的賣身契，已經在官府立了券，這些是底契，妳收著。」頓了頓。「我順道帶幾個人出去，需要什麼讓他們買。」

林卉。「……」竟然還有心思管採買！

不管如何，熊浩初淡定的模樣確實讓林卉安心不少，她壓下擔心，選了幾個人，將事情安排下去，完了問熊浩初。「身上還有錢嗎？」她這會兒身上沒帶錢。

「還有一張銀票。」

林卉微囧。看來其他錢都花完了……她無奈。「那應該夠了，去吧。」

熊浩初捏捏她的手，帶著人出發了。

「我也要去！」蕭晴玉要跟上。

林卉一把拽住她，也不跟她說話，先轉回來朝那傳訊的小孩道：「回去告訴你娘他們，先別急，熊大哥在縣裡有人，能把他們帶回來。」

小孩連連點頭，撒腿就跑。

「妳幹麼？」蕭晴玉急道：「我得跟著一塊去，大熊這時候頂什麼用啊？連個牌子都沒，我家的侍衛下人都還在城裡呢，拿個牌子出去，鐵定嚇死那狗官的。」

林卉當然知道——這丫頭的下人三不五時可都跑到村子附近跟她接頭，不是拿髒衣服回去洗，便是拿滋補食膳給她補身，還會拿點心零嘴給她解饞……往日她是眼不見為淨，可這會兒……

「不是牌子的問題。」林卉盯著她。「妳拿將軍府的牌子去救人，妳爹知道嗎？」

蕭晴玉愣了愣，縮了縮脖子，繼而嘴硬道：「那狗官做的事一點都不地道，我爹知道肯定會支持我的！」

「妳別給妳爹惹事了，這事交給大熊去處理吧。」

「憑什麼他能處理我爹不能？」蕭晴玉不服。

「那也要妳爹站出來，不是妳。」林卉沒好氣。「妳一姑娘家，摻和這些事幹麼？」

「那妳剛才不也想跟著去嗎？」

「廢話，被抓的一個是我舅舅，別的都是看我長大的叔叔伯伯，那一樣嗎？」林卉越想越不對，忍不住狐疑地看蕭晴玉。「妳不是跟我舅舅不對盤嗎？這麼緊張作啥？」

「誰、誰緊張了？」蕭晴玉嘴硬。「我只是看不慣那狗官，對，我只是看不慣那狗官！哪有這樣辦事的，回頭得讓我爹參他一本！」

是嗎？林卉看著她，腦海裡仔細回想蕭晴玉跟張陽的交集——每次見面都是火藥味十足，年紀也相差太多……再者，這丫頭平日性格都是咋咋呼呼的，估計這次也是差不多？

唔，應該是她想多了……吧？林卉皺著眉思忖。

蕭晴玉推她。「妳看著我幹麼？」

林卉回神。「好了，事情交給大熊了，咱們就別想太多。」拉著她進門。「來陪我，那群人我一個都不認識，我心裡緊張。」

蕭晴玉翻了個白眼。「都是下人，妳緊張什麼？他們以後身家性命都在妳手上，他們才緊張呢！」

林卉聽而不聞。

院子裡，那群人還惴惴不安地等在原地。

林卉拍拍手，讓大夥注意力集中過來，然後道：「從今天起，這裡就是咱們的家。」她一愣，對著這群剛經歷災難、賣身為奴的人好像說什麼大道理都顯得矯情……

她頓了頓，乾脆開始介紹宅子。「咱們的宅子還沒弄好，很多東西都沒有佈置，不過大致已差不多了，我帶你們看看，熟悉一下環境。」然後率先往裡走。

奴僕們面面相覷，慢慢跟了上來。

「這裡是第一進院子，這間是門房，守門的話可以在裡頭，不用風吹日曬的。這排是倒座房，這邊院子還有點空，以後我們可以在這兒栽點花木，加套石桌石凳，再在旁邊搭個棚子，掛上秋千，這樣孩子們都能玩。」

有小孩兒瞪大眼睛，似乎張嘴想問，被身邊婦人一把捂住。

林卉眼尖看到了，略一想，便轉過彎來，笑咪咪地解釋。「這秋千啊，就是用繩子掛在棚架上的小板凳，坐上去會晃動，如果有小夥伴在後面推一把，能蕩起來老高老高。」

幾位小孩眼裡閃爍著渴望。

林卉領著他們繼續往後走。「接下來是二進的院子……」

一路解說，慢慢走到他們將來生活居住的後罩房。

後邊的院子比前邊更大，西邊依次是馬廄、公廁和後門，東邊跟北邊都是做成套間的房子，中間轉角處是大廚房。

「到了冬天，只要廚房燒上火，這兩排屋子都能暖烘烘的，也不必再燒炭了。」

眾人面面相覷。真有這麼神奇嗎？別不是捨不得給他們花錢吧……

林卉也沒打算解釋。反正好不好，到了冬日就知道了。

背靠主院還有一排較低矮的房子，分東西兩側，中間留一條廊道直通正院。這排房子西邊挨著馬廄公廁，雖隔了些距離，林卉還是覺得彆扭，乾脆拿來當庫房。東邊屋子，一間是加了煙道的燒水廚房，專門給正院供暖用，另一間就是雜物、柴草間。

林卉領著他們鑽進其中一套罩房。

「以後你們住這邊。每一套都一樣，兩房一廳，一家三口四口都夠住的，等孩子大了成家了，就另住一套。」

眾人忙認真打量。屋子是青磚搭建，看起來很結實，地板鋪了石板，屋裡砌了幾道牆，角落地板挖了溝渠，牆上還留了窗洞，寬敞倒是挺寬敞，就是感覺彆扭又奇怪。

眾人欲言又止。

林卉卻沒多解釋，等眾人都看完了，便率先出屋。「屋子還沒裝修好，以後你們就知道了。現在得開始幹活了。」

她掃了眼大夥，先安排小孩子們。「你們把這幾間屋子打掃一下，掃帚啥的前邊倒座房裡都有。」她朝最大的孩子吩咐。「方全是嗎？你最大，看著點弟弟妹妹們。」

十一歲的方全連忙點頭。

林卉再看向年齡最小的兩個孩兒，笑道：「你們倆就在院子裡玩，別到處亂跑，一會兒你們爹娘就回來了，知道嗎？」

兩小孩似懂非懂的點頭。

剩下的大人便全被林卉帶走——當然，她還不忘拉上算數、記帳厲害的蕭晴玉。

接下來，他們一行便鑽進村裡，挨家挨戶敲門。東家買個鍋，西家買個水缸，這家摘筐菜，那家拿籃雞蛋，再下一家看見人家裡新打的浴桶便直接買走……

最重要的是，好些家入秋新做的、沒上過身的衣衫都被她買了——今年梨山村家家戶戶掙了錢，天兒一冷，幾乎家家都扯了布裁新衣，這不，只要沒上身的，不管大小，全被她買走了。

跟在她後面的幾人來回跑了好幾趟，逐一把東西送回去。

許是看見林卉買東西毫不手軟，看起來還全是給他們準備的東西，幾人就算跑得氣喘吁吁的，看起來也鬆快了許多。

一路採購過去，直到林家。林卉翻出些米麵調料讓他們搬回去，然後才開始給大夥分派工作，砍柴挑水不說，還得將新買的衣衫改一改，好歹讓大夥今晚能有套換洗的。

把人全部攆去新宅那邊幹活，她才坐下歇口氣。

「折騰那麼久，累不累啊？」蕭晴玉嫌棄不已。「不都讓人去城裡採買了嗎？」

「這麼多人呢，東西多了不怕，要是缺了再來找，天都黑了。」林卉灌了兩口水壓下渴意，舒了口氣。「再說，這些人以後畢竟要跟著我們生活，當著他們的面花工夫、花銀子，再帶著他們折騰一趟，不比直接把東西端到他們面前來得印象深刻嗎？」

蕭晴玉皺眉琢磨了片刻，恍悟道：「妳這是在收買人心？」

林卉笑而不語。

蕭晴玉嫌棄不已。「妳可是拿著他們的身契——」

「姑娘、林姑娘。」外頭有人敲門。

兩人齊齊扭頭望去。

敞開的院門外，兩名丁香色襖衫配青蓮色裙子的秀氣姑娘朝兩人蹲了蹲身。

「秀月、秀琴？」蕭晴玉嚇了一跳。「妳們怎麼過來了？」她下意識看了眼茫然的林卉，心裡生出股不祥預感。

門外這兩姑娘正是蕭晴玉的貼身侍女。

左邊略高些的侍女往前走了兩步，再次福身，脆聲道：「姑娘，夫人到潞陽縣了，我們是來接妳的。」

蕭晴玉。「……」

她還沒反應過來呢，林卉先替她高興上了。「妳娘過來了呀……這樣好，回頭妳回京我就放心了。」

蕭晴玉回神，甩掉亂七八糟的心思，腦袋一揚，道：「哼，就算我娘不在，我不也平平安安從京城到這裡，用得著妳擔心嗎？」

林卉莞爾，也不與她爭辯，嘆了口氣。「唉，以後要見不到妳了，有點捨不得呢。」

蕭晴玉這丫頭面上驕縱，實則傻憨傻憨的，又心軟又能幹，相處下來，她真的還挺喜歡這丫頭的。再說，她在這村裡沒幾個能說話的同齡人，蕭晴玉走了，她自然捨不得。

蕭晴玉怔了怔，彆扭道：「有什麼捨不得……我還沒打算回去呢！」說完，臉上竟閃過幾分茫然。

這傻丫頭難不成還想留下嗎？林卉好笑。「回去有下人伺候，既不用幹活，也不用偷偷摸摸吃點心，不比在這兒舒服嗎？」

蕭晴玉啞然，支支吾吾道：「妳都知道了啊……」

「村裡就這麼大，大夥都知道呀。」林卉理所當然。

蕭晴玉尷尬不已。

「好了，別多想了。」林卉拍拍她肩膀。「既然妳娘在城裡，妳就去陪她吧。」想到什麼忙又問她。「妳娘剛到，應該要歇幾天才回去吧？」

蕭晴玉歪頭。「應該是吧。」

林卉微微鬆口氣，笑道：「大家相識一場，若是不嫌棄，可否讓我跟大熊做一次東道主，請妳和妳娘吃頓便飯？」

蕭晴玉瞪眼。「妳做嗎？」

林卉挑眉。「妳想在城裡酒樓吃也成。」

蕭晴玉想了想。「等我問問我娘。」

林卉點頭。

適才說話的那名侍女見她們說得差不多，便催了句。「姑娘，夫人該等急了。」

蕭晴玉皺眉，呵斥道：「催什麼，差幾句話工夫嗎？等著！」

侍女也不怕，只縮回腦袋，朝另一名侍女吐了吐舌頭。

蕭晴玉也不管她們，轉回來，扭扭捏捏道：「那個……張、你們村的事，妳別擔心。」

她看了眼侍女們，壓低聲音道：「我娘現在城裡……她肯定帶著我家的名帖。等我見了我娘，我讓她送張帖子給那狗官——」

林卉聽了皺眉，忙打斷她。「妳好好跟妳娘聚聚說說話就是了，這事妳別摻和。」

「……我就嚇嚇那狗官。」蕭晴玉撇嘴。

林卉忙順毛安撫幾句，把她這想法給打消了。

話說完，也該走了。秀月、秀琴要進去幫她收拾行李，蕭晴玉彷彿想到什麼，突然著急起來。「不是說急嗎？改天再來拿，趕緊趕緊。」說著忙不迭衝出門，急吼吼爬上馬車。

兩侍女對視一眼，只得由她。

眨眼工夫，蕭晴玉一行便走得沒影。

也不知道突然急吼吼的作啥……林卉搖搖頭，將門拉上，快步前往新宅。

適才她身邊跟著一群人，還全都衣衫襤褸又面黃肌瘦的模樣，瞅著就可憐，加上林卉要的都是生活必需品，連個水盆、菜籃都得扒拉走……這種情況下，大夥便沒好意思問，如今她自個兒走在路上，剛出門便被拉到祠堂那邊。

幾名族老都在，看到她，林家族老之一率先開口。

「丫頭，我聽順子說大熊進城去了，可是有什麼事？」

「二叔公，大熊有位朋友能在縣令面前說得上話。若是那位老先生幫忙，里正他們鐵定沒事。」

眾人面面相覷。

邱嬸不安。「卉丫頭，事關重大，這朋友……可靠嗎？」

「邱嬸放心。」林卉微笑。「我舅舅不也在嗎？我不擔心旁人也得擔心我舅舅，對吧？」

眾人一想也對。張陽是她舅舅，這段日子幾乎都在她家吃飯，前幾天夜裡還救了她……肉眼可見的交情、恩情，她肯定不會置之不理。

這麼想，大夥便略微放鬆些。

安撫下眾人，林卉又急匆匆離開祠堂——她現在要趕緊把辛遠一行安頓下來。

回到新宅。

幾位小朋友正挨個屋子清掃泥灰，連那最小的娃娃也跟在一群孩子屁股後頭撿石塊。

林卉見大些的孩子都會照看著兩個小娃娃，遂放下心來。

婦人們正埋頭坐在掃乾淨了的台階上忙叨叨地改著衫子，因為改的都是自家孩子、男人的衣衫，連尺寸都不用量，該捲邊捲邊、該裁剪裁剪，動作快得林卉恍惚以為自己看到針影了都——好吧，那是日頭太曬，反光了。

砍柴的人還沒回來，大廚房那邊負責挑水的兩位正往水缸裡倒水呢。

兩個漢子快速倒好水，看了看自家婆娘孩子，抹了把汗再次提起扁擔水桶往外走，剛抬頭就看到穿過門洞的林卉，兩人忙停下，拘謹地朝她彎腰。

林卉笑著道了句「辛苦了」。

兩人惶恐，忙一迭聲說：「應該的。」

林卉暗嘆了口氣，笑笑便走進去——相處久了便知道脾性了，主僕有別，這時代尊卑分明，即便她現在只是個小老百姓，在這些已然賣身為奴的人眼中，依然是可以左右他們命運的人，懼怕也是正常。

許是聽到聲音，後院裡的婦人們忙不迭都站起來，緊張地看著她。

林卉忙擺手。「不用管我，我就過來看看妳們缺點什麼，好找人給妳們弄。」

婦人們吶吶。

林卉無奈道：「算了，妳們忙，我自己看。」說完也不管她們，摸著下巴四處看。

水缸裡的水還沒多少，還得繼續挑幾回——這群人一路過來也沒個換洗衣服，現在買了這麼多成衣，改一改每人也有一身了，得燒水讓他們全洗了換了。只是，不算她跟熊浩初，往後這宅子裡少說十幾號人，每天光挑水就得老半天，得打口井。

林卉再轉進後罩房。

這些房她都是按照現代樣式打造——前邊客廳，後邊房間。客廳朝著內院，開窗簡單。

房間在裡邊，為了開窗，林卉便讓他們在房子後邊加做一個小天井跟浴室，靠著天井的房間便能開一扇窗，採光問題便解決了，各家還能有獨立的浴間，更為方便。

這些房子便成了古代版的公寓套房，不管誰住，都舒服。

這改造工程可謂浩大，青磚、黑瓦都加買了一大批，數量大得連符三都被驚動，還跑來問他們是不是打算蓋王府。結果一看，登時覺得林卉小題大做，可熊浩初任由她折騰，他只能搖搖頭，啥也不說走了……

總歸，做的時候有多心疼，這會兒就該有多慶幸了。

熊浩初蓋房子的時候只說要多做幾間屋子，林卉當時以為他可能要招待許多朋友，便咬了咬牙，砸錢往好的整，熊浩初聽了竟也沒反對，由她搗鼓……她勢單力薄，無法對抗整個封建社會的奴隸制，好歹能讓跟著他們的下人日子好過點……

林卉在屋子裡轉了遍。窗沒裝，門沒打，床板也沒有……這些都得趕緊找人弄了。看過一遍，心裡有底後，她便轉身出去，找匠人劉叔去合計安排。

再次回來的時候，縣城裡那群人正好回到村裡。

各家媳婦孩子、族老如何雀躍自不必說，林卉也著實鬆了口大氣，朝迎面而來的熊浩初、張陽兩人笑得燦爛。

「回來啦！」她高興極了，再一看張陽，登時皺眉。「你們受罰受罪了？」

「沒有。」張陽頓了頓。「還沒來得及呢。」

林卉不信。「那你怎麼鼻青臉腫的？」

張陽摸摸臉頰上的瘀腫，嘿嘿笑道：「這是跟富陽村的渣滓們打架打出來的。」

「……」

張陽四處張望，除了跟他一塊遭殃又一塊兒被帶回來的哥兒們，就是哥兒們的家人們，完全沒看見某個四處蹦躂的小身板。

見林卉跟熊浩初準備去新宅了，他清了清嗓子，佯裝不經意般問了句。「哎，那位蕭姑奶奶呢？又跑到哪兒瘋去了？」

林卉「啊」了聲，忙跟他們道：「晴玉的娘到了縣城，她過去見她娘了。」

「哦哦。」張陽點頭，隨口問了句。「不是說是大熊家的遠親嗎？怎麼不請到家裡住著，還住在城裡呢。」反正都是女人嘛，住一屋便好了。

林卉擺手。「他們家下人一大堆的，我家可住不下。」

「……」蕭晴玉竟還真的是……富庶人家的啊……

「哦對了，」林卉轉頭朝熊浩初道：「我跟晴玉說了，讓她跟她娘到咱們這兒一趟，我們做東請她們吃頓便飯，權當給她們踐行了。」

熊浩初自然沒意見，點頭。「好。」

張陽不解。「不是剛來嗎？怎麼就要踐行了？」

林卉抿嘴樂。「晴玉是偷跑出來的，她娘都尋過來了，她自然要跟著回家去。這不就得踐行了嘛。」

張陽張了張嘴，遲疑道：「他們……是哪的人？」

「京城啊。」林卉撓臉。「我沒說過嗎？」

張陽。「……」

「唉，以後都不知道還能不能再見……」林卉喃喃了句。

張陽怔住。

熊浩初摸摸她腦袋。「會有機會的。」

「但願吧。」林卉率先往前走。「走了——舅舅？」

張陽低著頭喃喃。「走了啊？走了……走了也好……誰……凶……」後面聲音低了下去，含含糊糊的聽不清楚。

林卉疑惑停步，略微揚聲。「舅舅，走了。」

「啊？」張陽回神，愣愣然看著他們。

「一起去新宅那邊呀。」林卉指了指他臉上的瘀腫。「我把藥放在那邊，待會兒讓大熊給你抹點藥。」

「哦。」張陽慖慖地應了聲，慢騰騰抬腳跟上來。

林卉狐疑地打量他兩眼，再看向熊浩初，後者朝她搖搖頭。「走吧。」率先抬腳前進。

林卉聳聳肩，追上去，問起縣城裡的情況。「你是自己去找縣令，還是找韓老？」

熊浩初頓了頓，答道：「韓老。」

林卉沒注意到他一剎那的異常，猶自猜測道：「這位縣令是不是記仇上回沒把你弄倒？可要是記恨的話，怎麼還選你不在的時候幹這事？」

熊浩初面色沈靜。「富陽村的糾葛源起於我，若是因我之故，累得村裡這麼多人受罰，甚至受牢獄之災，村裡必定與我生隙，只要再加把火，這梨山村我必定待不下去。」

不過是簡單的借刀殺人罷了。

林卉大吃一驚。「你的意思是，富陽村那幫人也是被他利用的？不對，那分明是羅元德搞的鬼啊。」

「不過是那縣令趁勢而為罷了。」這是為他兒子找回場子呢。熊浩初唇邊含譏。「真是父子情深吶。」

林卉不敢置信。「他就不怕韓老嗎？」

熊浩初腳步不停，冷眸微瞇。「韓老乞休了。」

林卉摸摸下巴。「所以，他上回只是做個表面工夫？」還拐著彎折騰。「這麼記仇的嗎？」

熊浩初嗤笑。「小把戲罷了。」

林卉白他一眼。「你現在也是普通老百姓一枚，若不是有韓老，你以為就能討得了好嗎？」韓老總要離開，他們還得在這縣令手底下過日子……她愁眉苦臉。「總這麼折騰也不是辦法，以後怎麼辦？」

熊浩初看她一眼，問：「妳害怕嗎？」

「怕什麼？」林卉一時沒反應過來，抬頭，只看到他刀削般深刻的側臉，以及頗為嚴肅的神情。

她頓了頓。「你是說……」她壓下話頭，低頭想了想，小聲道：「其實，我還是有點怕的。咱們的房子才剛弄好，日子也越過越好了……這時候得罪了縣令，咱們以後……會不會被迫離開？」

熊浩初沈默片刻，抬手摸摸她腦袋。「放心。」他不會讓這樣的事情發生。

說話間，便到了新宅，兩人還有身後彷彿神遊天際的張陽一塊進了新宅。

林卉先給他們拿了藥，隨意找間屋子，熊浩初在裡頭給張陽搽藥，她則站在門外詢問他們今天的情況。聽說他們被抓到城裡，沒審問也沒責罰便被扔進牢房，一直到熊浩初請了韓老來贖人……林卉心裡更擔心了。

不提韓老的恩情，這事果真如熊浩初說的那般，這位縣令是在給他們下馬威嗎？

多想無益，得做飯了。也無須林卉動手，她喊了兩名婦人暫且停下手頭的繡活，先緊著做飯。

這些人皆是面黃肌瘦一臉疲態，估計這段日子都沒怎麼吃好，林卉便沒敢讓他們做太難的。

切成塊的紅薯加到米粥裡，熬得稠稠的，又帶著紅薯的香甜。再切上一點她醃的豇豆，即是酸豆角——切成指節長短的酸豆角，只需略下點油炒一炒，既下粥又好吃。

最後再煮上一鍋雞蛋，一人一個水煮蛋，清淡又營養。

粥比較不抗餓，她又讓她們再煮上一鍋芋頭跟紅薯，愛吃紅薯便吃紅薯，愛吃芋頭便挑芋頭，隨各自口味。

粥快好了，這碗筷勺子還沒到位，林卉還沒來得及發愁，採購物品的辛遠一行人回來了。

半車的棉花、十幾疋棉布、鍋碗瓢盆，林卉吩咐熊浩初的東西他都買了，還細心地買回來一些小物件，比如針線、梳子、晾曬的細麻繩等。

除此之外，他還帶回來一大袋的邊角料棉布。

「……小的想著咱們這啥也沒有，倘若全用新布裁剪，貴得很，便找那老闆要了這些邊角料，做襪子、袖套、抹布什麼的也得用，價格也便宜許多。」來報帳的辛遠有些忐忑。「姑娘若是不喜——」

「不不，你做得很好。」林卉鼓勵道：「能省下錢又能買到實用的東西，這樣很好。」

辛遠微微放鬆些，偷覷她一眼，接著往下說。「還有那些鍋和盆。」他壓低腦袋。「小的不知道您在村裡買了，又買了好幾個回來……」

「不礙事。村裡借來的鍋還是太小了，而且咱們這麼多人，多備幾個也無妨。」

辛遠終於露出些許輕鬆神色，將剩下的銀子和一袋沈甸甸的銅錢往前遞，頓了頓，又轉往熊浩初那邊遞，嘴上卻是朝她道：「剩下的錢都在這兒，姑娘點點。」

這是怕太沈，墜著她了？還是知道她管帳？林卉暗忖，看到熊浩初順勢接過去，她面上不動聲色，只點點頭，掃了眼滿臉疲色的幾人，道：「不著急，你們辛苦一趟，趕緊去洗洗手吃東西吧。」她打趣道：「大夥都等著你們的碗開飯呢。」

其餘三人有些吶吶，辛遠倒是微微露出點笑意。「好。小的們這就去了。」拱了拱手，招呼其他人一塊兒離開。

林卉鬆了口氣。

「現在放心了？走吧。」熊浩初催她。

林卉點頭，跟著他一塊往外走，同時跟他商量。「咱家這麼多人，院子也大，要不咱們找人鑿個水井吧？這樣用水方便些。」

「好，下午我去問問。」

「還有，後山那兒咱們也弄個吧，要不，整座山頭澆水，多累人啊。」

熊浩初皺眉想了想，搖頭。「山坡地勢高，恐怕不好弄。」

林卉跟著皺眉。「那怎麼辦啊……」眼角一掃，看到一老頭子坐在家門口慢條斯理地削著竹篾，她登時靈光一閃，驚叫道：「竹筒引水！」

熊浩初疑惑。

林卉忙給他解釋竹筒引水的法子，完了雙眼亮晶晶地看著他，道：「咱們後山就貼著梨山，我記得我爹說過山上有水流，咱把它引過來不就得了？」

熊浩初沈吟片刻，點頭。「好，等屋子建好了我去找找。」

林卉「嗯嗯」兩聲，喜孜孜地繼續往前走。「要是能弄好，咱們就能省下許多工夫了，到時我們就能騰出人手做些小生意掙點錢——」

「不急。」

「嗯？怎麼不急了？」林卉掰著手指數了遍最近的花銷，鬱悶道：「這兩月光是房子跟買人就花了幾百兩，新宅各房的門窗和家具都還沒弄，院子也沒弄好，現在還多了這麼多人吃飯……哪樣不用花錢？等辛叔他們安置好了，咱們就得開始——」

熊浩初停步，看她。「這幾天就把房子收尾，我會跟老劉他們先弄正房的門窗，大件家具早先我們託了符三安排，估計也快到了。」

林卉莫名其妙。「我知道啊，這跟我們做生意掙錢有什麼關係嗎？」

熊浩初眼底閃過笑意，提醒她。「我上午說了，我們得提前成親了。」

林卉眨眨眼。不知怎的，陡然想起兩人初識那會的場景——那時候，這傢伙也是剛說好親事，隔天就上她家要訂親……她心裡浮現不祥預感。

林卉。「……」

「從縣城回來的路上，我已經跟鄭里正、舅舅一塊商量過了，我們最晚冬月初成親。」

大哥，現在已經十月二十了，離冬月初也就剩下十來天，你怎麼不說明天成親？

雷厲風行的熊浩初猶覺不足，又扔了句。「若不是這個月已經沒有了好日子，何須拖這麼久。」

林卉。「……」

果真還是她認識的那個今天訂親明天提親的熊浩初。

不，還算有進步……這回好歹知道要挑個好日子了。

……才怪！

家裡一堆事情不說，成親不用準備東西的嗎？還是說這傢伙打算隨隨便便就把她娶回去？要說是剛穿越過來那會兒，她還得小心翼翼苟命過日子，指不定就從了。可現在她都混過來了，還混得挺不錯，怎麼可以將就？

她這樣想，便也這樣問出口了。

熊浩初無奈。「我何曾說過要隨意將就？」他拍拍她腦袋。「別瞎想，有錢能使鬼推磨，錢給夠了，什麼事都能快速弄好。再者，妳是新娘子，這些事不需要妳操心。」

「？」林卉茫然。不需要她操心，誰來操心？他們兩家都沒有主事的長輩啊……

熊浩初抬腳繼續前進。「辛遠這些人可不是擺著好看的。」再不濟，還有符三在後頭呢，要什麼東西買不到？「妳只須安心等著嫁進我熊家就是了。」

林卉。「……」

沒聽見她腳步聲，熊浩初皺眉回頭。「快點，都什麼時辰了。」為了折騰新宅那群人，拖到這個時辰還沒用上午飯，餓壞了怎麼辦？

林卉撇嘴，邊跟上去邊嘟囔。「還不是在幫你，那可都是你的人。」

熊浩初唇角勾了勾，轉回去。「再過半個月，也是妳的人。」

林卉。「……」咳，大中午的，太陽有點曬啊……

不過，真的要嫁人了嗎？

她心裡不排斥，可這身體還不滿十六歲……萬一……

——未完，待續，請看文創風874《大熊要娶妻》3（完）

風 文創
873

# 大熊要娶妻 2

國家圖書館出版品預行編目資料

大熊要娶妻 / 清棠著. --
初版. -- 臺北市 : 狗屋, 2020.08
冊 ; 公分. --(文創風)
ISBN 978-986-509-130-9(第2冊 : 平裝). --

857.7 109009845

著作者 清棠
編輯 黃淑珍 李佩倫
校對 周貝桂
發行所 狗屋出版社有限公司
地址 台北市104中山區龍江路71巷15號1樓
電話 02-2776-5889～0
發行字號 局版台業字845號
法律顧問 蕭雄淋律師
總經銷 知遠文化事業有限公司
電話 02-2664-8800
初版 2020年08月
國際書碼 ISBN-13 978-986-509-130-9

本著作物由北京晉江原創網絡科技有限公司授權出版

定價260元
狗屋劃撥帳號：19001626
網址：love.doghouse.com.tw E-mail：love@doghouse.com.tw